KiWi

2019

Das Buch

In der Redaktion der soeben neu aufgestellten Seezeitung Messaggero del Garda wird die Leiche eines unbekannten Mannes gefunden. Erschossen. Es stellt sich heraus: Der Unbekannte war Gast im besten Haus am Westufer in Gargnano: der Villa Feltrinelli. Er recherchierte rund um den mysteriösen Tod des ehemaligen Besitzers und legendären Verlegers Giangiacomo Feltrinelli vor über fünfzig Jahren. Die Fährten führen vom Nobelpreisträger Boris Pasternak zum kubanischen Revolutionsführer Fidel Castro und in die Zeit des Links- und Rechtsterrorismus im Italien während des Kalten Krieges. Gianna Pitti und ihr Onkel Francesco verschaffen sich inkognito Zutritt zur Villa. Indes gerät Herausgeberin Elvira Sondrini selbst in Verdacht, etwas mit dem Mord zu tun zu haben. Was verheimlicht sie den anderen?

Der Autor

Lenz Koppelstätter, Jahrgang 1982, ist in Südtirol geboren und aufgewachsen. Er arbeitet als Medienentwickler und als Reporter für die *Frankfurter Allgemeine Sonntagszeitung* und *Salon*. 2015 startete die erfolgreiche Reihe um den Südtiroler Commissario Grauner. Seine zweite Krimireihe, in deren Zentrum die Journalistin Gianna Pitti steht, spielt am Gardasee und wurde 2024 gelauncht.

LENZ KOPPELSTÄTTER

WENN DER STURM RUHT

EIN FALL
FÜR GIANNA PITTI

Kiepenheuer & Witsch

Personen und Handlungen dieses Romans sind frei erfunden. In Bezug auf Ortsbeschreibungen nimmt sich der Autor Freiheiten heraus.

Einladung zum Fest

DER NEUE MESSAGGERO

Sehr geehrte Gäste, wir laden Sie herzlich ein zur Eröffnungsfeier unseres Medienhauses.

Wann?

Am 13. Juni, ab 18 Uhr, im alten, nun wiedererlangten Redaktionssitz der frisch renovierten »Rilke«-Villa an der Seepromenade von Riva del Garda

Für Speis und Trank ist gesorgt.

Es treten auf für Sie:

Anna Burlesca, Sopranistin, sie singt Stücke aus den Opern von Giuseppe Verdi und Giacomo Puccini

The Etta James Revival Company – mit Bluesklassikern aus den 1950er- und 1960er-Jahren

Quelli che ... Vasco! – Die preisgekrönte Vasco-Rossi-Coverband aus Bologna

Dresscode: Come as you are

Es freuen sich auf Sie

Arnaldo Marchese Pitti-Sanbaldi & Dr. Elvira Sondrini

Herausgeber Herausgeberin

TAG 1

Gianna

Gianna hatte alles richtig gemacht und fragte sich doch: wozu? Sie hatte vor einem halben Jahr ihre *Wie ich zu einem besseren Menschen werde*-App gelöscht. Weil sie sich meistens sowieso nicht an die Ratschläge und Tipps und Anweisungen der App gehalten hatte, weil ihr irgendwann klar geworden war, dass sie sich nicht von einem Smartphone sagen lassen wollte, wie sie leben sollte. Weil das doch eigentlich alles ein ganz großer Blödsinn war.

Ein neues Leben war über sie hereingebrochen. Vor einem Jahr etwa. Sie hatte die Wohnung in der Altstadt vollends aufgegeben. Der Wasserschaden sei irreparabel, hatte der Handwerker gesagt, der irgendwann dann doch vorbeigekommen war, da sei nichts mehr zu machen, da müsse man, wenn schon, die Wände komplett einreißen, er würde raten, die Wasserhähne gar nicht mehr aufzumachen.

Und bloß der Stadtverwaltung nichts melden!

Denn würde sie das tun, würden die den Denkmalschutz einschalten, weil der Teil von Riva, wo Gianna wohnte, ja noch aus der Römerzeit stammte.

Dann?

Dann würde ihre Behausung für mindestens zwei Jahre von Ingenieuren, Denkmalschützern, Archäologen, Baumeistern belagert; dann könne sie gleich ins Hotel umziehen. Ja, da hätten ihr diese komischen Onlineratschläge auch nicht mehr weiterhelfen können, die einmal am Tag, stets um zwölf Uhr mittags, auf dem Screen aufpoppten: *Buddha sagt, jeden Morgen wirst du neu geboren, was du heute tust, zählt am meisten!*

Sie löschte die App. Sie zog nicht ins Hotel. Sie zog endgültig in die Familienvilla, wo Onkel Francesco wohnte. Wo neuerdings auch *papà* wohnte, wo Elvira täglich ein und aus ging, die bisherige Chefredakteurin des bisherigen *Messaggero,* für den Gianna arbeitete, der nun durch eine Geldspritze anders werden sollte, besser: ein zeitgemäßes, multimediales, investigatives Regionalblatt, ein Fels in der Brandung, der sich gegen den Untergang des Qualitätsjournalismus stemmte.

Ein Jahr lang hatten sie Vorbereitungen getroffen. Sie waren vom Industriegebiet von Riva zurück in die *Rilke*-Villa am Seeufer gezogen, hatten neue, junge Journalisten eingestellt, Recherchefreaks, Edelfedern, Onlineexperten, TV-Reporter, sie hatten beschlossen, auf Papier nur noch sonntags zu erscheinen, alles andere, die News, würden ausschließlich im Netz stattfinden – und auf dem Fernsehkanal *MessTV.*

Es war ein hartes Jahr gewesen. Den alten *Messaggero* fortführen, den neuen planen.

Gleichzeitig.

Gianna hatte beschlossen, keiner App mehr zu trauen. Keinen Listen. Nur sich selbst.

Und Vasco.

Weiter mit ihrer Vespa früh morgens hochfahren in die Felsen über Torbole. Wenn alles noch schläft. Hinunterschauen auf den See, auf das dunkelblaue Wasser. Alles vergessen. Das, was war. Möglichst an nichts denken. Nicht an das, was kommen würde. Vasco hören. Zehn Minuten lang, oder fünfzehn. Dann konnte der neue Tag beginnen.

Der neue Tag begann damit, dass Vasco mitten in der dritten Strophe von *Siamo soli* plötzlich verstummte.

»Maledizione«, fluchte Gianna. Sie hatte vergessen, den Flugmodus zu aktivieren.

Ein Anruf.

Ihre Kopfschmerzen, die bis zu der Sekunde schon unerträglich waren, waren nun noch unerträglicher. Sie hatten sie vor dem Wecker aus dem Schlaf gerissen. Den kurzen Schlaf. Die halbe Flasche Limoncello mit Sandro, drüben am Jachthafen, nach der Feier in der *Rilke*-Villa, nein, sie hätte nicht mehr sein müssen. Oder doch? Der Kuss. Er war schön gewesen. Es war spät geworden, viel zu spät.

Hätte sie mit zu ihm kommen sollen?

Nein, es war alles richtig so gewesen.

Nur zu viel Limoncello, viel zu viel.

Kaum Schlaf.

Der Kopf!

Vasco.

Elvira, ihre ehemalige Chefredakteurin, rief an. Elvira, die ehemalige Affäre ihres Vaters. Oder Immer-noch-Affäre? So genau wusste Gianna das nicht. Elvira, die jetzige Co-Herausgeberin des *Nuovo Messaggero*. Elvira, der einzige Mensch, von dem die Polizeireporterin wusste, dass sie noch früher aufstand als sie selbst. In die noch leere Redaktion fuhr, wo sie früher die gedruckten Versionen, mittlerweile die Onlineausgaben von drei Dutzend nationalen und internationalen Zeitungen durchforstete. Dann wartete sie darauf, dass der Rest der Redaktion eintraf, damit endlich losgelegt werden konnte. Mit dem Wahnsinn, der sich Journalismus nannte.

»Gianna!«

»Ja?«

»Sitzt du oben in den Felsen?«

»Ja.«

»Komm runter!«

»Elvira, es ist …«, die junge Polizeireporterin schaute aufs Handy, »… halb acht. Ich …«

»Komm!«

»Ich bin …«

»Es gibt einen Toten.«

Der Marchese

Francesco Marchese Pitti-Sanbaldi hatte das leise, schmerzgeschwängerte Singen seines Bruders gehört. Er hatte selbst versucht, lauter zu pfeifen.

La Traviata.

Eigentlich eine nervige Oper. Die einzige nervtötende Oper von Verdi. Genau das Richtige, um Arnaldo nun, zur frühen Morgenstund', zu ärgern.

Arnaldo sang falsch – oder doch richtig? So genau konnte Francesco das bei dem Bluesgeträllere nie sagen. Er war so froh, dass es Verdi, Puccini, Mascagni gab, sonst hätte er sich in seiner Jugend womöglich ebenso an Delta- und Chicago-Blues versucht.

Schon damals hatten sie sich gestritten, wer Vorrecht auf Vaters alten Plattenspieler hatte. Schon damals hatte Francesco den jüngeren Bruder damit aufgezogen, dass der seine Platten alphabetisch ordnete. Platten. Alphabetisch! So als ob man den Zauber von Musik katalogisieren könne. Und er hatte sich bisweilen einen Spaß daraus gemacht, nachts, heimlich, Arnaldos Sammlung durcheinanderzubringen: Etta-James-Platten in Irma-Thomas-Plattenhüllen. Little Walter zu Muddy Waters. Sonny Boy Williamson zu Albert King.

Francesco Marchese Pitti-Sanbaldi zog den Knopf der Krawatte, rote Rosen, goldene Papageien, enger, sodass ihm beinahe ein wenig die Luft wegblieb. Er kontrollierte das Grübchen im Stoff, tränenförmig, unperfekt perfekt.

Dann steckte er das lässig etwas länger gehaltene hintere Krawattenbändchen in den Hosenbund, *very classy, very old-school*, und öffnete die Badtür im Ostflügel des ersten Stockes der Familienvilla, den er sich für sich selbst behalten hatte. Er sah, dass sich die Badtür am anderen Ende des Flures ebenso öffnete. Im Westflügel, den er seinem Bruder bereitgestellt hatte. Weil er nicht mitansehen konnte, dass der nach Wochen am See immer noch in einer kleinen Pension unten am Hafen hauste. Und weil es ohnehin praktischer war, dass er wieder hier wohnte, weil sie unten im Salon monatelang den *Nuovo Messaggero* geplant hatten, weil unten, in einem der Gemächer hinter dem Salon, Gianna nun fix mit eingezogen war.

Francesco liebte es, dass sie drei beisammenwohnten.

So war was los in der Bude.

Arnaldos Schritte brachten den alten Parkettboden zum Knarzen. Er ging schnell, viel zu schnell für diese Uhrzeit. Schnelles Gehen, so empfand der ältere Bruder es, war, wenn nur irgend möglich, zu unterlassen. Wer schnell ging, hatte die Kontrolle über sein Leben verloren. Wer ein zu großes schwarzes Leinenjackett über einem ausgewaschenen schwarzen T-Shirt trug, das in einer Jeans steckte, die kurz oberhalb eines weißen Paares Sneakers endete – für den bestand sowieso nur noch wenig Hoffnung.

Erst jetzt war Francesco aufgefallen, dass Arnaldo nicht mehr sang. Also stoppte auch er seine Melodie.

»Guten Morgen, Bruderherz«, sagte er.

»Ich muss los, in die Redaktion!«, erwiderte Arnaldo geschwind.

Francesco spürte ein feines Stechen an der Schläfe. Der Sekt, *Giulio Ferrari*, Jahrgang 2016, hatte ihm allzu sehr gemundet gestern Abend. Ja, kam es ihm in den Sinn, vielleicht hätte er ein, zwei Gläschen weniger trinken sollen. Oder fünf. Dann würde es ihm besser gehen. Aber, andererseits, wenn es einem nach so einer Sause wie der gestrigen gut ging, dann hatte man alles falsch gemacht.

»Arnaldo, es ist kurz vor acht.«

»Elvira hat angerufen.«

Francesco hatte immer noch nicht so ganz verstanden, ob sein kleiner Bruder seiner ehemaligen und nun wieder neuen Kollegin endgültig den Laufpass gegeben hatte. Oder nicht. Ob er vielleicht doch wieder mit Carla zusammenkommen würde. Das wäre ihm das Liebste. Vielleicht würde Carla dann auch noch gleich mit in die Villa einziehen. Das wäre ganz wunderbar. Der Marchese hatte das Gefühl, je mehr in der Villa los war, je näher er seine Liebsten um sich hatte, desto besser ging es ihm. Desto weniger wurden seine Blackouts und Vergesslichkeitsattacken. Der letzte peinliche Vorfall war gewesen, als er den adoptierten Kanarienvogel Blackbeard aus Versehen in den Kühlschrank gesperrt hatte. Ihn erst eine Dreiviertelstunde später wiedergefunden hatte. Blackbeard hatte zitternd Reißaus genommen, war aus dem offenen Fenster geflogen, in Richtung See, nie mehr wiedergekommen.

Wie konnte man nur so nachhaltig beleidigt sein? Das verstand der Marchese nicht. Er hatte es doch nicht absichtlich gemacht.

Aber seitdem? Seitdem war nichts mehr Schlimmes passiert. Zumindest konnte er sich an nichts mehr Schlimmes erinnern – und deutete das als gutes Zeichen. Wohl wissend, dass es auch ein schlechtes sein konnte. Weil seine Verwirrtheit auch bereits so weit fortgeschritten sein konnte, dass er es nicht einmal mehr bemerkte.

»Arnaldo, wir ...«

»Es gibt einen Toten.«

»Arnaldo ...«

Es gab doch immer irgendwelche Toten. Irgendwann. Irgendwo. Das war wieder einmal typisch. Nur weil irgendwo ein Motorradfahrer sein Vehikel aus Versehen in den See gelenkt oder irgendeine eifersüchtige Ehefrau ihren allzu frivolen Gatten nach einer Fremdgehnacht mit dem Küchenmesser hinter der Haustür abgepasst hatte, musste man doch nicht gleich in aller Herrgottsfrühe in die Redaktion eilen. Zumal nicht als Herausgeber. Für so etwas hatte man doch Mitarbeiterinnen. Gianna zum Beispiel. Warum hatte die Sondrini nicht Gianna angerufen?

»Gianna ist auch schon unterwegs.«

Na eben.

Vor vier Wochen hatten sie auf die neue Produktion umgestellt. Der Marchese war als Kolumnist neu im Business. Er liebte es. Als Kolumnist war es ihm erlaubt, das hatte er sich erstritten, bei allen großen Elf-Uhr-Sitzungen dabei zu sein. Aber nicht dabei sein zu müssen. Das war sowieso immer und bei allem die beste Ausgangssituation im Leben: dürfen. Können.

Aber nicht müssen.

Krawatte tragen. Auf Weltreise gehen. Sich verlieben. An Sitzungen teilnehmen. Seinen Senf dazugeben. Ein Thema einbringen.

Francesco hatte bislang zwei Kolumnen geschrieben. Eine über den Schwan, unten am Ufer, den er seit zwei Jahrzehnten fütterte. Mit der vegetarischen Variante des edlen Katzenfutters, das er auch Spiaggia und Lago verabreichte. Als der Schwan vor zwei Wochen gestorben war, fand der Marchese, solch eine mediale Huldigung sei das Mindeste an Ehrerbietung, das er dem Tier darreichen konnte.

Arnaldo war gegen die Kolumne gewesen. Er war aber von Sondrini und Gianna überstimmt worden.

Der Schwanennachruf lag eine Woche lang auf dem vordersten Platz der angeklickten Artikel und versammelte zudem am meisten Kommentare unter sich, wenn auch meist nur in Form von Tränensmileys. Daher hatte der kleine Bruder sich nicht zu protestieren getraut, als der große Bruder ein paar Tage später eine Ode an die Füllfeder zu schreiben verkündete. Und das, obwohl weder Tag der Füllfeder noch Tag der Schreibschrift war, zudem weder der Erfinder der Füllfeder noch die Erfindung der Schreibschrift irgendein Jubiläum feierten.

Einfach so.

Die Ode hielt sich bis heute ganz oben in der Klickliste.

»Der Tote«, fuhr Arnaldo nun fort, »er wurde in der

Redaktion aufgefunden. In meinem Büro. An meinem Schreibtisch. Mit einer Kugel im Kopf.«

Dann verschwand er die Treppen hinab ins Erdgeschoss der Familienvilla in der Viale Martiri XXXVIII Giugno, stürmte der Eingangstür entgegen.

Elvira

Das Gesicht auf der Glasplatte war nach rechts gerichtet, toter Blick. Blut auf einem Notizblock. Blut auf dem Holzboden.

Elvira Sondrini wartete das Nicken eines der Spurensicherer ab, trat erst nach dessen Einwilligung einen Schritt näher an den Tisch heran, beugte sich ein wenig nach vorne, nach unten, drehte den Kopf, schaute sich das Gesicht des Erschossenen erneut genauer an.

Wer war der Tote im dunklen Anzug?

Was war hier passiert?

Nein, sie kannte den Mann nicht. Nein, das war keiner der geladenen Gäste von der Dinnerparty tags zuvor. Aber es durfte ja jeder kommen. Das Fest war offen für alle gewesen. Mehrere Hundert Menschen waren da gewesen. Tausend vielleicht. Ein voller Erfolg.

Bis jetzt. Jetzt bahnte sich die Katastrophe an.

Ein Toter.

Ein Ermordeter. In den alten, neuen Gemächern des *Nuovo Messaggero*. Ihres neuen Medienhauses.

Was hatte das bloß zu bedeuten?

Wie war der Mann überhaupt hier hineingekommen?

Das fragte sie sich immer noch. Das fragte sie sich, seitdem sie ihn vor einer halben Stunde entdeckt hatte. Auf dem Weg an Arnaldos Büro vorbei, in ihr eigenes Büro. Die Tür zu seinem Zimmer hatte offen gestanden, sie hatte im Augenwinkel den Schreibtisch gesehen. Den Mann dahinter sitzend, den Kopf auf der Platte.

Zuerst hatte sie gedacht, es sei Arnaldo. Hatte er zu viel getrunken gehabt? Der Sekt, von dem sie keinen Schluck probiert hatte, sollte ja ganz herausragend gut gewesen sein. Hatte er hier übernachtet? Sie hatte die Tür aufgeschoben, seinen Namen geflüstert.

»Arnaldo ...«

Dann, als sie das Blut gesehen hatte, war sie zurückgeschreckt, war rückwärts den Flur entlanggelaufen, hatte sich in ihr Zimmer getastet, hatte sich an die Wand gelehnt, hatte mit zitternden Händen das Handy hervorgeholt, mit zitternden Fingern die 112 gewählt.

Sie hatte die Hände vor das Gesicht gehalten, wie ein kleines Mädchen, das glaubt, wenn es die Welt nicht sehe, sehe die sie ebenso wenig.

Schließlich war ihr eingefallen, dass sie keine Pistole entdeckt hatte. Nicht auf dem Schreibtisch, nicht auf dem Boden. Dass der Mann sich höchstwahrscheinlich nicht selbst erschossen hatte.

Dass er erschossen worden war.

Dass der Mörder womöglich noch im Haus war. Sie schnellte auf, schloss die Bürotür, sperrte ab, stellte sich ans Fenster, schaute hinunter zum Eingang, atmete erleichtert auf, als sie den ersten dunkelblauen *Alfa Romeo* der Carabinieri über die Promenadenwiese fahren sah.

Keine Sirene.

Nur das Blaulicht, das sich in den Morgennebel fraß. Die Enten, die aufgeregt zur Seite watschelten.

»Zumindest reden jetzt alle über euer ganz wunderbares Fest, Elvira.«

Die Herausgeberin zuckte zusammen, drehte sich um, sah den Mann hinter ihr stehen, zu dem die Stimme gehörte. Giorgio Foscolo, der Staatsanwalt aus Trient, er war also schon da. Chapeau. Er war schließlich einer der letzten Gäste gewesen, der am Abend zuvor die Feier verlassen hatte. Zumindest einer der letzten wichtigen Gäste.

Sie hatte ihn um kurz nach halb zwei Uhr morgens rüber zum Parkplatz, zu seinem Fahrer in seiner Lancia-Limousine, begleitet. Alle anderen Ehrengäste, der Bürgermeister, der Museumsdirektor des *MAG*, Hochwürden von der Pfarrkirche Santa Maria Assunta, hatten sich schon bald nach dem Dessert verabschiedet.

»Einen größeren Knall zum Start könnt ihr euch doch gar nicht vorstellen, oder?«, fuhr Foscolo fort.

Sein Atem roch nach aufgestoßenem Alkohol, Schweißperlen standen auf seiner Stirn. Er fuhr sich über den Bart, der einem Gestrüpp glich. Die Augen waren glasig, sie wirkten müde. Zarte rote Äderchen überzogen die faltigen Wangen.

»Mir geht es nicht um den großen Knall, Foscolo«, sagte Elvira. Sie hätte das Spiel des zynischen Small Talks mitspielen können, ihr war aber ganz und gar nicht danach, »mir geht es darum, guten Journalismus zu machen.«

Er grinste nicht. Er lachte nicht. Er schüttelte nicht den Kopf. Er wirkte müde, sehr müde. Ausgelaugt.

Elvira überlegte, wann sie wohl zuletzt so einen Kater gehabt haben mochte, wie ihr Gegenüber ihn grade hatte. Es musste fünfzehn Jahre her sein. Hier in dieser Villa, im alten und nun wieder neuen Redaktionssitz. Damals, als sie eine junge Volontärin gewesen war. Als das tägliche Saufen in einer Redaktion noch normal war. Als die oberste Schreibtischschublade den Stiften und den Notizblöcken diente. Die unterste den Schnapsflaschen.

Die meisten der – damals beinahe ausschließlich männlichen – Redakteure begannen zu trinken, wenn sie mit ihrem täglichen Artikel fertig waren, wenn sie sich alle an der Wand versammelten, an der die Seiten der am kommenden Tag zu erscheinenden Zeitung nach und nach aufgehängt wurden.

Sie hatten schnell ordentlich einen intus, während sie Headlines und Unterzeilen auf Tippfehler untersuchten.

Ein paar der Redakteure, die edelsten Federn, die härtesten Hunde, soffen bereits, während sie noch schrieben.

Elvira?

Wollte immer zu den Edelfedern zählen. Sie wollte eine harte Hündin sein. Einmal soff sie auch. Am nächsten Tag bemerkte sie, bemerkten die Kollegen, bemerkte Arnaldo, der damals noch Textchef war, bemerkten alle Leser, dass sie den Namen des Chefs der Fährdienste im Interview dreimal anders geschrieben hatte. Doch von insgesamt sieben Mal nur einmal richtig.

Ricardo Dorgoni. Riccardo Torigoni. Riccardo Dorigoni.

Von da an beschloss sie, Alkohol höchst selten bis gar nicht mehr anzurühren. Ihre Karriere war ihr wichtiger als das bisschen Leichtigkeit und Entspanntheit, die ihr ein paar Gläschen bereiteten. Obwohl ihr diese Leichtigkeit und Entspanntheit, das war ihr schon klar, guttun würden. Aber, hey, man konnte nicht alles haben. Sie hatte es schließlich weit geschafft, zumindest beruflich.

»Wer ist der Tote?«, fragte sie nun frei heraus in Richtung des Staatsanwalts. Sie hoffte inständig, dass er zu müde war, jetzt den ewigen Kampf zu beginnen, den sie beide so oft schon gekämpft hatten:

Ich Ermittler.

Du Journalistin.

Ich ermittle.

Du wartest, bis ich fertig bin, schreibst auf der Pressekonferenz alles mit, was ich mitzuteilen habe. Setzt dich dann hin, verfasst deine Artikel.

Foscolo hob die Achseln und stöhnte. So als ob das Achselheben ihn überanstrengt hätte. Ja, dachte die Herausgeberin, es klappte.

»Wir wissen es nicht.«

Foscolo schaute hinüber zum Schreibtisch, einer der Spurensicherer wischte gerade mit einer Art Zahnbürste auf dem Holzboden umher.

»Der Tote trägt keine Papiere bei sich.«

»Kein Portemonnaie?«

»Kein Portemonnaie. Keinen Personalausweis. Keinen Führerschein. Keine Gesundheitskarte.

»Nichts?«

»Nichts.«

Elvira trat noch einmal näher an den Schreibtisch heran. Sie wartete auf eine Stimme, die sie zurückrufen würde. Die des Staatsanwalts. Die eines der Spurensicherer.

Nichts.

Sie ging um den Schreibtisch herum, schaute auf den Hinterkopf des Toten, wo sich eine kleine runde Glatze im schwarzen lockigen Haar abzeichnete. Sie schaute auf die unterste, geöffnete Schreibtischschublade.

Kein Schnaps.

Die Herausgeberin schaute zum Fenster hinaus. Auf die Platanen und die Zypressen der Uferpromenade. Auf den Kiesstrand. Auf das Wasser des Sees. Auf die Fähre, die von Malcesine hochzog. Auf die hellgrauen Felsen, die den See umzingelten. Auf die ersten Spaziergänger und Gassigänger, die im Grün herumliefen. Riva erwachte.

Ganz von links rüber sah sie Arnaldo kommen, endlich. Schnell. Zackig. Fokussiert. Ein paar Meter hinter ihm trottete Francesco her. Dessen Gang? Ein eigenartiges Gemisch. Der Versuch, ebenso schnell voranzukommen. Mit dem jüngeren Bruder mitzuhalten. Und doch nicht gehetzt zu wirken.

Weiter hinten sah Sondrini eine Vespa den sandigen Weg unter den Bäumen heranbrausen. Staub wirbelte auf.

Eine greise Dame, mit einem Pudel an der Leine, hob erbost die Faust. Der Pudel bellte.

Gianna.

Sie stoppte die Vespa dort, wo einige Carabinieri ein gelbes Flatterband um den Eingang des neuen Redaktionssitzes gespannt hatten.

Eigentlich war Motorradfahren an der Promenade verboten. Aber an diesem Morgen kümmerte das die Beamten anscheinend herzlich wenig. Die Polizeireporterin erreichte ihren Onkel und ihren Vater auf den flachen Marmorstufen, die zur Tür der Villa hochführten.

Gleich würden sie hier sein, dachte sich Elvira. Gleich würden sie alles besprechen können.

Eines war klar: Sie mussten heute mehr erfahren als das belanglose Zeug, das Foscolo am Nachmittag auf irgendeiner Pressekonferenz preisgeben würde.

Maledizione, der Mord war in ihrem alten, neuen Redaktionssitz geschehen. Es durfte nicht sein, dass irgendwer anderes mehr herausfand, früher etwas wusste als sie selbst. Sie mussten bei dieser Recherche ganz vorne dabei sein.

Alleine.

Alle anderen mussten sie zitieren, wenn sie etwas schrieben. Nur so würden sie tatsächlich mit Stärke aus dieser Sache herauskommen.

Ob der Fall etwas mit ihnen zu tun hatte? Mit ihrem Medienhaus? Mit Arnaldo?

Arnaldo

»Und du hast diesen Mann auch noch nie gesehen, *papà?*«

Arnaldo schaute Gianna an, wie nur Väter ihre Töchter anschauen konnten. Mit genervt liebenswürdigem Blick.

»Nein, ich kenne den nicht. Ich habe keine Ahnung, wie der in mein Bürozimmer kommt und was das alles soll.«

Die vier standen in Elviras Büro vor dem Schreibtisch im Kreis. Arnaldo hatte, nachdem sie sich allesamt einen Überblick verschafft hatten und lange vom Staatsanwalt verhört worden waren, beinahe ebenso lange auf ihn eingeredet: dass es überhaupt nicht infrage käme, das ganze Haus abzusperren. Dass die Ermittler zumindest einen Teil des Gebäudes freigeben müssten, dass zumindest eine Gruppe des Online- und des Fernsehteams Zutritt zur *Rilke*-Villa bekommen müsse. Da sonst keine Artikel erscheinen würden. Ein Onlineportal, auf dem nicht mindestens alle Stunde ein neuer Artikel erschien, konnte gleich offline gehen.

»Zwölf Leute«, hatte Foscolo zähneknirschend und den schlecht gebundenen Windsor lockernd gesagt, »und nur im Großraumbüro da hinten, niemand hier vorne bei den Einzelbüros.«

»Vierzehn«, hatte der Herausgeber weiter gefordert. »Ich verstehe schon, dass ich nicht in mein Büro kann, aber wir brauchen die Schnittplätze für die Sendungen und Elviras Zimmer für Besprechungen.«

Der Staatsanwalt nickte stöhnend und stellte weiter Fragen.

»Hat jemand von euch den Mann auf der Feier gesehen? War er ein geladener Gast? Hat er sich einfach so unter die Gäste gemischt?«, fragte Arnaldo nun weiter, nachdem der Staatsanwalt sie alleine gelassen hatte.

Elvira schüttelte den Kopf. Francesco schaute zu Boden.

»Ich habe den Carabinieri eine Liste der Gäste weitergegeben«, sagte Gianna.

Arnaldo knirschte mit den Zähnen.

»Ich habe vorhin, als die Spurensicherer den Toten vom Schreibtisch hochgehoben haben, aus der Hüfte mit dem Handy ein Foto gemacht. Es an alle unsere Mitarbeiter geschickt. Ihnen geschrieben, falls jemand das Gesicht wiedererkennt, sich zuerst bei uns zu melden. Dass wir dann alles den Ermittlern weiterleiten.«

Arnaldo nickte zufrieden.

Er überlegte, wie der Mann in die Villa gekommen sein mochte. Das Fest fand ja ausschließlich im Garten statt. Mit einer Ausnahme: Es hatte um achtzehn Uhr eine offene Führung durch das Haus gegeben. Elvira hatte diese geleitet. Er selbst hatte zuvor ein paar einladende Worte gesprochen, dann die Bühne seiner Mitherausgeberin überlassen, die eine halbe Stunde geredet hatte, was er für reichlich übertrieben fand. Aber er hielt ja schon den gesamten Festakt für überflüssig. Journalisten hatten nichts zu feiern. Journalisten hatten zu arbeiten. Zu recherchieren. Zu schreiben. Zu senden. Seiner Meinung nach.

In Vorbereitung des Abends war es mehrmals zum Streit gekommen. Er hatte lange versucht, die Feier zu verhindern. Als er merkte, dass da nichts zu verhindern war, hatte er versucht, sich in nichts mehr einzumischen. Bei der Musik tat er es dann doch. Weil er den Gästen keinen Mix aus Opernarien und Vasco Rossi zumuten wollte. Weil er fand, dass Blues, dezent und schön im Hintergrund, am besten passe. Es kam zum Kompromiss. Wie so oft, wenn sie vier in den vergangenen Monaten unterschiedlicher Meinung waren. Während es zur Transformation des alten *Messaggero* in den *Nuovo Messaggero* kam.

Arnaldo mochte Kompromisse nicht besonders, auch wenn ihm das Unzeitgemäße dieser Einstellung klar war. Aber: Warum sollte er bei Dingen, bei denen ausschließlich er Ahnung hatte, irgendwelche halbgaren Vorschläge mit berücksichtigen? Als sein Bruder ihn auf den Einladungskärtchen mit vollem Familiennamen und mit Adelstitel präsentierte, war er in die Luft gegangen. Francesco wusste genau, dass er sich nicht gerne als Marchese betiteln ließ. Francesco war der Marchese. Er selbst wollte einfach nur Arnaldo Pitti sein. Journalist.

Mehr nicht.

Nach dem Besucherrundgang waren die erste und die zweite Etage der Villa abgeschlossen worden. Nur das Parterre, die dortige kleine Küche, die dortigen Toiletten sowie zwei Abstellräume waren für die Gäste, die Mitarbeiter des Catering und die Musiker zugänglich.

Wie war der Mann hochgekommen?

Und wie sein Mörder?

»Wir müssen mit allen Personen reden, die einen Schlüssel zu den Redaktionsräumen besitzen«, murmelte Arnaldo vor sich hin.

Er dachte nach. Einen Schlüssel hatten: sie vier. Und die Putzkolonne.

»Ich habe die bereits alle verständigt«, antwortete Gianna wieder, »aber Foscolo hat mich ebenso nach den Namen und Kontaktdaten dieser Personen gefragt.«

Arnaldo biss sich auf die Lippen. So würden sie nicht weiterkommen. Parallel mit den Carabinieri zu ermitteln, da würden sie den Kürzeren ziehen. Weil die Carabinieri nicht gleichzeitig auch noch ein Onlineportal mit Nachrichten zu füllen hatten. Einen Fernsehkanal zu bespielen hatten. Eine nächste Sonntagsausgabe zu gestalten hatten. Weil die Carabinieri mehr waren. Sich Zugang überallhin verschaffen konnten. Jeden jederzeit mitnehmen konnten. Zu Anhörungen, in die Kaserne.

Das war das Los, dass Arnaldo als Investigativjournalist sein ganzes Berufsleben lang begleitet hatte. Es gab nur weniges, das ihn schneller machte, das ihm Erfolge beschaffen konnte: schlauer sein als die Gesetzeshüter. Als Einziger den richtigen Riecher haben. In irgendeine Richtung recherchieren, die die Beamten nicht auf dem Schirm hatten. Und: Vertrauen. Jemanden auftreiben, der Wissen bunkerte. Der Angst hatte. Der sich ihm anvertraute. Nur ihm.

Weil *er* Vertrauen schenkte.

Arnaldo schaute um sich, an der Tür huschte ein Redakteur vorbei, noch einer, eine Redakteurin, bald würden alle vierzehn da sein, mit denen sie heute den Notdienst bestücken mussten. Sechs für die Webseite, fünf für den TV-Kanal, eine Moderatorin, zwei Kameramän… – Kamera!

Eins ihrer Teams war den ganzen Abend über im Einsatz gewesen. Um einen kleinen Film über das Event zusammenzustellen.

»Das Filmmaterial von gestern!«

Mehr brauchte Arnaldo nicht zu sagen. Er schaute zu seiner Tochter, sah, dass ihre Augen funkelten.

»Davon weiß Foscolo nichts.«

Nun funkelten auch die Augen des Vaters.

»Wir werden es ihm aushändigen.«

Gianna runzelte die Stirn.

»Nachdem wir es uns angeschaut haben.«

Gianna nickte.

»Das Material ist bestimmt in der Redaktions-Cloud abgelegt«, sagte Elvira, drehte sich zu ihrem Schreibtisch, lief auf ihn zu, doch sie setzte sich nicht hin. Sie stand da.

Wie erstarrt.

Den Kopf gesenkt.

»Elvira?«, sagte Arnaldo.

Keine Reaktion.

Er ging zu ihr, schaute dahin, wohin sie starrte. Auf den Holzboden? Oder auf die unterste der drei Schubladen, die offen stand.

»Was ist, Elvira?«, fragte er.

»Jemand war an meinen Sachen.«

Ihr Stimme zitterte.

Er sah: ein Durcheinander. Klarsichtfolien. Ein dickes altes vergilbtes Buch. Die Rückseite des Umschlags. Eine Schwarz-Weiß-Fotografie. Der Autor des Buches wohl. Schlankes Gesicht, Krawatte, graues Jackett.

Er sah außerdem: einen Tacker. Tackernadelschachteln. Stifte.

Arnaldo musste beinahe ein wenig schmunzeln. Seit einem Jahr bauten sie gemeinsam das modernste Regionalmedienhaus von ganz Nordostitalien auf. Digital. Mit Livebild. Mit einer hochqualitativen und haptisch anspruchsvollen Sonntagsausgabe – und seine Mitherausgeberin hortete Zeugs aus dem vorigen Jahrtausend.

»Ich lasse meine Schubladen nie offen stehen.«

»Komm, Elvira, ich weiß, du bist ein ordnungsliebender Mensch, noch ordnungsliebender als ich selbst.« Arnaldo versuchte, sie zu beruhigen. »Aber manchmal vergisst man das eine oder andere – eine Schublade zu schließen zum Beispiel.«

Sie drehte sich zu ihm um, reckte ihren Hals, schob ihr Gesicht ganz nah an seines ran, kniff die Augen zusammen.

»Jemand war an meinen Sachen, ganz sicher. Vielleicht war dieser Jemand auch an deinen Sachen. Vielleicht war es der Tote. Oder der Mörder. Vielleicht …«

»Wer auch immer bei mir etwas sucht, er würde nicht fündig werden. Ich bewahre in meinen Schreibtischschubladen nichts Wichtiges auf. Ich bin ja nicht blöd.«

Horte niemals wichtige Rechercheunterlagen in der Redaktion. Das war eine der wichtigsten Lektionen, die

Arnaldo Pitti, einst gefeierter Investigativjournalist des *Corriere della Sera* in Mailand, seinen Journalistenklassen einprägte. Nie. Horte auch nichts zu Hause. Horte alles irgendwo, wo nicht einmal du selbst es von dir erwarten würdest.

»Hat dir jemand deine Lochverstärker geklaut?«

Es war frotzelnd aus ihm herausgebrochen. Er hatte die Worte nicht für sich behalten können.

»Es fehlt nichts …«, sagte sie.

»Na dann«, sagte er.

»Aber dieses Buch … ich kenne es nicht. Es ist nicht meins.«

Sie bückte sich und hob das Werk, das einem Antiquariat zu entstammen schien, aus der Schublade heraus. Sie drehte es, hielt Arnaldo und den anderen die Vorderseite hin. Kyrillische Schrift. Dicke Striche. So als ob jemand den Plastikumschlag mit Holzfarben übermalt hätte. Grau. Weiter unten lila. Am untersten Ende des Umschlages eine karge, mit Tinte gezeichnete Landschaft. Winter, ein kahler Baum. Ein krummer Lattenzaun. Schnee über den Wiesen. Ein Wagen mit zwei Rössern und Reitern.

Elvira versuchte, den Namen des Autors und des Werkes zu entziffern.

Борис Пастернак
Доктор Живаго

Sie schüttelte nur den Kopf, reichte das Buch an Arnaldo weiter. Der drehte es um fünfundvierzig Grad. Las den senkrecht geschriebenen Namen des Verlages, der in lateinischer Schrift gesetzt war.

»›*Feltrinelli Editore*‹.«

»*Feltrinelli!*«

Es war Elvira, die den Namen wiederholend beinahe kurz aufgeschrien hatte, was Arnaldo etwas wunderte.

Was hatte sie bloß?

Feltrinelli.

Natürlich kannte er *Feltrinelli. Feltrinelli* gehörte zu den ganz großen Verlagen des Landes.

Er blätterte in die ersten Seiten des Buches hinein. Auch hier: alles Kyrillisch, was wie eine unentschlüsselbare Geheimschrift wirkte.

»Ich kenne das Buch, den Umschlag«, meldete sich nun Francesco zu Wort.

Alle drehten sich blitzartig zu ihm um.

»Wir haben das gleiche Exemplar zu Hause in der Bibliothek. Erinnerst du dich nicht, Arnaldo?«

Arnaldo grübelte, doch er kam nicht drauf.

»Vater hat uns daraus vorgelesen.«

Vater hatte ihnen so viel vorgelesen. Die griechischen Klassiker. Homer. Herodot. Die großen Philosophen: Sokrates. Platon. Aristoteles. Die römischen Klassiker: Marc Aurel. Caesars *De Bello Gallico*. Dante, die *Commedia*, natürlich. Thomas von Aquin. Rousseau. Manzonis *Promessi Sposi*, Calvino, immer wieder. Ecos *Il Nome della Rosa*. Collodis *Pinocchio*, Coopers *The Leatherstocking Tales*, Tolkiens *Ringe*-Zyklus. Mann, alles von Mann.

So fern sich die musikalischen Geschmäcker der beiden

Pitti-Brüder auch waren, in der Literatur passte kein Blatt zwischen sie. Wenn sie abends zusammensaßen, dabei nicht streiten wollten, was schwierig war, einigten sie sich, über die Bücher ihrer Kindheit, ihres Lebens, zu sprechen. Da war Streit unmöglich. Da schwärmten sie.

Auch jetzt, in diesem Moment, sah Arnaldo sich und Francesco als Buben eng an ihren Vater geschmiegt im Bett liegen, gespannt zuhörend, in der Fantasie weit abschweifend. Mit Odysseus Troja einnehmend, mit Frodo den Schicksalsberg von Mordor erklimmend. Mit den Buddenbrooks durch Lübeck spazierend.

»Vater hat uns daraus vorgelesen? Auf Russisch?«, fragte er nach.

Francesco schüttelte den Kopf.

»Aber nein. Auf Italienisch. Wir haben das Buch auf Italienisch in der Bibliothek, es hat jedoch den exakt gleichen Umschlag.«

Der Marchese hob den Arm, nahm eine schauspielerische Pose ein, dann ertönte seine Stimme, so als würde er für ein Theaterstück vorsprechen.

»Sie hatten einander geliebt, weil alles ringsum es so wollte: die Erde unter ihnen, der Himmel über ihnen, die Wolken, die Bäume. Ihre Liebe …«

Arnaldo spürte, wie so oft, die Wut auf seinen Bruder in sich hochsteigen. Und die Wut auf sich selbst. Die Wut auf die Tatsache, dass es Francesco, der täglich mit Erinnerungslücken und Blackouts kämpfte, womöglich mit Demenz zu tun hatte. Wie aus dem Nichts konnte er irgendwelche Textbausteine aus Büchern, die sie vor Jahrzehnten vorgelesen bekommen hatten, aus dem Hut zaubern. Wie war das bloß möglich?

»Jetzt sag schon endlich!«

Der Marchese verzog das Gesicht. Beleidigte Miene, so als ob man das, was er da rezitierte, nicht unterbrechen dürfe.

»Jetzt sag schon!«, hörte Arnaldo auch seine Tochter sagen. Er nickte zufrieden.

»Das ist Boris Pasternaks *Doktor Schiwago*.«

»Doktor Schiwago«, flüsterte Arnaldo nun ebenso vor sich hin. Er erinnerte sich. Ja, ja, das Buch hatte Vater geliebt. Russland zur Zarenzeit. Der spätere Arzt und Dichter, der als Waisenkind aufwuchs. Erster Weltkrieg, Oktoberrevolution. Verbotene Liebe. Ja, auch er hatte den Stoff geliebt. Monumentale Bilder im Kindergehirn.

»Wie kommt eine alte russische Ausgabe von *Doktor Schiwago* in meine Schreibtischschublade?«, sagte Elvira.

Arnaldo hörte ihr nur halb zu, blätterte im Buch, schlug es wieder zu. Er sprach mehr schlecht als recht Englisch, ganz passabel Französisch, ein wenig Spanisch, ein paar Brocken Deutsch, aber Russisch, die kyrillische Schrift, nein, das war ihm fremd.

»Vielleicht ein Geschenk?«, sagte er noch, in Gedanken halb woanders, im Uralgebirge, wohin es Schiwago verschlagen hatte, die Stimme des Vaters im Ohr, den er plötzlich so sehr vermisste.

»So ein Blödsinn, Arnaldo, wer verschenkt denn ...«

»Ein geheimer Verehrer vielleicht ...«, seine Zunge

sprach, ohne dass er bemerkt hatte, ihr den Befehl dazu zu erteilen.

Arnaldos Augen starrten auf die weiterhin offene Schublade. Hatte tatsächlich jemand dieses Buch hineingelegt?

Aber warum?

Er wendete den Blick ab, dann sah er ihn. Er war aus Messing. Zackig und geschwungen. Wie zu einer Schatztruhe passend. Wie aus einer anderen Zeit. Ein alter Schlüssel. Er lag auf dem Boden neben den Schubladen. Unter dem Schreibtisch und vor dem Bürostuhl.

Arnaldo bückte sich, hob den Schlüssel hoch, wollte ihn Elvira reichen, vielleicht war es ihr Schmuckkästchenschlüssel oder ihr Kellerschlüssel. Doch die schüttelte nur den Kopf. Nun begutachtete er das Fundstück genauer, am runden Kopf stand etwas. Klein und in graziler Schrift eingeritzt. Er las halblaut.

»›*Grand Hotel a Villa Feltrinelli.*‹«

Und darunter, etwas größer, fetter: »P«.

Ein P, sonst nichts.

Alle schauten zu ihm.

»Oh!«, stöhnte Elvira wieder sehr laut. Das machte sie sonst nie.

»Die Villa, in der die Feltrinellis einst wohnten«, fuhr er fort.

»Giangiacomo Feltrinelli, Gott hab ihn selig, der seinerzeit Pasternak herausbrachte«, sagte der Marchese.

»Jetzt wissen wir zumindest, wo dein Bücher liebender Verehrer logiert …«, sagte Arnaldo schmunzelnd.

»Hör auf mit dem Blödsinn!«, antwortete Elvira streng.

Er nickte etwas bedrückt. Sie hatte ja recht. Er wusste selbst nicht, was ihn manchmal ritt. Er versuchte, durch unpassenden Schalk einer heiklen Situation den Beigeschmack der Katastrophe zu nehmen. Das gelang natürlich nie.

Ihm war auch, als sei seine Herausgeberkollegin etwas erblasst. Das alles nahm sie doch wohl sehr mit. Zu Recht. Er bereute seine missglückten Witzeleien von vorhin sofort.

Ein Toter auf seinem Schreibtisch!

Erschossen.

»Falls jemand tatsächlich an deinem Schreibtisch war, der Mörder oder der Tote, falls dieser *Jemand* dir tatsächlich diese alte Ausgabe von *Doktor Schiwago* in die Schublade gelegt hat, falls diesem *Jemand* der Zimmerschlüssel aus der Hosentasche gerutscht ist, dann haben wir eine Spur. Wenn auch eine mehr als rätselhafte. Aber immerhin.«

Gianna

Die westliche Gardesana, diese in Stein geschlagene Uferstraße, schlängelte sich am Fuße der steil abfallenden Felsen entlang. Möwen flatterten über dem schwarzen Tunnel, der die Fahrspur verschluckte, wieder ausspuckte. Der Himmel war azurblau und wolkenlos. Nur in machen Rillen der Felsen sammelten sich ein paar weiße Ballen, Nebelfetzen, beinahe wie festgeklebte Watte wirkend.

Der sanfte Vormittagswind kräuselte das dunkle Wasser des Sees zu kleinen Wellen auf, die wenigen Segelboote zogen langsam in der Seemitte umher, oben am abgerundeten Gipfel pendelten ein paar bunte Flecken herum, Paraglider.

Der Marchese saß hinterm Steuer. Gianna daneben. Der *911* machte eigenartige Geräusche, wie immer. Und wie immer verstand die Polizeireporterin nicht so recht, ob das der ruckartigen Fahrweise ihres Onkels geschuldet war. Oder ob so ein alter Porsche immer so krächzte und krachte. Lauter als die Möwen oben im Fels. In ihren Nestern.

Jedes Krächzen und Krachen versetzten ihr Stiche hinter der Stirn. Ihr war ein wenig übel. Immer, wenn sie in einen der dunklen Tunnel fuhren, stellte sie sich vor, sie würden nicht wieder daraus auftauchen. Darin verschwinden. Der Welt abhandenkommen. Noch ein paar Stunden schlafen. Zehn vielleicht. Ja, zehn würden sicher reichen. Gianna war müde, so müde. Und da waren immer noch diese nervtötenden Kopfschmerzen. Fenster auf. Die Seeluft würde sicher helfen. Die Seeluft konnte Wunder wirken. Sie brauchte ein Wunder.

Sie hatten alle gemeinsam beschlossen, dass Gianna mit dem Marchese hinunter nach Gargnano fahren und sich dort umschauen und umhören sollte. Sie hatten auch beschlossen, den Carabinieri und dem Staatsanwalt Foscolo nicht von ihrem Fund der Buches und des Schlüssels in Elviras Büro zu erzählen.

Sie hatten sich eingeredet, dies zu unterlassen, da sie ja nicht wissen konnten, ob die beiden Funde überhaupt etwas mit dem Toten im Nachbarbüro, an Arnaldos Schreibtisch, zu tun hatten. Sie hatten allesamt gewusst, dass dem keineswegs so war. Dass sie einfach nur den eventuellen Wissensvorsprung nutzen wollten.

Sie waren Journalisten, sie konnten nicht anders.

Sie wollten, mussten, mehr über den Fall publizieren als andere Medien.

Schneller. Früher. Genauer.

Sie mussten die Onlineseite sein, der TV-Sender, die Sonntagsausgabe, die die Leserinnen und Leser am See, in ganz Italien, anklickten, anmachten, am Kiosk kauften, um mehr über diesen mysteriösen Fall zu erfahren.

Der Marchese überholte waghalsig einen Camper, dann einen Linienbus. Schließlich eine Gruppe von Radfahrern, im Schneckentempo – und doch alle im rosaroten Trikot des *Giro*-Führenden, was Gianna so bescheuert fand, dass es fast schon wieder witzig wirkte.

Sie ließen Limone hinter sich, die Zitronenbäume der Limonaie waren mit dunkelgrünen Blättern bestückt, die saftig gelben, sauren Früchte hingen schwer daran.

Bei Campione schaute Gianna in den Wald hoch, hinter dem sich das *Vittoriale degli Italiani* versteckte, wo sie gemeinsam mit ihrem Onkel auch schon ein Abenteuer erlebt hatte.

Waren sie nun unterwegs zu einem nächsten?

Die Reporterin schätzte schon. Sie erschauderte ein wenig davor. Und war sich sicher, dass sie sich irgendwo in ihrem Hirn, von den Kopfschmerzen erdrückt, auch darauf freute.

Gianna liebte es eigentlich, wenn sie nicht verkatert war, wenn ihr Onkel halsbrecherisch, zu schnell und viel zu weit links, um die Felsen kurvte. Gleichzeitig fürchtete sie, jeden Moment könne eine entgegenkommende Fahrradtruppe auftauchen.

Sie liebte seine Lässigkeit, seine *sprezzatura*. Wird schon alles gut gehen! Und wenn nicht, so solle man doch bitte mit Eleganz scheitern.

Ein klein bisschen sehnte sie sich danach, eben so viel Sorglosigkeit in sich zu tragen. Selbst ihr Vater, dessen war sie sich sicher, beneidete den Marchese insgeheim darum. Auch wenn er das nie zugeben würde. Weil er ein Kontrollmensch war. Wie auch sie. Tief in ihr drin. Francesco tanzte immer auf dem Hochseil. Ohne Sicherung. Das sah fantastisch aus. Aber wenn so etwas schiefging, dann richtig.

Dann war man tot.

Er schaltete vor der nächsten Kurve vom fünften in den zweiten zurück. Der *911*-Motor jaulte wie ein tollwütiger Fuchs.

Ah, dieses Stechen in der Stirn!

Gianna hatte sich daran gewöhnt, mit dem Onkel in der Villa zu leben. Auch dass Vater nun zu ihnen gezogen war, bereitete ihr Freude. Gleichzeitig konnte sie sich kaum vorstellen, dass das ewig so weitergehen könne. Das wollte sie natürlich nicht. Das würde ihr nicht guttun. Sie sollte irgendwann wieder alleine wohnen. Oder mit einem Freund. Sie datete gerade Sandro, den Polizisten, obwohl sie nie einen Polizisten daten wollte. Gestern, später in der Nacht, hatte sie viel zu lange am Jachthafen gesessen, hatte viel zu viel Limoncello mit ihm getrunken, hatte ihn geküsst, seine süßen Limoncello-Lippen. Wie sollte sie ihm bloß klarmachen, dass sie noch oder wieder – bei ihrer Familie lebte? Würde er sie für verrückt halten, Abstand nehmen?

»Du musst wissen, Gianna, dass ich früher, als kleiner Junge, viel Zeit in der *Villa Feltrinelli* verbracht habe.«

Die Stimme des Onkels, die immer etwas von einem Märchenerzähler in sich trug, riss sie aus ihren Befürchtungen.

»Mit deinem Opa.«

Sie runzelte die Stirn. Sie verstand nicht, warum.

»Ihr habt in unserer Pitti-Villa in Riva gelebt und habt Urlaub am Westufer gemacht?«

Der Marchese schüttelte den Kopf, verschaltete sich, der *911* schrie wie ein angeschossener Seeadler.

Stechen! Ah!

»Nein, Dummerchen. Das war natürlich noch bevor die Villa der Feltrinellis in ein Hotel verwandelt wurde.«

Gianna bemerkte, dass der Marchese, anstatt die nächste Kurve im Blick zu behalten, zu ihr schaute. Sie erwiderte seinen Blick, versuchte, eine interessierte Miene aufzusetzen. Ihr kam dieser Recherchestrang, den sie beide da verfolgten, tatsächlich etwas hanebüchen vor.

Sie hätte lieber ihre Quellen bei den Carabinieri angezapft, anstatt mit Francesco den halben See hinabzufahren. Das hätte er doch auch alleine machen können.

Je länger sie fuhren, desto mehr Zweifel kamen in ihr auf: Ein gebrauchter, alter Romanschinken. Ein Schlüssel zur Suite. In Elviras Büro, nicht in Vaters, wo die Leiche des Ermordeten gelegen hatte.

War das tatsächlich eine heiße Spur?

Oder doch nicht?

Vielleicht war es tatsächlich so, dass Elvira einen neuen Geliebten hatte. Es sich nur nicht zu sagen traute. Gianna hoffte es sogar ein kleines bisschen. Sie hatte es immer noch nicht so ganz verkraftet, dass ihr Vater und ihre Chefin eine Affäre gehabt hatten.

»Dein Großvater war ein sehr guter Freund von Giangiacomo Feltrinelli. Sie trafen sich oft in Gargnano. Aßen gemeinsam, tranken gemeinsam eine Flasche *Lugana*. Immer wieder war auch ich dabei. Wir spielten im Park der Villa oder ruderten mit einem Boot auf den See hinaus, sprangen ins Wasser.«

Feltrinelli.

Natürlich kannte Gianna diesen Namen. Diesen Verlag. Unter ihren Büchern, die sich in ihrem Zimmer in der Familienvilla immer noch in den unausgepackten Umzugskartons stapelten, war sicher ein Drittel von diesem berühmten, großen Verlegerhaus publiziert.

Aber wer war dieser Giangiacomo noch mal? Ein Verleger. Politisch links. Ja. Und was hatte der Verlag, dessen Sitz, das glaubte sie zu wissen, in Mailand war, noch mal mit diesem Haus am See, das ein Luxushotel war, zu tun?

Vorne, links, im Dunst aus Himmel und Wasser, aus Sonnenstrahlengeglitzer, Fels und Wald, tauchten die ersten Dächer von Gargnano auf. Ein bescheidenes Dörfchen, das auf einem kleinen Uferstück, Niemandsland, zwischen dem See und den Bergen hineingepfercht lag. Der Marchese bog von der Gardesana ab, in die ersten, schmalen Gassen des Örtchens hinein.

Sie fuhren im Schritttempo an kleinen Läden vorbei: eine Bäckerei, ein Friseur, ein Gemischtwarenhandel, ein Zeitungskiosk. Die Zeitungen und Magazine waren ganz altmodisch an einem Drehständer befestigt. Der *Corriere della Sera,* die *Repubblica,* die *Arena,* die *Süddeutsche,* die *New York Times,* der *L'Espresso,* der *Economist,* die italienische *Vogue,* die letzte Sonntagsausgabe des *Nuovo Messaggero.*

Die Schlagzeilen?

Die Welt von gestern.

Nichts konnte gedruckten Journalismus so vorführen wie nächtliche oder vormittägliche Ereignisse, welche die um Kauf buhlenden Zeitungen mit Neuigkeiten vom Vortag alt und verstaubt wirken ließen.

Kein Toter in der *Rilke*-Villa!

Nirgends.

Der Marchese ignorierte ein Durchfahrtsschild, Gianna kannte das bereits. Ihr Onkel war der festen Überzeugung, das hatte er ihr oft mehrmals ohne jeden ironischen

Unterton erklärt, dass man in einer Welt der Plastikautos mit so einem schönen, beinahe antiken Teil, wie er es lenkte, überall hinfahren könne und überall parken dürfe.

Giangiacomo Feltrinelli, so hatte Gianna in den vergangenen zehn Minuten vom Marchese erfahren, war Spross einer der einflussreichsten Unternehmerfamilien am See gewesen.

Giangiacomos Großvater, Giacomo, hatte Mitte des 19. Jahrhunderts am See eine Holzdynastie begründet. Der Name der Familie rührte von ihrer Herkunft her, die Wurzeln lagen in Feltre, im Belluno, das weiter östlich in den Alpen lag. Die Familie war einst arm gewesen, dann begann das jüngste von dreizehn Geschwistern, zuerst mit Mehl und Mais zu handeln, später mit Holzkohle, schließlich kam es mit dem Holzgroßhandel zu Reichtum.

Der Rohstoff stammte von den Wäldern in den Bergen um den See, auch aus dem Trentino und dem Südtiroler Pustertal sowie Kärnten – wurde von da nach Desenzano del Garda transportiert. Der Eisenbahnausbau kam dem Handel zugute, in der Mitte des vorvorigen Jahrhunderts wurde das italienische Schienennetz verdreifacht. Vor allem das gute Kiefernholz der Feltrinellis war bald landauf, landab gefragt.

Giacomo, der Großvater, war durchaus gewieft. Er verkaufte gerne schweres, nasses Holz, denn der Preis wurde nach Gewicht bemessen. Es waren dies die Jahre, in denen die Feltrinellis samt Unternehmen nach Mailand zogen. Mit bald fünfzehn Filialen im italienischen Königreich, auch in Österreich und auf dem Balkan.

Die Familie stieg zudem ins Bankwesen und das Eisenbahngeschäft ein. Nun rollte ihr Holz auf ihren eigenen Schienen über den gesamten Kontinent. Giacomo und seine Nachkommen blieben dem See allerdings verbunden. Zur Jahrhundertwende ließ der Patriarch, der längst zur italienischen Industriellenbourgeoise zählte, die Villa erbauen. Als Sommerfrischeresidenz.

Gianna und der Marchese fuhren am alten Steinhafen von Gargnano vorbei. Die Kellner der kleinen Trattorie servierten den Gästen Cappuccini und Cornetti, mancher Tourist hatte sich bereits an einen Aperol gewagt. Die hölzernen Fischerboote schaukelten quietschend an den Stegen, einige Männer mit braun gebrannter und vom Wind zerfurchter Haut schütteten ihren Fang des frühen Morgens aus dem engmaschigen Netz in einen hellblauen Plastikkübel. Felchen, viele Felchen.

Die Gemeindepolizistin bestätigte freundlich lächelnd Onkel Francescos *911*-These – sie schaute nicht böse, hielt sie nicht an, lächelte. Am Ende des Hafens zog ein schmaler Steinweg steil an, an der Wand eines Steinhauses entdeckte Gianna das unscheinbare Schild, auf dem der Name ihres Zielortes geschrieben stand: *Grand Hotel a Villa Feltrinelli.*

Beinahe schien das Schild wie ein Zeichen für den Onkel, nun auch den Rest seines Wissens über die Besitzerfamilie der Villa preiszugeben.

Carlo Feltrinelli, Giangiacomos Vater, machte das europäische Familienunternehmen zu einem weltweiten. Neben Kiefern, Buchen, Eichen wurde nun auch mit Pitchpine, Douglas und Iroko aus Nordamerika, Teak aus Asien und Mahagoni aus Afrika gehandelt. In Italien stieg man zudem ins Bauwesen ein, auch in die Chemie- und Textilindustrie.

Carlo wurde Vorstandsmitglied von Industriebetrieben in Indien und Lateinamerika, über Mehrheitsbeteiligungen bei *Edison* und Großbanken verschaffte man sich die Nutzungsrechte für Wasserressourcen; es hieß, die Feltrinellis würden von Mailand aus halb Österreich mit Strom versorgen. Carlo Feltrinelli galt alsbald als reichster Mann der Stadt.

Giannas Onkel lenkte den Porsche eine schmale Straße zwischen einer Steinmauer, an der Kaperngestrüpp rankte, und einer dichten Zypressenhecke entlang. Jede Sekunde, befürchtete Gianna, könne der Rückspiegel abgestreift werden. Doch das brachte den Marchese nicht dazu, langsamer oder vorsichtiger zu fahren.

»Onkel«, sagte Gianna verwundert, auch um sich von seiner tollkühnen Fahrweise abzulenken, »woher um Gottes willen weißt du das alles so genau?«

Nun bremste Francesco ab. Der Staub der Straße, den die plötzlich stoppenden Reifen aufgewirbelt hatten, umwehte sie, kitzelte Gianna in der Nase.

»Dein Großvater war beinahe ein wenig vernarrt in die Familiengeschichte der Feltrinellis. Es gab Zeiten, da waren wir Pitti-Sanbaldis deren Familie beinahe ebenbürtig. Was das Finanzielle betrifft zumindest. Und doch schafften wir nie, was sie geschafft hatten.«

Der Marchese drückte wieder aufs Gas, sanft, der Porsche rollte leise röchelnd weiter.

»Was meinst du?«, fragte Gianna.

»Einen Zauber zu entfachen. Einen Mythos zu begründen. Zu Legenden zu werden. Die Feltrinellis waren vom süßen Salz der Geschichte geküsst. Das war es, was *papà* immer fasziniert hatte. Was auch mich immer faszinierte. Ich habe als Kind und Jugendlicher alles aufgesogen, was er mir über Giangiacomo Feltrinelli und dessen Vorfahren erzählt hatte. Ich wollte, dass wir Pitti-Sanbaldis so sind wie sie.«

Weiter vorne tat sich rechts des Weges eine Öffnung in der Hecke auf, etwas zurückversetzt kam ein hohes, filigranes dunkles Messingtor zum Vorschein. Geschlossen. Von zwei Marmorsäulen getragen. An der einen war ein kleines Messingschild befestigt, auf dem *Villa Feltrinelli* eingraviert war. Darunter ein Messingknopf: die Klingel.

Gianna verstand nicht ganz, was an einer Holzfällerdynastie so wahnsinnig geschichtsträchtig gewesen sein sollte, aber sie war sich sicher, Francesco hatte ihr lange noch nicht alles über die Familie erzählt, vor deren ehemaligem Seegrundstück sie nun standen.

Sie erinnerte sich vage daran, das Giangiacomo mit Fidel Castro befreundet gewesen war. Hatte er nicht auch Befreiungskämpfe in Südamerika finanziert?

Als sie die italienische Nachkriegszeit in der Schule durchgenommen hatten, hatte sie nicht sonderlich aufgepasst. Da hatte sie mehr Zeit beim Rauchen in den Schultoiletten verbracht. Auch weil ihr Geschichtslehrer, *professore* Renato Giuntoli, mit den ekelhaften Schuppenbergen auf den Schultern seines abgewetzten Cordjacketts, so durcheinander war, dass er nicht merkte, wenn jemand aufs Klo ging – und für den Rest der Stunde nicht wiederkam.

Der Marchese öffnete die Sportwagentür, stieg aus, zupfte sein schuppenfreies dunkelblaues Seidenjackett zurecht, ruckelte seine Rosen-Papageien-Krawatte zurecht, klopfte den Straßenstaub von seiner hellgrauen Leinenhose, trat an die Klingel heran, drückte.

Gianna suchte in der dicken Hecke nach Löchern, um einen ersten Blick auf das Anwesen werfen zu können. Sie fand keine Lücke. Das gab es doch nicht. Jede Hecke hatte doch Lücken. Die Hecke vor ihrer Familienvilla in Riva war so durchlöchert wie ein Schweizer Käse. Dieses Haus, die Villa Feltrinelli, zählte zu den edelsten und nobelsten Adressen am See. Ach was, von Italien. Das war ihr bekannt.

Je nobler eine Adresse, desto undurchsichtiger die Hecke, schlussfolgerte sie.

Die Feltrinellis mussten im Laufe der Generationen viel richtig gemacht haben.

Sie, die Pittis, hatten viel falsch gemacht. Sie wusste nicht genau, was. Dafür hatte sie sich nie sonderlich interessiert. Aber von den einstigen unzähligen Olivenhainen an den Hängen des Monte Baldo, den Zitronengewächshäusern in und um Limone war nicht viel geblieben. Was ihr recht egal war.

Da war sie wie ihr Vater.

Und Onkel Francesco? Der war da völlig anders.

Der Lautsprecher über dem Klingelknopf aus Messing krächzte, eine ebenso krächzende Frauenstimme ertönte.

»*Prego?*«

»Äh, ja, hm …«, der Marchese schien jetzt erst zu überlegen, was er denn eigentlich sagen wollte.

Er war einer jener eigenartigen und zugleich faszinierenden Menschen, die ausnahmslos entweder in der Vergangenheit oder im Hier und Jetzt lebten, sich jedoch niemals mit der Zukunft beschäftigten. Auch nicht mit der sehr nahen Zukunft. Auch nicht mit den gleich kommenden Sekunden.

»Francesco Marchese Pitti-Sanbaldi mein Name. Ich und meine Nichte, Gianna Federica Louisa Marchesa Pitti-Sanbaldi, wir würden gerne einen Espresso auf der wundervollen Terrasse Ihres wundervollen Hauses …«

»Sind Sie Gast des Hauses, werter Herr?«

Francesco hob die Augenbrauen.

»Ich, äh, aktuell, also, früher bin ich hier ein und aus … ich bin, äh, war ein guter Freund des Hauses.«

»Es tut mit herzlich leid, aber die Villa ist ausschließlich für Hausgäste zugänglich. Oder für Gäste des *Il Gourmet,* unseres Zwei-Sterne-Restaurants.«

Die Augen des Marchese funkelten auf.

»Ah, ja, wunderbar, dann würden meine Nichte und ich sehr gerne bei Ihnen essen.«

»Werter Herr, es ist gerade einmal kurz nach elf Uhr vormittags.«

Der Marchese ballte die Fäuste, die Unnachgiebigkeit dieser krächzenden Dame am anderen Ende der Sprechanlage schien ihn zunehmend zu fuchsen.

»Der Hunger, was für ein drolliges Menschheitsbedürfnis. Er hält sich so ungern an Uhrzeiten. Wissen Sie, ich hatte gestern Abend lediglich Lust auf einen kleinen *Caesar Salad*. Mit dem Romana vom Gemüsehändler in der Altstadt von Riva – einen besseren bekommen Sie am ganzen See nicht! Die Croûtons reibe ich kurz vor der Zubereitung übrigens immer mit frischem Knoblauch aus den Hängen des Ätna ein, der hat so eine leicht buttrig-nussige Rauchnote, höllisch gut. Den Parmesan, achtundvierzig Monate gereift natürlich, hobele ich mit einer Rasierklinge, zarter geht's nicht. Das Hähnchen von einem Bauer aus der Valsugana brate ich auf dem offenen Grill, wer das in der Pfanne macht, gehört ins Gefängnis, meine Meinung. Ich …«

»Herr …«

»Marchese Pitti-Sanbaldi …«

»Das *Il Gourmet* hat nur abends geöffnet.«

»Null Problemo.«

Nun war der Marchese in Fahrt. Gianna war schon klar, was das bedeutete. Er wollte da rein, und wenn er dafür seine Kontakte beim israelischen Geheimdienst spielen lassen musste.

»Dann setzen wir uns einstweilen schon mal auf die Terrasse, vertreiben uns den Tag mit Champagner …«

Gianna war überhaupt nicht hungrig, obwohl so ein saftiger Hähnchensalat ihrem Kater vielleicht Paroli bieten würde. Aber Champagner? Nein, schon beim Gedanken daran, wurde ihr etwas übel.

»Das *Il Gourmet* ist ausgebucht. Den nächsten freien Tisch gibt es erst wieder, warten Sie ...«

Der Marchese scharrte wütend mit seinen Budapestern auf dem Sandboden.

»Am 23. Juli.«

»Hm.«

»Nächsten Sommer.«

»Nächsten?!«

»Soll ich Sie einbuchen? Wir würden uns freuen, Sie und Ihre Nichte als unsere Gäste begrüßen zu dürfen.«

Gianna sah, wie ihr Onkel den Unterkiefer hin- und herschob.

»Schrecklich gerne, *signora*«, sagte er schließlich, »aber das geht nicht. Da haben wir bereits einen Tisch bei Alain Ducasse in Paris reserviert.«

»Und jetzt?«, fragte Gianna.

Sie saßen wieder im Porsche, der Marchese schien vergnügt. Sie waren zwar nicht da, wo sie sein wollten. Aber seiner Einschätzung nach hatte er das Sprechanlagenduell wohl gewonnen.

Er wendete den Porsche umständlich zwischen Eisentor und Kapernmauer. Brauste davon.

»Jetzt fahren wir zurück ins Städtchen. Zum Hafen. Ich habe da eine Idee.«

Elvira

Sie stand mit Arnaldo an ihrem Schreibtisch. Aus dem Flur und aus seinem Büro waren Schritte und Stimmen zu hören. Die Carabinieri und die Spurensicherer.

Die beiden schauten auf Elviras Bildschirm. Sie schauten sich das Bildmaterial an, das ihr Kamerateam von dem Abend zuvor gemacht hatte. Es gab Aufnahmen vom Sektempfang um achtzehn Uhr. Aufnahmen von der Führung durch die Redaktionsräume. Aufnahmen von der Feier danach.

Elvira spürte Arnaldos Atem. Er stand hinter ihr. Seine Hand auf der Stuhllehne. Das passte ihr gar nicht. Das wirkte auf sie so, als sei sie seine Praktikantin.

»Arnaldo«, sagte sie, »das sind sechs Stunden Rohmaterial. Hol dir einen Stuhl, setz dich.«

Sie war selbst ein bisschen überrascht von ihrer direkten Wortwahl. Von ihrem rohen Ton. Doch er schien ihn zu akzeptieren. Er holte tatsächlich einen zweiten Stuhl herbei, der an einem kleinen Besprechungstisch stand.

Vor der Tür huschten wieder zwei Polizeibeamte vorbei. Sie würden große Teile der Redaktionsräume den ganzen Tag noch in Beschlag nehmen.

Elvira schob den Regler des Videoprogramms ein Stück vor, stoppte. Drückte auf *Play*.

Sie sahen auf dem Bildschirm: den Flur vor ihrem Zimmer, eine Menschentraube, die ihn entlangging.

Sie schob den Regler ein klein wenig zurück. Stoppte,

ließ die Bilder erneut laufen. Die Kamera filmte von der Marmortreppe auf den Garten vor der Villa hinab. Sie selbst und Arnaldo standen mit dem Rücken zum Bild, winkten die Gäste zu sich heran, in die Villa hinein.

Die Frauen trugen knöchellange Abendkleider, die meisten der Herren Smoking. Elvira erfreute auch jetzt noch der Anblick. Genauso, wie er sie gestern Abend erfreut hatte. Es war ihr später, kleiner Sieg gegenüber Gianna gewesen, die sich eigentlich in der Diskussion über den Dresscode der Veranstaltung durchgesetzt hatte. *Come as you are*. Jeder solle kommen, wie es ihm passe, hatte sie gefordert. Und war dabei von ihrem Vater stimmlich unterstützt worden.

Elvira war sich sicher gewesen, sie würde mit Francescos Hilfe zumindest ein Patt erreichen. Dann würde das Los sprechen, so hatten sie es bei der Planung der Entscheidungsfindung in wichtigen Fragen vereinbart.

Der Marchese aber hatte sie hängen gelassen. Er sagte, er fände es mehr als vulgär, Menschen zu sagen, was sie anzuziehen hätten. Für jemandem, der bei einer solchen Veranstaltung nicht von selbst verstehen würde, wie man sich kleidete, solle man stilles Mitleid empfinden. Sonst nichts. Jemand, den man in einen Smoking zwingen musste, der sah darin schlimmer aus, als würde er in kurzen Hosen und Poloshirt zu einem Empfang erscheinen.

Und doch kam es anders als gedacht und befürchtet: Ja, Gianna trug zwar ihre abgewetzte Lederjacke, Arnaldo seine zu weiten Jeans und sein billiges Hemd. Aber die meisten anderen, die feine Gesellschaft von Riva, enttäuschte Elvira nicht.

Sie rückten beide die Köpfe nah an den Bildschirm heran, Elvira spürte Arnaldos Atem wieder. Sie überlegte, was passieren würde, würde sie ihr Gesicht zu seinem hindrehen. Würde er das seine auch zu ihr hindrehen?

Würden sie sich küssen?

Es gab Momente, da wünschte sie sich das. Es gab Momente, da wünschte sie sich so sehr, dass dieses Begehren verschwand.

Für immer.

Weil alles anders sein würde, wenn es denn passierte. Weil alles nicht mehr sein würde wie einst. Weil es sich nicht richtig anfühlen würde.

Oder doch?

Sie schaute nicht zu ihm. Er schaute nicht zu ihr.

»Da?«, sagte er plötzlich, hob die rechte Hand, drückte den Zeigefinger gegen den Bildschirm.

Ja, sie hatte das Gesicht ebenso durch das Bild huschen sehen. Auf der alten Holztreppe, die in die erste Etage des Hauses führte. An den Wänden in dünnen schwarzen Rahmen Bilder vergangener Tage: Redakteure vor Schreibmaschinen. Ein junger Arnaldo mit Staatspräsident Cossiga, der am See weilte, der die einstigen Redaktionsräume besuchte.

Und da, ja, er. Der Tote. Lebendig auf Bild gehalten. Wohl noch nicht ahnend, dass er bald erschossen auf einem der Schreibtische, an denen er nun vorbeilief, liegen würde.

Der Mann schaute interessiert, verschwand immer wieder mal hinter anderen Besuchern. Erst erkannte Elvira nicht, was er da in der Hand hielt, dann sah sie, dass es sich um eine Plastiktüte handelte.

»Wer ist dieser Mann?«, murmelte Arnaldo vor sich hin.

Die Mitherausgeberin hob die Schultern.

»Wer ist das? Wer ist das bloß? Der Partner irgendeines weiblichen Gastes, den wir nicht kennen? In der Tüte war das Buch, nehme ich an …«

Er griff nach der Maus. Berührte Elviras Finger, die darauf lagen. Sie zuckte zurück. Zu schnell, verdammt. Das hatte er sicher bemerkt. Was er wohl dachte? Er ließ sich nichts anmerken.

Er spulte ein klein wenig zurück, wieder vor, stoppte. Da, das Gesicht des Toten war klar zu sehen. Er schaute direkt in die Kamera. Beinahe ein wenig überrascht. Beinahe so, als bemerkte er erst in diesem Moment, dass da jemand filmte, dass auch er gefilmt wurde. Als wäre ihm das unangenehm.

»Elvira«, sagte er, »wir müssen dieses Material Foscolo und seinen Leuten geben.«

Er hatte sich tatsächlich zu ihr hingedreht. Kein Kuss – nein. Seine schmalen Lippen hart aufeinandergepresst. Die Worte hinter den zusammengebissenen Zähnen hervorgezischt.

»Tja …« Mehr sagte sie nicht.

Er insistierte: »Wir müssen! Leider.«

Seine Augen zitterten. Dann sprach er weiter.

»Aber nicht jetzt, nicht gleich. Lass uns …«

Es schien, als kämpfe er mit sich selbst. Der Bürger Arnaldo mit dem Investigativreporter Pitti. Der gesetzestreue Arnaldo mit dem Pitti, der die große Story roch. Sie hätte ihn gerne geküsst. So gerne. Sie biss sich auf die Zunge, drückte ihren rot lackierten Zeigefingernagel ins Fleisch ihres Daumens. Das half immer. Kurz.

»Wir geben es ihnen. Am Nachmittag um, sagen wir … fünf«, fuhr sie fort.

Elvira grinste teuflisch. Ihr war sofort klar, warum diese Uhrzeit. Um fünf war alles zu spät. Nicht für die Polizei. Für die waren die paar Stunden womöglich gar nicht ausschlaggebend. Fünf war zu spät für die anderen: ihre Konkurrenz, die anderen Medienhäuser. Wenn die Polizei erst um fünf dieses Material sah, würde sie bis zum späteren Abend brauchen, um es zu sichten. Dann würde sie heute keine Pressekonferenz mehr geben. Eher morgen früh. Ganz sicher erst morgen früh. Dann würden sie noch am Abend, zur Primetime, als Erste eine Nachricht haben, online und im TV, die sonst noch niemand hatte.

»Wir sollten mit dem Material zu Martino fahren«, sagte Arnaldo.

»Glaubst du, der ist zu Hause?«

Er schaute, als hätte sie ihn gefragt, ob Wasser nass sei.

»Der ist doch immer daheim.«

Sie hatten Francescos wohlhabenden Freund Martino Boccanera mit ins Redaktionsteam geholt.

Warum?

Weil es am ganzen See niemanden gab, der sich besser damit auskannte, Computer zu knacken, Passwörter zu entschlüsseln, in geschützte Bereiche des Darknet einzudringen, in die sonst niemand von ihnen einzudringen vermochte.

Boccanera hatte nur widerwillig zugesagt. Seitdem er vor vielen Jahren durch ein paar geniale Aktiendeals, Internetportalkäufe zu ein paar Millionen gekommen war, hatte er sich in die Berge über Salò zurückgezogen. Er hatte beschlossen, sein Leben auf den Genuss von gutem Essen und noch besseren Weinen zu reduzieren.

Menschen?

Mied er. Bis auf den Marchese, den mochte er irgendwie.

Boccanera hatte schließlich zwei Bedingungen genannt: Er würde nie und nimmer nach Riva ziehen. Nie und nimmer die Redaktionsräume betreten. Wenn sie etwas bräuchten, sollten sie zu ihm kommen. Aber wehe, sie brachten keine gute Flasche Wein mit.

Geld?

Wollte er keines. Davon hatte er genug, er hatte sich damit die Freiheit erkauft. Von allem. Geld per se bedeutete ihm nichts.

»Ich muss hierbleiben, Arnaldo, die Redaktion leiten.«

»Du bist Herausgeberin, Elvira, du musst gar nichts. Du kannst den ganzen Tag an der Promenade spazieren gehen. Darüber nachdenken, wie der *Nuovo Messaggero* in dreißig Jahren aussehen soll.«

Sie lachte – und schüttelte gleichzeitig den Kopf.

»Du weißt, dass ich das nicht kann.«

Er griff nach ihrer Hand, drückte sie kurz. Zu kurz. Ließ sie wieder los. Sie lachte verlegen. Lang. Zu lang.

»Ich fahre alleine zu Boccanera.«

Sie nickte.

»Du kümmerst dich um den Wahnsinn hier.«

Der Marchese

Die Polizistin am kleinen Hafen von Gargnano, die den beiden vorhin so freundlich zugelächelt hatte, stand mit einem der Restaurantbesitzer im Schatten der grün-weiß gestreiften Markise, welche die Tische auf der Terrasse beschattete. Sie hielt ein Glas Mineralwasser in der Hand, er eine Espressotasse. An einem der Tische saß ein Mann, wohl Mitte vierzig. Er hatte lange schwarze Haare, zu einem Pferdeschwanz zusammengebunden, und trug ein weites, buntes Leinenhemd sowie eine enge schwarze Bikerhose. Vor ihm stand ein Espresso. Er blinzelte in die Sonne.

An einem anderen der Tische saßen ein paar Alte aus dem Dorf. Sie hatten je eine leere Espressotasse vor sich stehen. Vier von ihnen spielten Karten, einer schrie, triumphierend eine Karte hinwerfend. Einer hob empört die Arme. Dann diskutierten sie lauthals. Nur einer war scheinbar unbeeindruckt in die Lektüre der *Gazzetta dello Sport* vertieft.

»Madonna della Corona, così no, eh!«

»San Pietro in Mavino, non farmi incazzare, stai muto amico mio.«

Wer sie nicht verstand, musste vermuten, sie würden über Kriegsverbrechen streiten. Nicht über einen Zug bei einem Kartenspiel. Wer sie verstand, kapierte, dass es da keinen Unterschied gab.

An den Tischen daneben saßen ältere Pärchen. Touristen. Das erkannte der Marchese sofort. Das konnte man nicht *nicht* erkennen.

Leider.

Sie trugen karierte Shorts, sodass man ihre nackten käseweißen Waden sah.

Die Männer – und die Frauen.

Sie trugen ausgewaschene, beschriftete Poloshirts. Sie hatten Rucksäcke dabei. Giannas Onkel hatte noch nie in seinem Leben irgendwo einen Rucksack dabeigehabt. Zumindest noch nie irgendwo unter dreitausend Meter über dem Meer. Über dreitausend Meter hatte er es noch nie geschafft. Das wollte er auch gar nicht.

Bergsteigen?

Mochte er nicht. Das war ja auch Sport. Irgendwie. Sport hielt er für Faschismus, da war er ganz bei Winston Churchill.

Der Marchese stieg aus dem Porsche aus, versuchte, die Touristenpärchen nicht allzu verächtlich anzuschauen. Das tat man nicht, da stand man drüber, auch wenn er sich fragte, wie das alles zu ein und derselben Spezies gehören könne: die Abendgäste gestern in der *Rilke*-Villa – und diese Leute hier.

Aber bitte, bei Kleidung, da war er ganz liberal. Nur

wenn's ums Essen und Trinken ging, da konnte er nicht anders.

Das eine der drei Pärchen hatte eine Pizza und einen Cappuccino vor sich stehen. Er aß, sie trank.

Das zweite Pärchen hatte sich für einen Eisbecher und ein Weizenbier entschieden. Sie aß, er trank.

Das dritte Paar arbeitete sich gemeinsam an einem Krug Rotwein ab. Oder war es Himbeersaft? Der Marchese konnte sich nicht genau entscheiden, was er schlimmer fände.

Er Pizza, sie Cappuccino. Trinkt doch erst einen Cappuccino, esst dann gemeinsam eine Pizza. Mittags um Gottes willen, wenn es schon sein musste. Der Marchese hatte in seinem Leben noch nie mittags eine Pizza gegessen. Er hatte überhaupt am See noch nie eine Pizza gegessen. Pizza aß er nur mit Blick auf den Golf von Neapel.

Sie Eis, er Bier. Genießt doch zwei Eis. Genießt zwei Bier. Entscheidet euch für einen gemeinsamen Moment.

Eine Flasche Rotwein. Am Vormittag. Sind das Alkoholiker?

Giannas Onkel hatte nichts gegen Alkoholiker. Er achtete tunlichst darauf, nicht darüber nachzudenken, ob er denn selbst einer war. Alkoholiker, konnte einem schon passieren, *bonvivants*, wie er einer war sowieso. Aber dann schüttete man sich doch nicht am helllichten Tag vor allen Leuten so zu. Dann zog man mit Würde von einer Bar zur nächsten und fand sich wieder in den eigenen vier Wänden ein, bevor man auf allen vieren kroch.

»Himbeersaft, vielleicht ja doch eher Himbeersaft«,

flüsterte der Marchese vor sich, während er zu den Fischern, den stolzen Männern mit vom Wind und Seewasser und Sonne gegerbten Gesichtern hinüberspazierte.

Diese Männer in ihren abgewetzten Hemden und dreckigen Leinenhosen bestätigten Giannas Onkel wieder einmal, dass Eleganz nichts mit Geld zu tun hatte. Dass selbst er, der sein Leben lang versucht hatte, die ihm selbst innewohnende *dolce vita* nach außen zu kehren, von diesen Männern noch so viel lernen konnte. Dass er alles richtig machen musste, um nicht vor ihnen abzublitzen. Um nicht das Gesicht vor ihnen zu verlieren. Um das zu erreichen, was er wollte.

Gianna blieb beim Wagen zurück, gut so. Er schwänzelte ein wenig um die Männer herum, sie ignorierten ihn natürlich. Alles andere hätte ihn enttäuscht.

Er beugte sich über einen der Kübel, musterte den Fang.

»Den Schwarzbarsch da, den hast du drüben am Ostufer gefangen, richtig? Oder schwimmen die mittlerweile bis hier rüber?«

Der Marchese griff in den Kübel. Ein paar Flusskrebse krabbelten zur Seite, ein Aal drückte sich an die Kübelwand. Er fasste nach dem olivgrün schimmernden Fisch, hielt ihn fest, holte ihn aus dem Wasser, hob ihn hoch, begutachtete ihn. Das Seewasser tropfte von seiner Haut auf den Saum seines dünnen Sommerjacketts.

»Ja, ganz sicher vom Schilf bei Lazise, ein junges Exemplar. Die vom Nordufer sind bereits im jungen Alter dicker, brauner.«

Der Fischer hatte sich ihm zugewandt, weitere Fischer waren näher gekommen. Francescos Herz klopfte ihm fröhlich im Hals. Er legte den Fisch in den Kübel zurück, beschloss, noch einen draufzulegen.

»Die Schwarzbarsche aus dem Norden grille ich auf dem offenen Feuer. Die vom Süden sind mir zu schade dafür. Nein, nein, die bereite ich im Salzmantel zu. Rein ins Rohr. So bleiben die zarte, buttrige Note, die nussige Süße präsent. Zitrone, Thymian, Petersilie. Unbedingt ein, zwei Eiweiß, damit sich das Salz bindet. Knoblauch, viel Knoblauch. Zweihundert Grad, Ober- und Unterhitze, *that's it.*«

Nun drehte er sich um sich selbst, steckte, wie Napoleon, eine Hand zwischen die Knöpfe seines Hemdes und wartete. Es war schon klar, dass er ein hohes Risiko einging. So machte er es am liebsten. Er kannte die Fischer oben in Riva, er setzte sich oft zu ihnen, sprach mit ihnen. Sie sprachen viel über das Fischen, über die Netze, den Wind, die Preise am Markt. Über die Fische selbst sprachen sie kaum. Wo die laichten, wussten sie grad noch, es war ihnen jedoch egal. Wie Gourmets sie zubereiteten, auch. Er hoffte, die Kollegen hier unten tickten ebenso.

Er ging nun von Kübel zu Kübel, schaute, in welchem die prächtigsten Exemplare schwammen. Sie schwammen im gelben Kübel ganz am Rande. Vier Forellen drehten sich darin im Kreis.

»Wer von euch beliefert denn die *Villa?*«

Er tippte auf den Mann, der die Forellen im gelben Kübel gefangen hatte. Ihm war klar, dass jeder hier verstand, welche Villa er mit der *Villa* meinte.

Einer der Männer räusperte sich tatsächlich. Er trat einen Schritt hervor. Der Marchese schätzte den Fischer um die dreißig. Er trug krauses rötliches Haar, ein dreckiges weißes Feinrippunterhemd, eine kurze blaue Seglerhose.

»Würdest du mich und meine Nichte mit dahin nehmen?«

Der Mann schaute freundlich, schüttelte aber den Kopf.

»Da sind Sie zu spät, mein Herr, ich war in der Früh schon da. Komme erst am Abend noch mal vorbei.«

Der Marchese überlegte kurz. Er hätte dem Mann Geld bieten können. So viel Geld, doppelt so viel, wie eine kleine Ausflugsfahrt bei einem Bootsverleih kosten würde. Aber dieses Risiko war ihm zu hoch. Diese stolzen Fischer ließen sich nicht kaufen. Vor allem nicht, wenn sie alle zusammenstanden. Nein, er musste anders vorgehen.

»Aber warum nehmen Sie nicht einfach den Haupteingang?«, fragte der junge Fischer.

Nun schmunzelte der Marchese.

»Am Haupteingang gab es ein Missverständnis, außerdem liebe ich den großen Auftritt. Ich komme gerne von der Seeseite her. Wie Kolumbus, als er Amerika entdeckte. Haupteingänge, das ist etwas für Touristen, meinen Sie nicht?«

Einige der Fischer schmunzelten tatsächlich ebenso. Nicht über ihn. Mit ihm. Ja, er schien sie für sich gewonnen zu haben.

Alle?

Der Marchese reichte dem jungen Fischer die Hand.

»Marchese Pitti-Sanbaldi«, stellte er sich vor.

»Angenehm, Alessandro Sale«, sagte der Rothaarige.

»Alessandro, mein Guter, meine Nichte und ich, wir würden gerne deine Forellen kaufen, ich möchte sie heute Nachmittag im Garten der Villa braten.«

»Verzeihen Sie, der Herr«, sagte der junge Fischer nun jedoch weiter skeptisch, »ich glaube nicht, dass Sie in der *Villa* grillen dürfen. Auch nicht, wenn Sie Gast sind.«

Der Marchese winkte läppisch ab.

»Ich denke, das dürfte kein Problem sein. Wissen Sie, mein Vater war ein guter Freund von Giangiacomo Feltrinelli. Ich habe in meiner Kindheit so viele Stunden im Garten der *Villa* verbracht. Dort mit den Kindern den Hauses Fußball gespielt. Ach, was hat der Gärtner geschimpft, weil wir ihm den akkurat englisch gepflegten Rasen verschandelt haben. Leere *Nebukadnezar*-Champagnerflaschen dienten uns als Tore. Die meiste Zeit hat Giangiacomo mit uns mitgespielt. Immer eine stinkende *Senior Service* im Mundwinkel. Immer Mittelstürmer, er war ein so schrecklich schlechter Mittelstürmer. So verdammt schlecht, dass ich manchmal den leisen Verdacht schöpfte, er machte das absichtlich, um uns *ragazzi* mehr Tore schießen zu lassen.«

Francesco beobachtete genau, während er erzählte, wie die Männer um ihn reagierten, als er den Namen des Verlagsbesitzers und ehemaligen Bewohners der Villa nannte. Sie waren erst erstarrt, hatten dann allesamt ein Leuchten in den Augen.

»Giangiacomo, ein guter Mann«, hauchte der eine. Einer der Älteren.

»Wir kannten ihn alle«, sagte ein zweiter, auch ein älteres Semester.

»Er soll stets gut zu den Fischern gewesen sein«, sagte der junge Mann mit den Forellen im gelben Kübel.

Alle nickten. Beinahe andächtig.

»Mit dem alten Velasco ist er sogar immer wieder rausgefahren. Nachts«, sagte wieder einer.

»Ja, mit dem Orlando.«

»Wie viel willst du haben für die Forellen?«, fragte der Marchese schnell weiter.

Noch während Sale zu überlegen schien, fuhr er fort:

»Und für die Fahrt das Stück der Küste hoch zum Steg der *Villa?*«

»Hm«, sagte der Mann immer noch unentschlossen.

»Ich gebe dir einen Fünfziger pro Forelle und für deine Zeit, das Benzin, den Aufwand.«

Der Marchese blätterte in seiner Geldklammer umher. Der Mann reichte ihm die Hand, der Marchese schlug ein, winkte Gianna herbei.

Der Fischer zeigte auf eins der Boote weiter vorne am Hafen.

»Das kleine, grüne Boot?«, fragte der Marchese.

Es gefiel ihm ganz außerordentlich. Schön geformt. Tannenzapfenfarben. Die Farbe an manchen Stellen von der Sonne zerfressen, rostbraun leuchtend. Patina. So sollte es sein. Das sollte seine *Santa Maria* sein.

»Nein, das dahinter«, sagte der Fischer knapp.

Dahinter schaukelte ein Tretboot im Wasser.

»Hundert für alle vier Forellen nehme ich gerne. Das reicht. Wenn Sie ein Freund von Feltrinelli waren, ist es mir eine Ehre, Ihnen das Tretboot zu leihen, das ich letztens restauriert habe und das ich an Touristen vermiete. Damit verdiene ich mir hier ein bisschen etwas dazu. Da fallen die Benzinkosten auch weg.«

Der immer noch etwas verärgerte Marchese stieg in das Plastikboot, stellte den gelben Plastikkübel mit den Forellen ab, schob mit den Budapestern ein dünnes Tau beiseite, setzte sich auf den linken der beiden Plastiksessel, setzte die Füße auf die Pedale, hörte das gurgelnde Wasser darunter. Er musterte das zarte Steuerknüppelchen.

Dann beobachtete er, wie Gianna – die Hand des jungen Fischers ignorierend – zu ihm hereinsprang. Sein Blick schwenkte in die Runde. Er sah die anderen Fischer, die sich gar nicht mehr für sie beide zu interessieren schienen. Sie flickten wieder Netze. Er sah, dass die Polizistin den Porsche fotografierte. Das eine Touristenpärchen schenkte sich Rotwein nach. Am anderen Tisch biss der Mann herzhaft in das Pizzastück, seine Begleitung hob die Cappuccinotasse.

Das dritte Pärchen war weg. Der Mann mit dem Pferdeschwanz war ebenso verschwunden.

Sale winkte ihnen hinterher, den Hunderterschein in der Hand, während sie etwas umständlich im Hafen einen Halbkreis drehten. Sie traten fester in die Pedale und gelangten aufs offene Wasser hinaus. Langsam verschwammen die Konturen des Ufers. Die Fischer, die Boote, die Häuser wurden zu dunklen roten, gelben, blauen Punkten.

Arnaldo

Er hatte es zuerst übers Telefon versucht, vergeblich. Das hatte er sich schon gedacht. Er war noch nie besonders schlau aus dem Freund seines Bruders geworden. Martino Boccanera, das musste er zugestehen, war ein Gewinn für ihr Projekt. Was sein Computerwissen anging. Dass dieser Technikfreak aber nicht einmal mehr ein Handy besaß, befand Giannas Vater dann doch als etwas eigenartig. Zumindest ans Festnetztelefon konnte er doch rangehen.

Arnaldo hatte im *Coop*-Supermarkt am Stadtrand von Riva eine Flasche Grauburgunder für fünfundzwanzig Euro gekauft, was er als unverantwortlich teuer empfand, war dann die Gardesana mit dem Volvo hinabgefahren, hatte sein altes Auto bei Salò eine Serpentinenstraße hinaufgelenkt. Es gab keinen schöneren Blick über den See als von einer der Bergstraßen aus, die sich durch Wald und Fels emporschlängelten. Das glitzernde, dunkle Blau, die weißen Segel, die kreuz und quer über das Wasser zogen, wie von unsichtbarer Hand geleitet. Die Menschen weit weg. Er genoss das, für ein paar Stunden, einen halben Tag. Ab und an.

So wie Boccanera sich als Beinahe-Eremit in die Felsen, den Wald, in die Einsamkeit zurückzuziehen, nein, das wäre nichts für ihn. Das, so war ihm klar, würde ihn verrückt machen. Und ein bisschen hatte es auch diesen Kauz verrückt gemacht, vor dessen Häuschen er den Volvo nun parkte.

Er hörte dumpfe Musik. Noch bevor er die Tür öffnete. Er erkannte sie, nachdem er die Tür öffnete.

Verdi. *Don Carlo.*

Leider.

Arnaldo empfand es als Produkt einer der großen, während des Heranwachsens stattgefundenen Übergriffigkeiten seitens seines älteren Bruders, dass er die Musik sofort zuordnen konnte. Weil Francesco ihn seine ganze Jugend über damit beschallt hatte.

Verdi, Puccini.

Nabucco, Macbeth, Il Trovatore, Otello. Manon, Tosca, Turandot.

Puccini ging ja noch. Das war wie Fahrstuhlmusik. Das konnte man überhören.

Aber Verdi!

Dass der es gewagt hatte, die von ihm so verehrten Klassiker von Schiller bis Shakespeare musikalisch zu verunglimpfen. So als ob Schiller und Shakespeare musikalische Untermalung bedürften.

Eine Big Mama Thornton sang in ihren Bluesliedern ja auch nicht von Macbeth und Hexen, die hatte selbst genügend Schrecken erlebt, um davon kundzutun.

Wie langweilig musste Verdis Leben gewesen sein?

Arnaldo ging über die staubige Lichtung in Richtung der Holztreppe, die zur Eingangstür hochführte, sah zwei in Sandalen steckende Füße zwischen den Holzbalken der Veranda herausschauen.

Boccanera saß in einem Schaukelstuhl, vor ihm ein Notebook aufgeklappt, neben ihm der Plattenspieler, eine Flasche Whisky mit japanischen Schriftzeichen drauf.

Kurz dachte Arnaldo, der Mann schlief, dann vernahm er dessen krächzende Stimme, während Plácido Domingo trällerte.

»Waren Sie das vorher, Pitti, vor einer Stunde etwa, der angerufen hat?«

Arnaldo kratzte sich am Hinterkopf.

»Ja, warum sind Sie nicht rangegangen?«

»Dachte ich mir schon. So ein Geklingel gegen Ende des ersten Aktes wäre mit zuvor noch nie aufgefallen. Ich dachte schon, mein Plattenspieler ist defekt.«

Der Herausgeber versuchte es noch einmal.

»Warum sind Sie nicht rangegangen?«

»Kurz vor *Vi benedica, Iddio dal ciel!* Spinnen Sie?«

Arnaldo schloss die Augen, versuchte, sich zu beruhigen. Dieser Mann brachte ihn an seine Grenzen.

Er atmete tief aus.

»Boccanera, ich brauche Ihre Hilfe.«

Arnaldo stellte die Weißweinflasche neben den Whisky.

»Was ist das?«

»Wein ... Ihre Bezahlung, wie gesagt, ich brauche Ihre Hilfe.«

Der Mann lachte lauthals, Giannas Vater zwang sich, nicht darüber nachzudenken, worüber.

»Ich muss erst einmal den *Don Carlo* zu Ende hören. Danach ist es Zeit, zu Mittag zu essen. Ich habe ein Hirschragout auf dem Herd. Das köchelt seit den frühen Morgenstunden. Mögen Sie Hirsch, Pitti?«

»Ich, äh, habe eigentlich keine Zeit zu …«

»Wer billigen Grauburgunder kauft und keine Zeit für Verdi und zum Essen hat, hat irgendwas gehörig falsch gemacht in seinem Leben.«

Arnaldo glaubte, die Worte seines Bruders zu hören. Nur, dass er dem harsch geantwortet hätte. Hier versuchte er, sich zurückzuhalten. Was ihn alle Kraft kostete. Aber was sollte er machen, er wusste sonst niemanden, an den er sich wenden konnte. Boccanera hatte ihnen schon zweimal bei verflixten Fällen geholfen.

»Warum kommt nicht Ihr Bruder, der Marchese? Der wäre mir lieber.«

»Der ist unten in der *Villa Feltrinelli*. Er hört sich dort um. Es geht um …«

»Typisch Francesco, da passt er hin.«

Der Mann lehnte sich nach vorne, griff nach der Whiskyflasche, schenkte in den Tumbler nach, zwei Finger breit.

»Na gut«, sagte er dann und hielt Giannas Vater das Glas hin, das mit verschnörkelten japanischen Origamischnitzereien verziert war, »was kann ich für Sie tun?«

Arnaldo nahm das Glas in die Hand, roch am beißenden Inhalt, steckte die Nase hinein, versuchte zu lächeln, auch wenn es ihm die Lippen verzog. Er schüttelte den Tumbler ein wenig, ohne zu wissen, ob man das bei Whisky tatsächlich so machte, trank jedoch nicht.

Boccanera nickte, es schien ihm zu reichen.

»Wir haben ein paar Videoscreenshots von einem Mann, der gestern auf der Feier des *Messaggero* war.«

Boccanera war natürlich auch eingeladen gewesen. Er war nicht gekommen.

»Dieser Mann wurde heute früh auf meinem Schreibtisch liegend gefunden. Tot. Erschossen.«

Der Computerfreak hob eine Augenbraue. Eine sehr zurückhaltende Reaktion auf eine solche Information, empfand Arnaldo.

»Wir wissen nichts von dem Mann. Er hatte kein Portemonnaie bei sich. Niemand kennt ihn.«

Der Herausgeber holte einen Stick aus seiner Hosentasche, reichte ihn seinem Gegenüber.

Boccanera steckte den Datenspeicher in das Notebook.

»Wir dachten, Sie schaffen es irgendwie durch Gesichtserkennung …«

»Natürlich schaffe ich das. Geben Sie mir zehn Minuten.«

Arnaldo hockte sich neben den Schaukelstuhl. Der Mann hackte wie wild auf die Tastatur ein. Der Bildschirm zeigte grüne Zeichen und Symbole auf schwarzem Hintergrund. Dann tauchten die drei Screenshots auf, die Giannas Vater gemeinsam mit Elvira festgehalten hatte. Boccanera markierte sie, tippte weiter.

Arnaldo hatte beim besten Willen keine Ahnung, was der da machte.

Plötzlich poppten Bilder auf. Zehn, zwanzig, hundert. Mehrere Hundert. Alle Gesichter sahen dem Toten irgendwie ähnlich, aber er war es nicht. Manche der Bilder verschwanden wieder, andere blieben. Boccanera markierte die etwa zwei Dutzend übrig gebliebenen Fotos, schob sie zur Seite, schrieb wieder etwas in Grün auf Schwarz.

Dann verschwand der schwarze Hintergrund, eine hundsnormale blaue Desktopmaske erschien. Der Freund des Marchese klickte auf das *Google*-Symbol, was Arnaldo nun doch etwas enttäuschte. Er tippte auf den Suchschlitz, die zuletzt gesuchten Begriffe erschienen.

Verdis verschollene Aufnahme von Don Carlo

Hirschragout à la Paul Bocuse

100 Tage überleben alleine im Wald

Nacktbilder von Claudia Cardinale

»Die Cardinale – mir hat sie ja am besten in *C'era una volta il West* von Sergio Leone gefallen«, sagte Arnaldo, obwohl er gar nicht mal so auf Italowestern stand.

Es war nur der erste Film mit der Schauspielerin, der ihm eingefallen war.

Boccanera errötete.

Der Journalist versuchte, sich ein Siegergrinsen zu verkneifen. Endlich, zum ersten Mal seit, ja, Jahren, hatte er einen Punkt gegen diesen Typen gelandet.

»Ah, ja, im *Gattopardo* von Visconti war sie natürlich auch klasse.«

Boccanera brummte sichtlich verärgert, ertappt worden zu sein, er tippte eine eigenartige Kombination aus Zahlen und Buchstaben und Sonderzeichen in den Suchschlitz, drückte die *Enter*-Taste.

Ganz normale, schlichte, banale *Google*-Suchergebnisse tauchten auf.

Der Computerfreak klickte auf den ersten. Obersten. Eine Webseite. Ein Name. Ein Bild. Es war der Tote. Er lächelte.

Da waren ein Name. Ein Beruf. Infos. Ein Leben.

Arnaldo tippte alles in eine *Whatsapp*. Schickte sie an seine Tochter.

Elvira

Es war alles anders. So anders. Elvira Sondrini fragte sich mit täglich zunehmendem Entsetzen, wann sie denn auffliegen würde. Sie verfluchte, zu jung dafür zu sein, einfach aufzuhören. Sodass es nie jemals jemand bemerken würde.

Sie war zu alt, zumindest fühlte sie sich so, es alles kapieren zu können. Aufzuholen, was all die jungen Mitarbeiterinnen und Mitarbeiter in ihrer Redaktion wie selbstverständlich zu beherrschen schienen: vernetzten Journalismus. Ein paralleles Jonglieren mit einer gedruckten Sonntagsausgabe, einer stündlich zu aktualisierenden Webseite, einem TV-Kanal.

Konnte sie nicht erneut neunzehn sein, das von klein auf lernen?

Konnte sie nicht noch älter sein, zwanzig Jahre älter, um guten Gewissens sagen zu können: Hey, ich habe den Laden mein halbes Leben lang geschmissen. Von diesem neuen Journalismus habe ich keine Ahnung, muss ich auch nicht, das war's. Viel Glück euch!

Nein.

Sie musste so tun, als habe sie immer noch alles im Griff. Dabei saß sie die meiste Zeit in ihrem Büro und wunderte sich mit Schrecken, dass alles, dieses neue Medienhaus, auch ohne ihr Zutun lief.

Klar, sie war jetzt Herausgeberin. Vielleicht war das einfach ihre Rolle. Eine gute Herausgeberin hatte ihr Team so aufgestellt, dass sie selbst nichts mehr zu tun brauchte. Nur zu repräsentieren.

Vielleicht hätte sie diese Rolle einfach genau in der Art annehmen müssen. Herausgeberin, das klang nach etwas. Was sollte da noch kommen? Es schien ihr so, als würde da nichts mehr kommen. Doch, nein, die Herausgeberin spielen, wie sie im Buche stand, das konnte sie nicht.

Elvira war süchtig nach dem, was da draußen, vor ihrer Bürotür, passierte. Nach dem Druck. Nach den Geschichten. Nach diesem Kick. Das musste sie sich eingestehen. Es befriedigte sie nicht, wenn da draußen alles gut lief. Sie wollte selbst mittendrin sein.

Sie stupste die Maus an, die neben der Tastatur ruhte. Sie klickte das E-Mail-Fach an. Siebentausend gelesene Mails. Zwei ungelesene. Plopp. Drei. Plopp. Vier. An hektischen

Tagen bekamen sie und ihre Mitarbeiter über tausend Mails zugesendet.

Gianna zum Beispiel hatte eine fünfstellige Anzahl von ungelesenen Mails in ihrem Posteingang. Das konnte Elvira nie passieren. Das würde sie nachts nicht schlafen lassen. Es gab keinen Feierabend, bevor sie nicht zumindest alle Betreffzeilen der eingegangenen Mails überflogen hatte, die Mail geöffnet hatte – oder ungeöffnet im Papierkorb verschwinden ließ.

Ein Postfach ohne ungelesene eingegangene Mail. Das bescherte ihr ein kleines Glücksgefühl. Arnaldo küssen, würde auch das das Glück in ihr wallen lassen?

Ja?

Nein?

Selbst wenn nicht, dann wusste sie es endlich. Dann konnte sie das zu den Akten legen. In den E-Mail-Papierkorb.

Sie klickte auf den Ordner mit den gespeicherten Mails. Vier Stück. Alle von derselben Adresse aus Hamburg:

a.haebeler@stern.de

Elvira klickte auf die erste, überflog die Zeilen, dann auf die zweite. Sie hatten sich vor einer Woche etwa hin- und hergeschrieben. Sie öffnete die weiteren Mails. Las darin. Sofort stachen ihr ein paar Worte ins Auge. Die Worte, worum es ging: Feltrinelli. Giangiacomo. Ein Datum: 14. März 1972. Ein Ort. Segrate bei Mailand.

»*Maledizione,* Häbeler«, flüsterte sie vor sich hin, »konnte es tatsächlich sein … war er der Tote?«

Ihre Stimme zitterte, ihr Bauch zog sich zusammen.

Er hatte sie gefragt, ob sie mit ihm in dieser Sache zusammenarbeiten wolle. Er von Hamburg aus. Sie hier am See. Ein Kollege von *Le Monde* sowie einer von der *Times* wären ebenso im Bunde. Sie würden die Story gemeinsam bringen. Gleichzeitig. Europaweit. Sie hatten abgesprochen, sich zu treffen.

Heute.

Unten. In Gargnano. In der *Villa Feltrinelli*. Wo er residierte.

Sie hatte niemandem davon erzählt. Auch Arnaldo nicht. Er hätte früh genug davon erfahren. Von ihrer Recherche. Von ihrer Story. Sie hatte beweisen wollen, dass sie es draufhatte. Nicht nur als Chefredakteurin. Nicht nur als Herausgeberin. Sie hatte zeigen wollen, dass sie nach wie vor einen Riecher hatte. Dass sie investigativ was draufhatte. Darum war es ihr schließlich immer gegangen, solange sie Journalistin war. Egal ob für eine Zeitung, online, einen Sender.

Die Story zählte.

Elvira zuckte zusammen, als sie ein Krachen draußen auf dem Flur hörte.

Sie stand auf, ging zur Tür, schaute nach links, sah, dass zwei der Spurensicherer versuchten, einen Plastiksarg aus Arnaldos Büro zu hieven. Sie waren gegen die dünne Flurwand gestoßen, eine der eingerahmten Titelbilder war heruntergefallen. Der Rahmen lag kaputt am Boden, das Glas ebenso. Die sich darin befindliche Zeitungsseite schaute hervor. Sie war von vor vier Jahren. Als

Elvira den in Riva urlaubenden Staatspräsidenten Sergio Mattarella interviewen durfte.

Das Handy in ihrer Hand vibrierte. Eine *Whatsapp*-Nachricht von Arnaldo. Sie öffnete sie, las. Erstarrte.

Endlich hatten die beiden Spurensicherer es geschafft, den Sarg aus dem Zimmer zu zirkeln, nun trugen sie ihn vorsichtig in Richtung der Treppe. Elvira machte kehrt, schaute einmal kurz auf das Namensschildchen an der Wand.

Elvira Sondrini, Herausgeberin

Sie schloss die Tür hinter sich. Ließ sich in den Sessel fallen. Schloss die E-Mails. Schloss die Augen. Biss sich in die Faust. Schrie. Lautlos.

Gianna

Es gab diese Menschen, Gianna kannte viele davon, die fühlten sich nirgendwo freier als draußen auf dem See. Ihr war das noch nie so gegangen. Sie liebte den See. Aber vor allem das Ufer. Sie war ja kein Fisch. Sie fand, Menschen sollten keine Fische sein wollen und auch nicht so tun als ob. Sie fühlte sich wohl, eingeklemmt zwischen den Bergen, die den See umgaben, zumindest im Norden, Süden und Osten. Das gab ihr Halt. Struktur.

Fischerin? Nein, das wäre nichts für sie gewesen. Sie aß gerne Fisch, musste ihn sich aber nicht auch noch selber fangen.

Sie schaukelten auf den Wellen, die ein viel zu schnell

und zu eng an ihnen vorbeirasendes Motorboot aufgewühlt hatte.

Sie spürte noch den Restalkohol der zurückliegenden Nacht. Ihr wurde ein wenig übel. Andererseits waren die Kopfschmerzen weg. Die Seeluft, ja, die konnte Wunder wirken. Jetzt war da jedoch: Müdigkeit. Sie war immer noch so müde. Schlaf würde vieles besser machen. Aber die Möglichkeit, endlich wieder zu schlafen, war so weit weg. Sie musste den Tag irgendwie überstehen.

Sie trat in die Pedale.

Der Marchese hatte die Hosenbeine längst hochgekrempelt.

Langsam wurden die Konturen der Villa klarer, umrissener.

Villa, das war natürlich eine maßlose Untertreibung. In einer Villa arbeitete sie. In einer weiteren lebte sie. Das hier war nichts weniger als ein kleines Schlösschen, das aus einem Märchenfilm entsprungen schien.

Der Marchese hatte ihr, sobald sie losgetreten waren, ununterbrochen über die Geschichte des Hauses erzählt. Kurz vor der Jahrhundertwende erbaut, als Sommerresidenz der Feltrinellis. Während der Zeit der *Repubblica di Salò* war die Villa vom Faschistenführer Benito Mussolini an sich gerissen worden. Von Gargnano aus tat dieser so, als gäbe es noch etwas zu regieren, während die Amerikaner längst Rom eingenommen hatten und nach Norden zogen.

Nach dem Krieg, nach dem Tod des Duce, kam die Villa erneut in Familienbesitz. Um die Jahrtausendwende wurde sie verkauft und zu einem der schönsten, exklusivsten, teuersten Boutique-Hotels am See umfunktioniert.

Ach was, ganz Norditaliens. Ach was, ganz Italiens. Der Welt vielleicht.

So versteckt sich das Grundstück zur Straßenseite mit hohen, undurchsichtigen Hecken auch gab, so offen und einladend präsentierte sich das Schlösschen zum See hin.

Mattorangefarben-buttergelb gestreiftes Gemäuer, schmale Fenster, ein eckiges Türmchen, Zacken wie von Ritterburgen, nur viel zarter, auf dem Dach. Verziert.

Alles umgeben von einem saftig grünen Rasen, auf dem ein Japanischer Ahorn, eine Libanesische Zeder, eine Linde, eine Weide, viel Oleander, auch Fliederbäume sowie eine zu einem Trichter zurechtgestutzte Eiche, ein Mandelbäumchen und weiter abseits einige Zypressen Schatten spendeten.

Vor dem Schoss selbst stand ein riesiger Magnolienbaum, einen so großen hatte Gianna in ihrem Leben noch nicht gesehen, sie hatte gar nicht gedacht, dass sie überhaupt so groß werden konnten.

Eine Marmortreppe führte zur seeseitigen Veranda der Villa hinauf, die sich unter einem kleinen Balkon mit Marmorbalustrade versteckte. Ein simpler Holzsteg führte am südlichsten Rand des Anwesens knapp in den See hinein. Eine Ente watschelte auf dem Steg umher.

Während sich Gianna und der Marchese mit dem Tretboot nun langsam dem Ufer näherten, trat ein Mann in weißer

Uniform auf die Wiese hinaus, er ging schnellen Schrittes in Richtung des Stegs, wohl in der Absicht, sie dort zu empfangen.

Oder abzuweisen. Eher abzuweisen.

Die Ente sprang ins Wasser, paddelte davon.

Gianna hatte keinerlei Ahnung, was der Marchese für den Moment der Ankunft am Ufer geplant hatte. Höchstwahrscheinlich erneut gar nichts, fürchtete sie. Was sie aber von Anfang an ausgeschlossen hatte, war, dass sie ungesehen von der Seeseite in die Villa kommen würden.

Der Mann stand bereits am vordersten Rand der Bretter, als Gianna das dünne Tau zu ihm hochwarf. Der Bedienstete in Weiß wickelte es geschwind und geschickt um einen Holzpfosten, der aus dem klaren Seewasser ragte.

Die Reporterin schaute kurz zum Wasser hinab. Der Seegrund war nicht tief, die Steine, die im Schlamm lagen, waren von Algenmoos überwachsen, Kaulquappen zuckten herum.

Der Marchese war schon auf den Steg emporgestiegen, den gelben Kübel mit den Forellen darin festhaltend. Er reichte ihr die Hand, sie entschied sich für seinen Unterarm, nun sprang auch Gianna aus dem Boot.

»*Buon giorno*«, sagte der Mann in Weiß freundlichst.

Gianna konnte ihm regelrecht beim Denken zuschauen. Er fragte sich: Wer sind die zwei? Gäste?

»Sie beide …«, setzte er weiter an, kam aber nicht weit.

»Wir beide«, unterbrach ihn der Marchese und klopfte ihm auf die Schulter, sodass der Mann eingeschüchtert zusammenzuckte, »wir hatten den Vormittag unseres Lebens, nicht wahr, Kleines?«

Noch bevor Gianna reagieren konnte, fuhr er bereits fort.

»Sagen Sie«, der Marchese musterte das goldene Namenschildchen, das der Bedienstete am Revers trug. »Rolando, sagen Sie bitte Ihrer netten Kollegin von der Rezeption noch mal einen ganz, ganz lieben Dank dafür, dass Sie uns mit eurem Fischer, dem Alessandro, zusammengebracht hat. Der hat uns freundlicherweise sein Tretboot geliehen. Ich sage Ihnen, ich fühlte mich wie Hemingway, als wir vor zwei Stunden hinausgefahren sind. Mindestens! Und da schauen Sie, diese Prachtforellen, gut, keine Schwertfische, wie Ernesto auf Kuba, aber trotzdem. Bitte bringen Sie sie dem Koch, er soll sie schnell auf Eis legen, heute Abend verspeisen wir sie. Nur auf dem Grill angebraten, bisschen Salz, Pfeffer, Zitrone, Petersilie, mehr nicht, ja?

»Ja, Herr, äh ...?«

Der Marchese hatte immer noch die Hand auf der einen Schulter des Mannes. Mit der anderen hatte er den Schlüssel aus Elviras Büro aus der Jackettasche gezaubert, spielte mit ihm zwischen den Fingern herum, auf Augenhöhe des Bediensteten in Weiß, dessen Frage ignorierend.

»Komm, wir gehen in unsere Suite, uns frisch machen, dann schauen wir, welche Abenteuer heute noch auf uns warten.«

Er ließ von der Schulter des Mannes ab, packte Giannas Hand, zog sie zu sich heran. Sie ließ es geschehen, was sollte sie anderes tun, ihre Hoffnung, irgendwie ohne Gesichtsverlust aus dieser Situation herauszukommen, schwand gegen null.

»Werter Herr Gast, nennen Sie mir gerne Ihren Namen, damit ich der Kollegin an der Rezeption Ihren Dank ausrichten kann und damit wir Ihnen zum Fang des Tages gratulieren dürfen. Mit einer Flasche *Franciacorta* vielleicht?«

Francesco schüttelte den Kopf.

»Danke, aus Alkohol habe ich mir noch nie etwas gemacht.«

Gianna musste sich auf die Zunge beißen, um nicht laut loszuprusten. Langsam fand sie es tatsächlich ulkig, dieses Spiel zwischen ihrem Onkel und diesem armen Hotelangestellten, der irgendwie versuchte, auf nicht allzu unverschämte Art herauszufinden, ob diese zwei eigenartigen Erscheinungen, er im Sommeranzug, sie in zerrissenen Jeans und schwarzem Vasco-Rossi-T-Shirt mit Tourdaten aus den frühen Nullerjahren, tatsächlich Hausgäste waren.

»Ein Strauß Tulpen vielleicht?«

Der Marchese blieb stehen, schüttelte mit beleidigter Miene den Kopf.

»Tulpen? Bin ich Rembrandt? Bin ich Vermeer? Sehe ich aus wie ein Holländer?«

Der Mann in Weiß schüttelte geschwind den Kopf.

»Ich bräuchte Ihren Namen, bitte, der Herr.«

Die Stimme klang tatsächlich ein bisschen verzweifelt. Nun tat der Mann Gianna leid. Dem Marchese anscheinend nicht.

»Namen, nichts als Schall und Rauch.«

»Ihre Suite ist welche?«

Gianna überlegte, ob sie übernehmen sollte. Einfach eine Nummer nennen. Die Siebzehn. Warum nicht die Siebzehn? Dieses Schlösschen hatte doch bestimmt siebzehn Zimmer. Sie öffnete bereits den Mund, da spürte sie das Vibrieren ihres Handys in der Jeanshose. Sie holte es hervor. Eine *Whatsapp*-Nachricht von *papà*. Sie klickte darauf.

Nur noch mit einem Ohr vage zuhörend, vernahm sie ihren Onkel weiter etwas von Goethe schwafeln.

Sie las. Einen Namen. Eine Stadt.

»Andreas«, sagte sie schließlich und zupfte ihren Onkel am Ärmel, »was soll der Blödsinn?«

Dann wandte sie sich dem zwischen Verzweiflung und Ärger schwankenden Hotelangestellten zu: »Mein Vater, er heißt Andreas Häbeler.«

Sie sah, wie der Mann aufatmete.

»Ich bin …«

»Sie müssen die Tochter sein. Alles klar. Fenna, richtig? Fenna Häbeler.«

Gianna nickte, wie automatisch. Sie drehte sich zum Tretboot hin, das immer noch neben ihnen am Steg baumelte.

»Was für ein Erlebnis! Jetzt wollen wir aber gleich ein paar Sachen aus der Suite holen, Badehose, Hut, Sonnencreme.«

»Ah, Häbeler. Aus Hamburg. Sie residieren in der *Parco*-Suite.«

Gianna atmete auf, war froh, das mit der Nummer nicht riskiert zu haben. Sie erinnerte sich an das eingeritzte *P* auf dem Schlüsselkopf.

»Ja, ja, Sie sind seit gestern im Haus, nicht wahr? Entschuldigen Sie, Herr Häbeler, Frau Häbeler, ich bin erst seit heute wieder im Dienst, aus dem Urlaub zurück, da haben wir noch nicht Bekanntschaft gemacht.«

Der Marchese machte wieder seine Napoleon-Pose. Er schaute auf das Wasser hinaus, dann in den Himmel empor, so als ob da oben etwas wäre, ein Segelflieger mit Werbebanner, das ihn seine nächsten pathetisch vorgetragenen Worte ablesen ließ.

»Ich verzeihe Ihnen!«

Gianna packte ihn bei der Hand.

»Komm jetzt.«

Der Mann in Weiß verbeugte sich ein klein wenig, sie drehten ihm den Rücken zu. Bloß nicht zu schnell gehen, dachte sich die Journalistin, das hatte sie vom Marchese gelernt. Wer schnell ging, verriet sich. Immer. Überall.

»Eine Frage noch, verehrter Herr Häbeler, interessenshalber.«

Die beiden drehten sich noch einmal um.

»Ihr beider Italienisch, es ist ganz entzückend. Woher kommt das?«

Gianna lächelte.

»Verwandtschaft in Riva.«

Arnaldo

Domingo sang wieder. Arnaldo versuchte, es auszublenden, was ihm nur so halb gelang. Er hatte Boccaneras Notebook beiseitegelegt, griff nach dem Teller mit den Rigatoni im Hirschragout, aß beherzt. Sie schmeckten fantastisch. Und er war tatsächlich hungrig. Das passierte ihm öfter in letzter Zeit.

Es hatte in diesem Moment sicherlich damit zu tun, dass er soeben mit Boccaneras Hilfe herausgefunden hatte, wer der Tote an seinem Schreibtisch war.

Es hatte ganz allgemein sicher damit zu tun, dass er jahrzehntelang Tag für Tag derart unter dem Tageszeitungsdruck gestanden hatte.

Keine Zeit, hungrig zu sein. Oder zumindest zu bemerken, dass man es war, und dem Hungergefühl nachzugeben. Man konnte keine kostbare Zeit beim Essen verplempern.

Jeden Abend musste geliefert werden. Keine Zeitungsseite durfte leer erscheinen. Das gab es nicht.

Nun, da sie seit einem Jahr bald nur noch eine gedruckte Sonntagsausgabe herausbrachten, die Webseite sowieso ständig aktualisiert wurde, wenn es dringende News gab, die gleichzeitig über den Sender liefen, war insgesamt zwar alles viel stressiger geworden, gleichzeitig dieser Abendabgabedruck aber weggefallen.

Der Druck, mit dem er in Hassliebe verbunden war.

Es war gut so. Es tat ihm gut.

Sie hatten exzellente Leute eingestellt.

Er verspürte manchmal mittags wieder Hunger.

In Momenten wie diesem, wenn er hier oben über dem Süden des Sees saß und einen Schritt weitergekommen war. Er hatte einen Namen gefunden, ein Stück Biografie. Da umwehte ihn mit dem lauen Lüftchen, das vom Wald her näher kam, auch eine innere Zufriedenheit.

Er hatte diesen Mann, Andreas Häbeler, den Toten aus seinem Büro, gegoogelt. Der Mann war gebürtiger Wiesbadener. Wohlhabend. Spross einer Industriellenfamilie. Studium der Journalistik, Philosophie und Geschichte in Bonn und Paris, mit einem Gastjahr in Yale. Später: Journalistenschule in München. Er wurde bald Reporter des Arnaldo natürlich durchaus bekannten Hamburger Magazins *stern*.

Er hatte irgendwann das Unternehmen der Eltern verkauft, arbeitete mittlerweile nur noch ab und an frei für das Magazin. Er hatte sich ansonsten auf das Schreiben von erzählerischen Sachbüchern konzentriert.

Allesamt waren Bestseller.

Giannas Vater flüsterte einige der Titel vor sich hin, nachdem er den nächsten Bissen der wirklich ganz wunderbar schmeckenden Rigatoni geschluckt hatte: *Spuren des Bernsteinzimmers*.

Und: *Baader Pop*.

Und: *John Lennon in Hamburg*.

Im ersten Buch ging es um den im Jahr 1701 von Friedrich I., dem König von Preußen, für das Berliner Schloss in Auftrag gegebenen Prunkraum voller Bernsteinkostbarkeiten, der in die Hände des Zaren Peter I. gelangte. Im Zweiten Weltkrieg wurde das Bernsteinzimmer von der deutschen Wehrmacht erbeutet, später von der Roten Armee zurückgewonnen, seitdem gilt es als verschollen.

Im zweiten Buch ging es um den deutschen Terroristen und Begründer der Roten-Armee-Fraktion. Ein essayistisches Traktat darüber, ob Andreas Baader denn tatsächlich ein überzeugter Revolutionär gewesen sei oder nicht vielmehr doch ein egozentrischer Haudegen, Revolutionsdarsteller, egomaner Exzentriker, ein im Grunde unpolitischer Selbstdarsteller, ein Hasardeur, der den Zeitgeist der Revolution nutzte, um berühmt zu sein. Eine Andy-Warhol'sche Popfigur.

Das dritte Buch handelte von der frühen Zeit der Beatles, von der Liebe John Lennons zur Hanse- und Hafenstadt, in der auch der Autor, dieser Andreas Häbeler, lebte, bevor er in Arnaldos Büro aufgefunden wurde, mit einer Kugel im Kopf, den Kopf auf dem Schreibtisch.

»Ein Journalist und gut betuchter Bestsellerautor«, flüsterte Giannas Vater vor sich hin, überlegte, wie ihn diese Informationen weiterbringen mochten. Er überlegte, ob er das alles der Polizei und Staatsanwalt Foscolo weiter vorenthalten konnte.

Durfte.

Sollte.

Wohl eher nicht.

»Was machte der Mann bloß am See? Urlaub?«, fragte er sich selbst flüsternd weiter.

Er dachte erneut an die Bücher, die dieser Häbeler geschrieben hatte. Vielleicht war der Autor aus Recherchezwecken vor Ort. Für den *stern*.

Der *stern* war natürlich eine andere Nummer als ein kleines, regionales Verlagshaus, eines der größten Magazine der Welt, aber dass die ihre Redakteure in solch einem Luxushotel unterbrachten? Nein, so viel Geld für Recherche hatten sie wohl auch wieder nicht.

Vielleicht hatte tatsächlich er, der Tote, dieser Andreas Häbeler, die Ausgabe von *Doktor Schiwago* in Elviras Schublade gelegt? Und den Schlüssel der *Villa Feltrinelli* dabei verloren?

Hatte er sich privat dort einquartiert?

Oder für eigene Recherchen? Vielleicht für eine neue Buchrecherche?

Vielleicht drehte sich diese Recherche tatsächlich rund um die Villa? Oder um jemanden, der mit der Villa zu tun hatte. Pasternak?

Elvira sagte, sie habe das Buch zum ersten Mal gesehen. Glaubte er ihr?

Grundsätzlich ja. Es war ja auch einleuchtend. Soweit ihm bekannt war, sprach Elvira kein Russisch. Obwohl man so etwas bei ihr nie so genau wissen konnte. Seine Kollegin, die ein paar Jahre lang auch seine Affäre gewesen war, steckte voller Geheimnisse.

Er erinnerte sich daran, wie sie sich einmal, da arbeitete er noch in Mailand, drei Tage auf Elba getroffen hatten. Campingplatz. Zelt. Am Strand liegen war ihnen zu langweilig. Sie fuhren mit einem alten *Cinquecento* in die

Berge, in die hintersten Dörfer. Sie setzten sich in eine Trattoria, ein paar Alte spielten Karten. *Scopa*. Sie zockte alle ab.

Einfach so.

Obwohl sie Arnaldo hinterher schwor, noch nie zuvor gespielt zu haben.

So war sie.

Vermisste er sie?

Er sah sie jeden Tag. In der Redaktion.

Aber als Geliebte?

Nein. Er vermisste Carla, Giannas Mutter. Er hatte sie wegen Elvira verlassen. In manchen Momenten war ihm ganz klar, dass das der Fehler seines Lebens gewesen war. Ob er ihn wiedergutmachen konnte? Es zumindest versuchen? Manchmal glaubte er, den Mut dafür aufbringen zu können. Wie gestern Nacht zum Beispiel, als er … verdammt, nein, er hätte es wohl sein lassen sollen. Ob sie ihm irgendwann verzeihen konnte? Ob sie das überhaupt wollte? Meistens glaubte er nicht daran.

Pasternak und die *Villa Feltrinelli*. Giangiacomo Feltrinelli hatte Pasternak verlegt. Arnaldo hatte ihn vorgelesen bekommen, später selbst noch einmal gelesen. Lange war es her. Damals, früher, in seiner Studienzeit, als er noch viel gelesen hatte – wenn auch nicht so viel wie sein älterer Bruder. Aber doch einiges. Später fehlte ihm die Zeit dazu. Als Journalist schrieb er, las stets viel zu den Themen, zu denen er recherchierte.

Abends? Nach Druck?

Da konnte er nicht mehr. Da schaute er, auch wenn er

das nie jemals jemandem erzählen würde, den größten Berieselungsblödsinn im Fernsehen an. Mit halb geöffneten Augenlidern. Er ließ sich in den Schlaf blödeln. Er konnte nicht anderes. Das brachte ihn runter.

Der Herausgeber hatte die Pasta aufgegessen. Er schaute zu Boccanera hinüber, der, das Whiskyglas in der Hand, die Augen geschlossen, zu dösen schien.

»Danke«, sagte Arnaldo. Und meinte es tatsächlich so.

Der Computerfreak hob nur eines seiner Lider.

»Nichts zu danken«, erwiderte er, »ist ja schließlich mein Job.«

Gianna

Sie hatte ihren Onkel überreden können, nicht zuerst noch einen Schwenk an die Bar zu machen. Auch nicht um der alten Zeiten willen, nein!

Sie hatte ihn dazu gebracht, sofort in die *Parco*-Suite zu gehen. Sie waren neben dem eindrucksvollen Magnolienbaum die Marmortreppe zur Veranda emporgeschritten. Drüben im Halbschatten einiger Platanen saßen ein paar der Hotelgäste an kleinen Messingtischchen, genossen ihr spätes Frühstück oder ein frühes Glas Sekt. Auf Etageren türmten sich Cornetti und Weintrauben.

Aus dem Salon, in den die beiden nun traten, war leises Flügelgeklimper zu hören. Gianna kannte die Musik, konnte sie aber nicht zuordnen.

Chopin, riet sie.

»Ah, Liszt! Klasse«, hauchte der Marchese mehr, als dass er sprach, und verbeugte sich, während er voran über einen der zahlreichen mit Ornamenten verzierten Teppiche und in Richtung Flügel schritt. Der Pianist trug einen Frack und streng nach hinten gekämmtes Haar.

Hier drin saß eine Handvoll Gäste in großen Ohrensesseln, manche lasen tatsächlich Zeitung. Ein Kellner schenkte Tee aus einer verzierten Keramikkanne ein. Einer las sogar den *Nuovo Messaggero* von letzter Woche.

Kurz war Gianna, als habe es sie in eine Vergangenheit verschlagen, die sie selbst nie erlebt hatte. Dann jedoch bemerkte sie, dass die meisten der Gäste doch auf Tablets starrten. Und sie war sogleich wieder im Jetzt.

Die Reporterin schaute sich um, während sie ihrem Onkel folgte. Sie liefen an einem Marmortisch vorbei, auf dem eine Vase stand, mit einem Blumenstrauß wie eine ungemähte, sommerliche Almwiese.

An Wänden aus dunklem Holz hingen Porträts in Öl. Streng schauende Männer saßen in schwarzen Anzügen in goldverzierten Sesseln. Es sah alles ähnlich aus, wie im Salon ihrer eigenen Villa. Nur ordentlicher, viel ordentlicher.

»Das Fenster da drüben«, frohlockte der Marchese glucksend«, habe ich aus Versehen einmal zerbrochen. Beim Fußballspielen draußen im Garten.«

Sie erreichten das Ende des Salons, rechts sah Gianna die Rezeption, zwei Damen dahinter, sie waren mit Gästen beschäftigt. Links führte eine mit einem bordeauxroten Teppich bedeckte Treppe in die oberen Etagen. Vorbei an in kräftigen Farben bemalten Bleiglasfenstern. Sonne, Mond, Sterne. Löwen, Elefanten. Der Treppenteppich dämpfte die Schritte.

»Giangiacomo schimpfte keineswegs mit mir. Auch mit den anderen Kindern nicht. Ich aber beschloss trotzdem, keine Fußballerkarriere einzuschlagen. Das war mir zu riskant geworden«, flüsterte der Onkel, während er ging.

Sie erreichten die erste Etage, sie war vollends mit dunklem Kirschholz vertäfelt. Wände, Decke, Türen. Mittendrin leuchtete und funkelte ein Kronleuchter. Darunter stand erneut eine Blumenvase. Aus Ton. Auf einem mit feinen Ornamenten verzierten Wallnussholztisch.

»Wusstest du, dass einige Spiegel und auch ein Schreibtisch noch aus dem Bestand Benito Mussolinis stammen?«, sagte der Marchese.

Gianna wusste es nicht. Sie schwieg.

Sie schauten auf die erste der Türen. Auf einem Messingschild stand *Cedro*. Sie gingen weiter. Im Kreis. *Fiore*. Weiter. *Olive*. Weiter. *Magnolia*. Weiter. *Lago*. Weiter. Sie hatten den Kreis nun beinahe vervollständigt.

Die *Parco*-Suite war ein Eckzimmer.

Die Tür war verschlossen.

Von irgendwoher war Staubsaugerbrausen zu hören. In einem anderen Zimmer schrie jemand.

»*Gardaland?* Echt jetzt? Wir zahlen hier tausend Euro pro Nacht, Vollpension, und du willst nach *Gardaland?*«

Der Marchese schob den Schlüssel in das Schloss, verhedderte sich erst, dann passte er. Er drehte ihn herum, das Schloss krächzte und knackste, dann ließ sich die Tür ächzend öffnen.

Gianna schob sie weiter auf. Erneut schien es ihr, sich plötzlich in einer Welt wiederzufinden, von der sie glaubte, dass es sie schon lange nicht mehr geben würde. Vielleicht nie gegeben hatte. Außer in dicken, alten Romanen. Fischgrätenparkett, ein schlichtes, elegantes Doppelbett, links hauchte der Seewind die seidenen Vorhänge in die Höhe. Der See glitzerte. Weiße Segel zogen langsam in alle Richtungen. Ein klassizistisch geschwungener Schrank an der Wand, neben der eine filigrane Flügeltür in ein weiteres Zimmer führte.

»Geld scheint der genug gehabt zu haben, unser toter Freund«, sagte sie schnippisch. Sie entdeckte sich selbst in einem goldumrahmten Spiegel. Der Anblick riss sie sofort aus dem Traum der Vergangenheit. Der Marchese deutete auf die Decke, sie war bemalt. Hellblauer Himmel, zwei Wolken, auf denen zwei Engelchen hockten. Sie spielten Harfe.

Gianna ging weiter ins nächste Gemach. Eine cremefarbene Couchgarnitur mit zwei Sesseln, einer Chaiselongue, einem kleinen Glastischchen. Weiter hinten vor dem Fenster, das halb mit dicken, bodentiefen mit Kanarienvögeln bestickten Vorhängen bedeckt war, halb den Blick auf Zypressengrün eröffnete, stand ein Schreibtisch. Wieder dunkles Nussholz. Eine zierliche Lampe aus rotgoldenem Messing.

Neben dem Schreibtisch lag ein offener Koffer. Hemden, Jacketts – durcheinander. Wie durchwühlt. Dahinter noch ein Schrank. Eine Tür halb offen. Gianna glaubte einen Anzug zu erkennen, sommerliche Wildlederloafers. Auch ein Kleid. Leicht. Rosafarben. Mit Blumenmustern bestückt. Sie trat an den Schrank heran, da zuckte sie zusammen. Eine Stimme, die nicht die ihres Onkels war.

»Gnädigster Herr, ich muss Sie und Ihre Begleitung höflichst bitten, unser Anwesen zu verlassen.«

Die Stimme ertönte von der Tür her. Gianna ging, ohne dass ihr Hirn ihren Beinen das Kommando übermittelt hätte, weiter in Richtung des Schrankes.

»Aber, aber«, hörte sie nun ihren Onkel sagen, »jetzt stellen Sie sich doch bitte erst einmal vor.«

»Mein Name ist Angelo Petrelli, ich bin der General Manager. Sie haben sich unter Vortäuschung falscher Tatsachen Zutritt zu unserem Haus verschafft, ich muss Sie wirklich ...«

»Das halte ich für ein Gerücht. Sehen Sie, ich fürchte, Ihr liebenswerter, aber doch etwas dümmlicher Mitarbeiter, dieser Stegpinguin in Weiß, er hat wohl alles falsch verstanden. Ich möchte einfach nur meinen guten Freund Häbeler besuchen. Wir saßen gestern Abend zusammen. Oben in Riva. Bei mir. Da hat der doch tatsächlich seinen Schlüssel liegen lassen. Wo ist er denn? Wissen Sie, wo er ist?«

»Ich ... gnädigst ...«

Gianna hatte den Schrank erreicht, sie biss sich auf die Lippen, während sie die Tür weiter öffnete, betete, sie würde nicht krächzen.

Sie krächzte nicht.

»Wahrscheinlich hat er den Suitenschlüssel gar nicht vermisst. Wahrscheinlich hatte seine entzückende Tochter, die liebe Fenna, einen zweiten Schlüssel dabei, ja, so musste es wohl gewesen sein.«

Gianna drückte sich zwischen den Anzug und das Blumenkleid. Es roch angenehm nach getrockneten Rosenblättern hier im dunklen Schrankinneren. Sie spürte etwas Weiches an ihrem Rücken.

Ein Kissen? Eine Decke?

Sie suchte in ihrer Hosentasche nach dem Handy, drückte blind auf den Knopf, der es lautlos stellte. Sie spähte durch die leicht geöffneten Schlitze hinaus aufs leere zweite Zimmer. Auf den durchwühlten Koffer. Ins erste der beiden Zimmer konnte sie nicht sehen. Nur des Onkels Stimme hörte sie weiterhin. Seine hanebüchene Märchenerzählung.

»Ich weiß nicht ...«

»Aber es ist jetzt wirklich langsam Zeit, dass ich mich vorstelle. Francesco Marchese Pitti-Sanbaldi, mein Vater, müssen Sie wissen, war ein enger Freund der Feltrinellis.«

Ein paar Sekunden herrschte Stille. Gianna spürte im Dunkeln ihr Herz pochen. Im Hals.

»Ein Freund der Feltrinellis?«

»Aber ja doch, hier im Garten habe ich als Kind Fußball gespielt. Niedrigstes Niveau, das muss ich gestehen. Eine der Scheiben des wunderschönen Salons kann das bezeugen. Ich war immer eher im Polo gut gewesen. Also passiv, versteht sich. Beim Wetten, welche der Mannschaften gewinnt.«

»Es ist mir unangenehm, Marchese, aber ich muss Sie untertänigst um Ihre Dokumente bitten.«

Wieder Stille. Dann ein tiefes Ausatmen des Onkels. Schließlich wieder seine Stimme.

»Bitte.«

Stille.

»Marchese Francesco, bitte verzeihen Sie vielmals. Unser Mitarbeiter …«

»Ach, das ist doch alles nicht der Rede wert. Wo ist denn mein Freund Häbeler?«

»Es tut mir leid, Marchese. Wir haben heute etwas viel um die Ohren. Unser alljährliches Sommerfest. Mit den Hausgästen und Freunden aus dem Dorf und der Umgebung. Eine Cocktailparty im Garten. Wir …«

Nun hörte Gianna Schritte auf dem Fischgrätenparkett, schließlich sah sie einen Mann ins zweite Zimmer treten. Er schaute sich um, starrte lange auf den Koffer.

Groß, Halbglatze, ein cremefarbener, altmodischer, jedoch durchaus eleganter Anzug, rot-blau gestreifte Krawatte, schwarze Lederschuhe.

Er schaute auf den Schrank, in dem sie sich versteckte, und blieb regungslos stehen. Für eine Sekunde, zwei. Dann drehte er sich wieder um und verschwand erneut ins erste Zimmer.

»Ich habe weder ihn noch seine Tochter heute gesehen. Sie mussten gestern wohl spät vom Abendessen mit Ihnen zurückgekehrt sein, nicht?«

»Ja, ja, sehr spät«, log Giannas Onkel munter weiter. »Ich habe ihn gerade eben noch versucht anzurufen. Aber nix. Telefon aus.«

»Sein Wagen ist auch nicht hier, wahrscheinlich haben die beiden einen Ausflug gemacht.«

»Ja, so ist es wohl. Seien Sie so lieb, Herr Generaldirektor, richten sie dem lieben Häbeler einen lieben Gruß von mir aus, auch seiner lieben Fenna natürlich, ich sehe ihn eh beim Verlagsjubiläum im September in Hamburg wieder. Kommen Sie auch?«

»Ich, äh ... nein. Leider.«

»*What a pity*«, warf der Marchese noch hinterher, »ich hole jetzt meine Nichte, sie treibt sich sicher im Garten herum.«

»Ich begleite Sie ...«

»Aber bitte, Herr Direktor, unterlassen Sie das. Gehen Sie Ihren Verpflichtungen nach. Kümmern Sie sich um Ihre Gäste. Wir verschwinden so schnell, wie wir aufgetaucht sind. Ich schwöre, wir treten mit unserem lustigen Boot wieder in den Hafen von Gargnano zurück, essen dort ein Eis, am Nachmittag habe ich dann wieder geschäftlich in Riva zu tun.«

»Sicher«, sagte der General Manager, »Sie sind bestimmt ein viel beschäftigter Mann.«

»Ungemein«, log der Marchese weiter drauflos.

Gianna im Schrank musste sich ein Lachen verkneifen.

Sie wollte hier drin bleiben, sich danach im Zimmer umsehen. Wie würde sie wieder aus der Suite kommen? Ach, da würde ihr schon etwas einfallen.

Waren sie weg? Sie hörte nichts mehr. Sie dachte an Sandro. Was er wohl gerade machte? Sicher hatte er nicht viel zu tun. Konnte am Schreibtisch in der Polizeistation gemütlich den Kater auskurieren. Es war schön gewesen letzte Nacht mit ihm. Sie wollte ihn wiedersehen. Bald. Nein, sie durfte nicht zu viel an ihn denken. Sie musste ihn weiter zappeln lassen. Ein bisschen zumindest. Gianna beschloss, in Gedanken bis hundert zu zählen. Nein bis zweihundert. Sie war müde, so müde.

Arnaldo

Er war in die nach wie vor halb abgesperrte Redaktion gefahren. Die minimierte Belegschaft arbeitete auf Hochtouren. Seitdem sie vor einem halben Jahr vier, fünf neue junge Journalisten aus ganz Norditalien angeworben hatten, lief das Haus recht reibungslos.

Auch wenn er nicht da war. Auch wenn Elvira nicht da war. Auch wenn sie beide nicht da waren.

Aber ein Tag wie der heutige war natürlich etwas Außergewöhnliches. Wenn etwas Außergewöhnliches geschah, konnten durchaus gute, aber junge Redakteure in Panik verfallen. Weil sie instinktiv glaubten, dann außergewöhnlich gut performen zu müssen.

Das Gegenteil war der Fall.

Brach irgendwo in der Welt ein Krieg aus, wurde in Rom ein neuer Papst gewählt, stand die halbe Redaktion nicht zur Verfügung und musste die andere Hälfte zu Hause bleiben, weil im Büro eines der Herausgeber eine Leiche gefunden worden war, dann hieß es: ganz ruhig bleiben. Sachlich bleiben. Sich an die grundlegenden Tugenden des Journalismus erinnern. Erst einmal alles infrage stellen. Die W-Fragen erörtern. Vor allem die eine W-Frage: Was um Himmels willen ist da bloß geschehen?

Arnaldo hatte Elvira gemeinsam mit seinem Bruder in ihrem Büro angetroffen. Er hatte beiden erzählt, woher er die Information über den Toten hatte.

»Mein Freund, Boccanera, guter Mann!«, hatte der Marchese kommentiert.

Elvira hatte geschwiegen. Sie war nervös von einem Bein auf das andere gewechselt. So kannte Arnaldo sie gar nicht. Wenn es darauf ankam, war sie die Kälteste von ihnen allen. Sie konnte wie ein zugefrorener See sein, wenn es darum ging, für eine Story alle unnützen Emotionen zur Seite zu schieben. Viel besser als er.

Der Marchese hatte berichtet, wie es ihm und Gianna in Gargnano ergangen war. Er hörte, wie gewohnt, gar nicht auf damit. Schließlich faselte er schimpfend von einem Touristenpärchen, das in einem der Hafencafés unfähig war, einen gleichzeitigen kulinarischen Moment zu küren – kulinarischer Individualismus schön und gut, aber man müsse sich in urlaubender Zweisamkeit doch bewusst sein, ob man nun gemeinsam Pizza oder *cappuccini* genießen wolle. Davon abgesehen, dass zum späten Vormittag keines von beiden recht passe …

Arnaldo hielt die Luft an. Und atmete erst wieder, als der Marchese schließlich etwas von einem netten, jungen

Fischer erzählte, der ihm und Gianna ein Tretboot ausgeliehen hatte, damit sie damit zum Steg der Villa gelangten, wo sie es dank einer ausgeklügelten Fantasiegeschichte, auf die selbst Shakespeare stolz gewesen wäre, bis ins Haus schafften. Bis in die Suite des Toten. Dort aber seien sie leider aufgeflogen. Arnaldo blies die angehaltene Wutluft aus und stöhnte laut.

Der Herausgeber glaubte seinem Bruder nur die Hälfte von dessen Geschwätz, ach, noch weniger. Ein Viertel vielleicht.

»Wo ist meine Tochter?«, fragte er etwas besorgt.

»Ach, sie kommt bestimmt bald.«

»Wie? Ich dachte …«

»Mach dir keine Sorgen, Brüderchen. Sie schaut sich wohl noch ein wenig um, wird schon irgendwann zu uns stoßen.«

Arnaldo verstand nun gar nichts mehr. Beschloss, halblaut vor sich hin sprechend, weiterzuspinnen, was jetzt zu tun war.

»Wir kennen nun den Namen des Toten, ich denke, es bleibt uns nichts anderes übrig, als Staatsanwalt Foscolo Bescheid zu geben. Ich schlage vor, wir warten noch …«

Er schaute auf die Uhr. Es war nun kurz nach drei.

»… eine Stunde. Dann rufe ich ihn an. Nein, dann schafft der es zumindest nicht, vor dem späteren Abend eine Pressekonferenz einzuberufen.«

Der Marchese nickte. Auch Elvira nickte. Zögerlich. Sie starrte dabei wie abwesend auf den Boden.

»Dann können alle anderen daraufhin zwar auch noch berichten, aber wir können mit etwas Vorbereitung sofort nach der Konferenz mit ersten Artikeln online gehen, mit bereits geschnittenen Berichten im TV sein. So haben wir zumindest heute die Nase vorne. Und ich werde schauen, dass der Staatsanwalt uns gewogen bleibt. Dass er uns etwas zurückgibt, weil wir ihm den Namen geliefert haben.«

»Arnaldo.«

Erst hatte er beinahe nicht bemerkt, dass Elvira die Schublade ihres Schreibtisches geöffnet hatte, das Buch in den Händen hielt, über das sie sich bereits am Morgen unterhalten hatten. Diese alte Ausgabe von *Doktor Schiwago,* die ihr angeblich nicht gehörte.

»Arnaldo, Francesco, ich muss euch etwas sagen. Der Tote …«

Eben noch hatte sie Arnaldo in die Augen geschaut, nun ging ihr Blick an ihm vorbei, auf dem Flur war Getrampel zu hören.

»Der Tote und ich, wir waren seit einigen Tagen in Kontakt.«

»Was?!«

Arnaldo schrie beinahe.

Sie schaute immer noch an ihm vorbei, scheinbar ins Leere. Das Getrampel kam näher. Ein schweres Schnaufen kam hinzu.

»Ich … wir … hätten uns heute treffen sollen.«

»Waaas??!!«

»Es geht, es ging … er war da einer Sache …«

Arnaldo versuchte, das röchelnde Schnaufen, das den Flur entlang von hinten auf ihn zukam, zu ignorieren. Es gelang ihm nicht. Es wurde lauter.

»Er hat uns eine Kooperation angeboten. Mit dem *stern*. Der *Le Monde*. Der *Times*. Es geht um Giangiacomo Feltrinelli, um seinen Tod.«

Die Schritte hatten gestoppt. Das Röcheln war ganz nah, dann wurde es langsamer, leiser. Arnaldo ging zur Tür hin, roch Schweiß, schaute hinaus. Der Staatsanwalt stand da. Leicht gebückt. Wie ein erschöpfter Langstreckenläufer nach dem Zieleinlauf. Er japste mehr, als er sprach.

»Marchese Arnaldo.«

Arnaldo hatte sein halbes bisheriges Leben damit zugebracht, Gesprächspartner zu bitten, den Titel doch wegzulassen. Manche schafften es irrigerweise einfach nicht. Der Staatsanwalt war einer davon.

»Ja.«

»Ich muss ... ich suche eigentlich ...«

»Ich gehe davon aus, dass du zu mir willst, Foscolo.«

Arnaldo hatte gar nicht bemerkt, dass Elvira an ihn herangetreten war, sie war in diesem Sinne das direkte Gegenteil des Staatsanwalts. Sie konnte scheinbar über Böden schweben. Sie schaute ihrem Mitherausgeber tief in die Augen. Während sie zu dem Mann neben ihm sprach.

»Soll ich mitkommen?«

»Ja, du musst, Elvira. Du musst uns einiges erklären.«

Sie schaute immer noch Arnaldo in die Augen, sprach mit ruhiger Stimme an Foscolo gerichtet.

»Das will ich gerne machen. Und vorausschicken, dass ich keine Mörderin bin. Ich werde alles sagen, was ich weiß. Seit Tagen. Seit heute.«

Während des letzten Satzes lächelte sie.

Arnaldo nickte zustimmend. Er spürte gleichzeitig, dass sie ihm etwas gegen seine Hand drückte. Er schaute hinab, es war das alte Buch. Er nahm es. Er spürte ihre Finger auf seinem Handrücken.

Kalt.

Sie ging an ihm vorbei und den Flur entlang in Richtung der Treppen. Foscolo brummte etwas Unverständliches. Es hörte sich nach einer Verabschiedung an.

»Es wird sich sicher alles klären«, sagte Arnaldo. Ohne recht zu wissen, was seine eigenen Worte bedeuten sollten.

»Bestimmt«, antwortete der Staatsanwalt, drehte sich um, ging Elvira schnaufend und stampfend hinterher.

Arnaldo schaute ihnen nach, bis sie an den Treppenstufen verschwanden, schließlich drehte er sich wieder dem Büro zu. Nun erst bemerkte er, dass ja auch sein Bruder da noch stand. Er schaute zum Fenster hinaus, auf die Promenade, den See.

»Was jetzt?«, flüsterte Arnaldo mehr nur so vor sich hin.

»Jetzt spazieren wir nach Hause. Und trinken dort erst einmal einen Whisky«, antwortete Francesco.

Ein Whisky war das Letzte, woran Arnaldo dachte. Aber vielleicht hatte sein Bruder recht. Vielleicht sollten sie weg von hier. Vielleicht würde ihnen ein kleiner Spaziergang tatsächlich guttun. Er hob das Buch in der Hand noch einmal hoch, schaute auf den Umschlag: die Radierung, das Landschaftsbild, der Baum, der Zaun. Die Rösser, die Reiter.

»Gut, lass uns nach Hause spazieren und dort mit Gianna alles besprechen.«

Er sah, dass Francesco die Stirn runzelte, ansetzte, etwas zu sagen. Er fuhr schnell fort, sein Bruder würde sicher nur präzisieren, an welchen Whisky er dachte. An einen japanischen, einen irischen. Da kannte er ihn nur allzu gut.

»Äh, Gianna, sie …«

»Giangiacomo Feltrinellis Tod«, wiederholte Arnaldo Elviras Worte, »sie hat gesagt, sie recherchierte mit dem Toten über Feltrinellis Tod. Wie war der Verleger noch mal genau gestorben?«

Elvira

Der See war ein Kosmos für sich. Die steilen Bergwände um ihn bestärkten dieses Gefühl. Dieses Gefühl konnte ein beschützendes sein. Aber auch ein einengendes. Wer am See lebte, dort aufgewachsen war, Teil dieses Kosmos war, dem konnte es allenthalben so vorkommen, als sei die Welt da draußen hinter den steilen Felsen eine völlig andere. Fernab. Ein Gerücht. Mehr nicht.

Elvira kannte diese Gedanken, dieses Gefühl. Es hatte auch in ihr gesteckt, immer schon. Erst als sie zum Studium nach Mailand gegangen war, hatte sie die Welt da draußen so richtig kennengelernt. Sie hatte verstanden, dass das nicht zu trennen war.

Der See.

Und der Rest.

Viele Menschen am See versuchten das; die eigentliche Welt wegzuhalten. Fernzuhalten. Vom Tourismus mal abgesehen. Denn das war etwas anderes. Der brachte Geld, Prosperität. Doch das waren Besucher. Die kamen und gingen. Das war ein Spiel. Eine Oberfläche.

Nicht das Leben.

Das Leben, das Funktionieren dieses kleinen Traums am See, umzingelt von den Felsen, versuchten die Seebewohner unter sich zu regeln.

Klar, es gab Rom, die Gesetze, den Staat, aber das war etwas völlig anderes. Dem vorangestellt gab es eine weitere Instanz. Etwas Unausgesprochenes. Etwas nicht Aufgeschriebenes. Die Gesetze des Sees. Das Wissen, wie man es hier machte. Wie es hier sein sollte. Wie das Leben am schmalen Ufer funktionierte.

Das, so hatte es Elvira erst verstanden, als sie weg war, in Mailand, tat dem See nicht gut. Dagegen, so hatte sie sich damals, als junge, angehende Journalistin geschworen, wollte sie anschreiben. Anrecherchieren. Weil das Blödsinn war. Und falsch.

Weil es nicht den See von dem Bösen da draußen, hinter den Bergen, zu beschützen galt.

Weil es das Böse überall gab.

Weil es nicht von irgendwo weither kam. Weil es immer schon überall war.

Auch am See. Besonders am See. Weil es, umringt von den Felsen, bestens gedieh.

Rom war weit weg, die Welt war weit weg.

Elvira fand es gut, dass es Linien nach draußen gab. Straßen. Verbindungen. Menschen, die rausgingen und reinkamen. Sie fand es essenziell, dass die Staatsanwaltschaften, die sich das Ufergebiet aufteilten, von draußen hereinkamen, wenn am See etwas geschah.

Ein Verbrechen, ein Mord.

Die Staatsanwaltschaft, die für das untere Westufer zuständig war, saß in Brescia. Jene, die Teile des Südufers und des Ostufers verantwortete, saß in Verona. Foscolo, in dessen Wagenfond sie die ganze Fahrt über tunlichst versucht hatte, nicht hin und her zu zappeln, weil Herausgeberinnen nicht zappelten, saß in Trient.

Der Staatsanwalt hatte während der Fahrt neben ihr gesessen und auf seinem Handy herumgetippt. Er hatte ab und an gebrummt. Sein Bart, der wie Gestrüpp aussah, war in letzter Zeit üppiger, wilder geworden, so schien ihr. Seine Haare waren etwas länger, sie hingen über die Ohrläppchen, waren fettig.

Seine Finger schienen viel zu groß, um so ein kleines Handy bedienen zu können. Sie hatte versucht, es nicht zu sehen, aber natürlich sah sie es doch. Seine Fingernägel waren lang, viel zu lang, der Dreck darunter unübersehbar.

Die Finger tippten. Sie sah, dass er etwas bestellte. Auf Amazon. Ein Buch? Hatte er gesehen, was sie Arnaldo in die Hand gedrückt hatte? Bestellte er den *Doktor Schiwago?*

Warum sprach er nicht mit ihr?

Sie hatten noch kein Wort gewechselt, seitdem sie eingestiegen und durch die dunkle Galerie am See von Riva nach Torbole hinübergefahren waren. Von Torbole ging es die steile, kerzengerade Straße hoch an den Pass. Sie fuhren weg vom See, hinaus in die Welt. Hinab nach Rovereto, über die Brennerautobahn hinauf nach Trient, der Regionalhauptstadt.

Hielt er sie für eine Mörderin?

Warum dieses Spiel?

Was wusste er?

Sollte sie sprechen? Etwas sagen? Alles sagen?

Dann hatte sie wieder einen Blick gewagt, auf die Finger, das Handy. Nein, er kaufte nicht Pasternak. Er kaufte ein paar Ausgaben von *Diabolik*. Einem Comic.

Nein, sie würde nie ganz schlau aus Foscolo werden. Nein, sie beschloss in dem Moment, ihm nur das Notwendigste zu sagen. Kein Wort mehr.

Nun, eine gute Stunde später, saßen sie im Gebäude der Staatsanwaltschaft. Er war galant genug gewesen, sie nicht in eines der Verhörzimmer zu bringen. Er hatte sie in sein Büro gebeten. Auf dem Schreibtisch stapelten sich Akten. Auf der obersten davon hatte sich eine dicke Staubschicht angehäuft.

Foscolo schob die Akten beiseite, die oberste fiel zu Boden, die Staubschicht mit ihr. Er verschwand kurz, was ihr eigenartig erschien. Eine Mordverdächtige ließ man doch nicht einfach so in seinem Büro sitzen.

Alleine.

Sie schaute sich um. An der Wand ein Foto eines jungen Mannes, langes Haar, bis zu den Schultern. Erst nach Sekunden erkannte sie, dass es sich um den Staatsanwalt als jungen Erwachsenen handelte. Daneben das Porträt eines älteren Herrn, Giuseppe Verdi, das allerorts bekannte Porträt des Komponisten, das erkannte sie sofort.

In einem Regal standen Gesetzesbücher, neutrale eierschalenfarbene Umschläge. Eine Regalreihe darunter sah sie Comicrücken. Schwarz. In blutroten Lettern der Name der Reihe: *Diabolik*.

Sie fand es beinahe schon wieder erheiternd und sympathisch, dass Foscolo seine etwas eigenartige Vorliebe dafür so nach außen trug. Das würde sie nie tun.

Als er mit zwei Tassen voller Kaffee wiederkam, schwor Elvira sich, nichts davon zu trinken.

Sie trank selten Kaffee. Wenn, dann spätnachts, in der Redaktion. Dort stand eine teure Maschine von *Rancilio*, ein Geschenk von Francesco, der jeden Montag auch teures Pulver eines kleinen bolivianisch-italienischen Bohnenherstellers mitbrachte. Soweit Elvira wusste, waren die Kaffeefelder einst in Besitz der Pittis gewesen, bevor sie einer ihrer Ahnen in den 1920er-Jahren verkauft hatte.

Dieser Kaffee hier nun? Roch grässlich. Auf jener Tasse,

die der Staatsanwalt ihr hinstellte, war das Logo des *New York Police Department* abgebildet, auf seiner der Meisterdieb aus dem Comic. Der schwarze, hautenge Plastikanzug, wie ein Neoprenanzug eines Tauchers, samt schwarzer Maske. Über einem muskelbepackten Körper.

Foscolo ließ seinen fettbepackten Körper in den Schreibtischstuhl fallen, Elvira hätte, nein, auch wenn der Kaffee göttlich gerochen hätte, nie einen Schluck aus einer mit einem Logo bedruckten Tasse nehmen können. Alles hatte seine Grenzen, hier war ihre.

Der Staatsanwalt schaute auf, ihr fest in die Augen.

»Eine junge Frau hat sich bei uns gemeldet. Bei der Notrufnummer«, sagte er dann, »heute. Am späten Vormittag.«

Elvira versuchte, dem Blick standzuhalten. Sie schaffte es. Sie zuckte schließlich mit den Augen, verstand überhaupt nicht, worauf der Staatsanwalt hinauswollte.

»Die Anruferin wirkte gehetzt und aufgewühlt. Sie sagte, sie vermisse ihren Vater. Er sei gestern Abend nicht von einem Termin zurückgekehrt. Die Frau sagte auch, ein Mann würde sie verfolgen. Ein Motorradfahrer.«

Foscolos Blick war immer noch starr. Der von Elvira ebenso.

»Die Anruferin sagte noch, wie sie hieß – und dass ihr Vater jemanden treffen wolle. Heute. In Riva.«

Nun ahnte Elvira etwas, sie wusste noch nicht genau, was. Sie würde es gleich erfahren.

»Schließlich sagte uns die Frau, dass sie vom Mord in Riva gehört habe. Dass sie das Schlimmste befürchte. Dann legte sie auf. Sie hieß Fenna.«

»Fenna«, wiederholte Elvira, ihre Miene der scheinbaren Unwissenheit aufrechterhaltend.

Oder waren die Gesichtszüge doch ein wenig zu verhärtet?

Nun, Fenna, diese Fenna kannte sie ja eigentlich wirklich nicht.

»Fenna Häbeler.«

Elvira spürte, wie sich ihre Gesichtsfarbe schlagartig veränderte. Sie sah Foscolos Blick. Nein, er brauchte keine Frage zu stellen.

Tat er auch nicht. Er sprach zunächst weiter.

»Wir haben natürlich recherchiert, wer diese Fenna Häbeler sein könnte. Wer ihr Vater. Wir haben ihn gefunden, glauben wir. Der Name ist Andreas Häbeler. Schriftsteller. Freier Reporter. Früher fest angestellt beim *stern*. In Hamburg. Und, tja, ja, der Mann ist unser Toter. Witwer. Wir haben beim *stern* angerufen, die wissen nichts von einer Italienreise ihres ehemaligen Reporters, der mittlerweile Bestsellerautor ist. Wir sind derzeit dabei zu prüfen, in welchem Hotel diese Frau und ihr Vater zu Besuch waren. Doch das ist schwierig, eine Nadel im Heuhaufen. Vielleicht kannst du uns helfen?«

»Ich, wieso ich? Ich ...«

Sie hatte zu schnell reagiert, viel zu schnell. Zu sehr in sofortiger Defensivhaltung.

»Elvira Sondrini, so sagte die junge Frau am Telefon, mit einer gewissen Elvira Sondrini habe ihr Vater sich treffen wollen.«

Nun hatte er die Stimme erhoben, sie den Blick gesenkt.

Verloren.

»Ja, ich kannte ihn.«

Sie sagte es – ungewollt – beinahe kleinlaut.

»Woher, Elvira? Woher?«

Der Staatsanwalt hatte sich nach vorne gelehnt. Seine Stimme klang gierig.

Elvira hatte die Fahrt über, weg vom See, hierhin nach Trient genug Zeit gehabt, sich auf alle möglichen Fragen Antworten auszudenken.

Wahre.

Halbwahre.

Sie entschied sich für die Wahrheit. Diese Frau, die Anruferin, Häbelers Tochter, sie war wohl tatsächlich in Gefahr.

Sie erzählte Foscolo, dass sich Häbeler bei ihr vor Wochen gemeldet hatte. Dass er eine Zusammenarbeit anstrebte. Dass er sie in Informationen einweihen wollte, die ihm ein Mittelsmann zugetragen hatte. Dass sie ihn, ja, heute hätte treffen sollen.

»War der Mann auf eurer Party gestern in der *Rilke*-Villa eingeladen?«

Sie schüttelte den Kopf. War er wirklich nicht. Sie verstand immer noch nicht, warum er da aufgetaucht war. Warum er sich ihr nicht vorgestellt hatte. Sie kannte ihn bis dahin nur von den E-Mails. Warum er ihr heimlich das Buch in die Schreibtischschublade gelegt hatte? Sie hatte keine Ahnung.

Der Mörder musste ihm bereits dicht auf den Fersen gewesen sein.

Wusste er das?

Wenn ja, wie lange schon?

Ahnte er, dass seine Recherche gefährlich werden konnte?

Wohl kaum. Sonst hätte er nicht die Tochter mit an den See genommen – oder?

War der Mörder nun hinter ihr her?

»Wir haben erfahren, dass ein Team von euch den Abend filmisch festgehalten hat.«

Elvira knirschte mit den Zähnen.

»Ich will dieses Material auf meinem Schreibtisch. Heute noch.«

Sie nickte.

»Ich rufe gleich in der Redaktion an. Die Kollegen schicken es über eine Cloud.«

»Gut.«

»Vielleicht hat Häbeler mich gesucht, sich spontan der Führung durchs Haus angeschlossen«, überlegte sie murmelnd, »der Mörder auch. Ja, und dann müssen sie wohl beide in der Redaktion geblieben sein.«

»Wie kam der Mörder raus?«, fragte Foscolo.

Er schien ebenso orientierungslos herumzudenken, murmelte ebenso gleichzeitig seine Gedanken.

»Raus kommt man ohne Schlüssel, nur rein nicht«, klärte ihn Elvira auf.

Er schaute sie mit zusammengekniffenen Augen an, fuhr sich übers bärtige Kinn.

»Wir lange warst du auf der Feier, Elvira? Und bist du irgendwann noch mal ins Gebäude gegangen?«

Sie tat kurz so, als überlegte sie. Dabei wusste sie beides genau.

»Bis halb zwei. Bis die letzten Gäste gingen. Und nein, drin war ich nicht mehr.«

Foscolo lehnte sich zurück, legte die Fingerspitzen beider Hände aufeinander.

»Entweder ist es tatsächlich, wie du sagst. Die beiden, Ermordeter und Mörder, blieben im Gebäude, als alle anderen es verließen. Der Mörder schlich sich später hinaus. Oder …«

Nun wurden seine Augen wieder zu Schlitzen.

»Oder der Mörder ließ Häbeler später noch einmal hinein. Um ihn zu erschießen. Der Mörder. Oder …«

Nun schloss er die Lider vollends.

»Die Mörderin.«

Er öffnete sie wieder. Die Augen glänzten. Ganz ruhig, langsam, sprach er weiter.

»Wir haben soeben erste Ergebnisse aus der Obduktion bekommen. Es gibt wenig Schmauchspuren. Der Mann ist möglicherweise mit einer Pistole mit Schalldämpfer erschossen worden.«

»Todeszeitpunkt?«, fragte sie.

Er zuckte mit den Achseln.

»Den konnten die Kollegen noch nicht eingrenzen. Zwischen acht Uhr abends und spät in der Nacht. Ja, es kann sein, dass Häbeler während der Feier getötet wurde. Oder eben später in der Nacht. Dann müsste ihn ein Schlüsselbesitzer reingelassen haben. Vom Putzpersonal hat jeder ein Alibi. Wir haben heute Morgen auch mit dir und Arnaldo gesprochen. Er hat ebenso ein Alibi für nach der Feier …«

Sie reagierte nicht.

»Er ist zu seiner Ex-Frau gefahren. Hat bei ihr übernachtet. Sie hat es bestätigt. Fehlst nur du. Dein Alibi. Du hast keins. Du, Elvira Sondrini, deren Namen die Tochter des Toten am Telefon nannte.«

Elvira schüttelte den Kopf.

»Dein Büro wird gerade durchsucht, Elvira, ich muss veranlassen, nun auch deine Wohnung und das Auto zu inspizieren.«

Sie spürte, dass sie käseweiß wurde. Wie vorhin in ihrem Büro. Sie konnte es erneut nicht verhindern.

»Ich bin … etwas sprachlos, *procuratore*.«

Er beugte sich nach vorne.

»Nun, ich auch, Elvira. Ich sage dir gerne, warum.«

Sie starrte ins Leere.

»Weil ich dich nicht für eine Mörderin halte. Du bist eiskalt, ja.«

Sie schaute eingeschüchtert zu ihm. Sie war jemand, die in jeder Situation Fassung zu wahren versuchte. Sie war jemand, die das jahrelang zu Hause geübt hatte. Sie war jemand, die vor dem Spiegel Reden übte. Auch vorgestern hatte sie das gemacht. Stundenlang. Damit die Posen zum Gesagten passten.

Eiskalt?

Dazu passte ihre Pose nun nicht. Gebückt saß sie da.

»Aber eine eiskalte Mörderin? Selbst wenn du eine wärst – ich glaube, du würdest anders morden.«

Er grinste tatsächlich.

Sie verstand nicht, wie ihr geschah. Vor zwei Tagen noch freute sie sich auf die Sommerparty des Verlags, auch auf das Treffen mit diesem Häbeler, mit dem sie eine investigative Zusammenarbeit plante, mit ihm und dem *stern* und der *Le Monde* und der *Times*, dem *Nuovo Messaggero*, ihr *Messaggero*, in solch einer Riege. Alle hätten sie gestaunt, was sie, die Herausgeberin, journalistisch noch draufhatte.

Und nun?

Nun saß sie da in diesem Büro von Foscolo – und der dachte darüber nach, welcher Typ Mörderin sie wohl sei.

»Du und der Tote, Sondrini, worüber habt ihr recherchiert?«

Sie schaute zu Boden. Kurz. Sie schaute auf. Es half nichts. Nein.

»Es geht um Giangiacomo Feltrinelli.«

»Den Verleger?«

Sie nickte.

»Den ehemaligen Besitzer der *Villa Feltrinelli,* in dem Häbeler und seine Tochter auch abgestiegen sind.«

Der Staatsanwalt zog einen Zettel und einen Stift herbei, notierte sich die Unterkunft.

»*Villa Feltrinelli*«, murmelte er gleichzeitig vor sich hin, »Giangiacomo Feltrinelli. Worum genau?«

»Um seinen Tod. Du weißt doch, Foscolo, dass sich darum Mythen ranken.«

Nun nickte er. Ein bisschen zu schnell. Ein bisschen zu altväterlich. Sie schätzte, er wusste es nicht. Sie beschloss, ihm auf die Sprünge zu helfen.

»Er war ja in den Untergrund gegangen, damals Anfang der Siebzigerjahre.«

»Ja, ja, doch, doch. Er war Kommunist. Eine eigenartige Zeit war das damals. Hat es nicht einen Unfall gegeben?«

»Er ist ums Leben gekommen, als er versucht haben soll, Sprengstoff an einem Strommasten anzubringen. In Segrate. Bei Mailand.«

»Verlagsbesitzer sollten nicht mit Sprengstoff an Strommasten hantieren.«

»Ja, vielleicht«, sagte sie.

»Es gibt, wenn ich mich recht erinnere, viele Gerüchte darum, was rund um seinen Tod genau passiert sein soll«, sagte der Staatsanwalt wieder.

»Ja«, antwortete die Herausgeberin, »und genau darum ging es in Häbelers Recherchen, die er mit mir teilen wollte. Ich glaube, er hatte Unterlagen, in denen die Wahrheit über den Tod von Feltrinelli steht.«

»Wo sind diese Unterlagen?«

»Ich nehme an, er hat sie versteckt. Er wollte sie mir zeigen.«

Der Staatsanwalt stand auf, ging um den Schreibtisch herum, zu ihr heran.

»Ich muss dich bitten, Sondrini, heute bei uns zu bleiben.«

»In einer Zelle?«

»Ich werde sie dir so gemütlich wie möglich einrichten.«

Sie schüttelte den Kopf, schaute sich gleichzeitig erneut um. Sie wollte nicht in einem Raum übernachten, den Foscolo für gemütlich hielt.

»Bitte, *procuratore,* lass alles, wie es ist. Leer, sauber. Mehr brauche ich nicht.«

»Ich übergebe dich jetzt meinen Kollegen. Ich muss los. Zur *Villa.* Wir müssen das Zimmer des Toten untersuchen.«

Sie bat ihn, noch ein Telefonat führen zu dürfen.

Er genehmigte den Wunsch.

Sie biss sich auf die Lippen. Arnaldo war bei Carla gewesen. Die ganze Nacht!

Der Marchese

Die beiden Brüder waren gemeinsam die Promenade nach Osten spaziert. Stumm. Stumm verstanden sie sich am besten. Immerhin, dachte sich Francesco, das ist ja schon was. Es gab Brüder, die waren heillos zerstritten. Besonders in Adelsfamilien. Da war es doch gar nicht so schlecht, sich stumm zu lieben und sich redend zu streiten. Er hatte das Gezeter zwischen ihm und Arnaldo immer als produktiv bewertet.

Wer stritt, mochte sich. Wer stritt, kam voran.

Sie waren den Viale Martiri XXXVIII Giugno hinaufspaziert, Arnaldo hatte, während sie so schweigend dahinflanierten, die ganze Zeit das Handy in der Hand und tippte darauf herum. Francesco war sich sicher, dass er mit den Kollegen kommunizierte. Ja, der Marchese selbst liebte seine neue Rolle als Kolumnist. In dieser konnte er sich literarisch versuchen, hatte aber mit dem Redaktionsquatsch herzlich wenig zu tun. Er beobachtete, dass sich sein Bruder, wie auch Elvira, mit der Rolle der Herausgeberschaft schwertaten. Sie hatten dafür gesorgt, dass sie selbst entbehrlich waren. Zumindest für das Alltagsgeschäft. Dass sie sich nur noch um die großen Linien kümmern mussten.

Die Vision.

Der Marchese war in seinem Leben nie Chef gewesen. Wollte er nie. Er wollte aber auch keinen Chef haben. Deshalb hatte er schon früh beschlossen – das freundliche Schicksal erlaubte es ihm –, abseits des profanen Erwerbstätigkeitsdaseins sein Leben zu verbringen. Dieses nur aus der Distanz fasziniert zu beobachten. Er war lange Sohn gewesen, schließlich Erbe, seitdem Verwalter des Erbes.

Aber er hatte sich das perfekte Chefleben immer so vorgestellt: alles um sich so aufgestellt, dass man selbst nur repräsentierte.

Das war nun natürlich nichts für seinen Bruder. Und auch für Elvira nicht.

Als sie die Villa erreicht hatten, musste er Arnaldo sagen, dass seine Tochter vermutlich immer noch in Gargnano war. In der *Villa Feltrinelli.* Arnaldo wurde sauer und versuchte, sie anzurufen. Sie ging nicht ran.

Der Marchese erklärte ihm noch einmal, genauer, bis zum bitteren Ende hin, wie es ihnen im luxuriösen Boutique-Hotel ergangen war. Arnaldo hörte ihm nur halb zu, halb war er schon wieder dabei, eine *Whatsapp*-Nachricht zu schreiben. Und mit der Redaktion zu telefonieren.

Konnte der nicht mal loslassen?

Er war doch der große Investigativjournalist. Er musste doch kapieren, dass es jetzt nicht um irgendwelche Formulierungen in Unterzeilen und Bildunterschriften ging. Dass sie da womöglich etwas ganz Großem auf der Spur waren.

Sie waren beide in den Salon gegangen. Der Marchese hatte den Whisky aus der Glasvitrine geholt. Sich für zwei Tumbler mit ins Glas eingeritzten Flamingos entschieden. Es waren seine Lieblingsgläser.

Er schenkte je einen Fingerbreit ein. Dann noch je einen. Er trank. Das erste Glas. Schaute zu seinem telefonierenden Bruder. Da schien, wie erwartet und erhofft, kein Interesse zu bestehen. Also trank er auch das zweite.

Dann verschwand er im Keller, kam eine Viertelstunde später wieder daraus hervor. Er hielt eine Flasche *Massetino* in der Hand, die kleine Schwester des großen *Masseto, des* italienischen Merlot *in purezza* aus der toskanischen Küstenregion Bolgheri.

Er hatte in aller Frühe, noch bevor das Chaos so richtig ausgebrochen war, auf dem Markt am alten Hafen frische Tortellini gekauft, Ricotta, etwas Salbei. Herrlich, das alles mit ein bisschen Olivenöl darüber.

Aber den großen *Masseto* dazu trinken?

Nein, das passte nicht.

Da war der *Massetino,* der nur schlappe dreihundert Euro statt der stattlichen neunhundert des großen Bruders kostete, genau richtig.

Francesco beschloss, da der Tropfen noch jung war, den Wein zu dekantieren, ihn ein wenig atmen zu lassen.

Er stellte einen Topf Wasser über den Herd, holte Salz, tippte mit dem Finger hinein, schleckte die Fingerkuppe ab, was er neuerdings immer machte, seitdem ihm beim Keksebacken einmal ein Malheur passiert war, er anscheinend Zucker mit Salz verwechselt hatte.

Er gab die Tortellini ins siedende, blubbernde Wasser. Zweieinhalb Minuten, bloß keine Sekunde länger. Das hatte ihm der Verkäufer am Markt eingebläut. Jede Sekunde mehr sei ein Verbrechen an der italienischen Küche, das hatte der hinterhergeschoben.

Der Marchese schaute auf seine mattgoldene, zerkratzte *Oyster*-Rolex, die er neben ein paar anderen alten Uhren vom Vater geerbt hatte und die natürlich die falsche Uhrzeit anzeigte, weil er sie nie aufzog. Seit Jahren schon versuchte er, Zeit höchstens als Empfehlung anzuerkennen. Zum Minutenzählen diente das Schmuckstück am Armgelenk auch so.

Eine Viertelstunde später saßen die beiden Brüder am Tisch. Arnaldo schaute auf seine billige Swatch, er hatte von Vaters Uhren nichts wissen wollen.

»Schon spät«, sagte er, »bald wird es dunkel.«

»Ist in der Redaktion alles gut?«, fragte der Marchese.

Arnaldo kaute, schluckte, nahm dann tatsächlich einen Schluck vom Merlot.

»Keine Ahnung, die kommen ganz gut ohne mich zurecht. Elvira hat mich angerufen. Sie bleibt in U-Haft. Sie hat Foscolo einiges erzählt. Von ihr und Häbeler. Von Feltrinelli. Von der Villa, die Polizei will dahin, sich umsehen. Elvira, sie muss ... sie hat ... sie hat anscheinend kein Alibi für die spätere Nacht.«

Der Marchese brummte.

»Die beiden, sie und der Tote, recherchierten zum Tod von Giangiacomo Feltrinelli«, fuhr Arnaldo fort.

»Da gibt es die eine Version, die für die Wahrheit gehalten wird«, sagte der Marchese.

»Und viele, viele Gerüchte«, beendete Arnaldo den Gedanken.

Die Brüder legten die Gabeln beiseite, schoben die leeren Teller von sich weg, dann rekonstruierten sie gemeinsam das, was sie über die letzten Tage, Wochen Jahre des Verlegers wussten.

Den Rest googelten sie auf Arnaldos Handy.

Arnaldo wusste beinahe alles, was man aus den Büchern kannte. Francesco wusste vieles, was ihm Vater erzählt hatte. Auch vieles, woran er sich selber noch erinnerte. Als Junge in der *Villa Feltrinelli*. Als Arnaldo zunächst noch gar nicht geboren, später noch ein Baby war.

Vater und Giangiacomo hatten im Garten gesessen, Rotwein getrunken. Sie sprachen wenig über Politik, viel über früher, über eine Zeit wie aus einem Märchen.

Giannas Onkel lauschte den Erzählungen, die davon handelten, dass Gargnano noch ein armes Nest war, dass die Pater des Franziskanerordens Zitronen an den See brachten, die im 17. Jahrhundert aus Asien nach Sizilien gekommen waren. Er erfuhr, dass die Villa anno 1892 um den damals schon mächtigen Magnolienbaum herumgeplant worden war. Er erfuhr, dass es die Engländer waren, die den See als Urlaubsdomizil zuerst entdeckten. Im Winter. Sie liebten die Milde. Sie saßen nie in der Sonne. Sie bevorzugten die Blässe. Blässe entsprach der Noblesse. Braun gebrannt waren nur die Fischer.

Der Verleger? Er hatte den jungen Marchese stets gleichzeitig fasziniert und abgeschreckt; abgekaute Fingernägel, gelb vom Tabak, die dunklen Augen hinter der schwarzen Hornbrille versteckt, der Mund verborgen unter dem ungepflegten Schnauzer. Ein Milliardär, der im Salon italienische Schlager auflegte. Oder Lieder der Resistenza. Manchmal Volksmusik aus Kurdistan oder Guatemala. Ab und an *Aftermath* von den Stones. Immer: laut! Ein Kommunist, der sich nicht um mit dem Fußball zertrümmerte Fenster scherte. Der einen alten schwarzen *Citroën* fuhr, dessen Scheibe ebenso Sprünge hatte.

»Er wirkte schüchtern und Furcht einflößend zugleich. Er war so eine seltsame Erscheinung und hatte doch so eine starke Ausstrahlung«, murmelte der Marchese nun vor sich hin. »Er versprühte stets eine leise Unruhe, er blickte schweigend auf den See und wirkte, als trage er die

Last der Welt auf den Schultern. Wenn er sprach, war es stets nur ein Flüstern.«

Der kleine Francesco hatte unten am Wasser die Schwäne beobachtet.

Er fuhr fort: »Das war alles, bevor er untergetaucht war.«

»Und schließlich tot vor den Toren Mailands gefunden wurde«, komplettierte Arnaldo.

Der Marchese erinnerte sich an die Schwarz-Weiß-Fotos von damals. Vom Fundort der Leiche. Sie waren in allen Zeitungen abgebildet gewesen, er selbst noch Schüler. Doch er hatte es natürlich mitbekommen. Er saß neben *papà* am Tisch, als der eine Beileidskarte verfasste, als *mamma* den Strauß weißer Rosen band, den sie mitschicken wollte.

Papàs Worte.

Warum? Warum?

Immer wieder.

Die Bilder.

Diese Bilder!

Der Mast auf dem weiten Feld, die weißen Dynamitpakete daran befestigt. Die weißen Schnüre.

Der tote Körper, der da rücklings am Boden lag. Der knochige Brustkorb. Das Gesicht gen Himmel. Der feine Bart.

Die Carabinieri, die hilflos wirkend umherstanden. Der Nebel in der Ferne, die kargen Bäume ohne Äste.

Beinahe erinnerten den Marchese diese Bilder, die er vor seinem inneren Auge betrachtete, tatsächlich ein wenig an das Cover des Buches, das sein Bruder neben die leeren Teller gelegt hatte.

Boris Pasternaks *Doktor Schiwago*.

Sie riefen sich abwechselnd sprechend das Leben des Verlegers ins Gedächtnis.

Giangiacomo verbringt Kindheit und Jugend im Luxus. Und es musste wohl doch alles schrecklich gewesen sein. Der Vater? Neben den Holzmachenschaften ist er Vizepräsident beim Energieriesen *Edison*, Bankenaufsichtsrat, darüber hinaus *Grand' ufficiale* der Krone. Kurz: nie da. Die Eltern trennen sich, da ist Giangiacomo sieben.

»Die Mutter muss eine Hexe gewesen sein«, urteilte der Marchese, »exzentrisch, von sich selbst besessen. Bei einem Jagdunfall hatte sie ein Auge verloren. Sie ließ sich das Jagdgewehr umbauen, sodass sie mit dem anderen Auge zielen konnte – und trug von da an ein Monokel.«

Giangiacomo und seine Halbschwester aus der neuen Liaison der Mutter führen bald ein ungewolltes Jetsetleben. Kreuzfahrt nach Rhodos. Privatlehrer in New York. Sie trafen den ägyptischen König, anderntags den italienischen Kronprinzen. Sie werden von einer Gouvernante erzogen. Isoliert von anderen Kindern. Das Kinderzimmer ist ungeheizt.

»Der Verleger litt sein Leben lang an Klaustrophobie«, wusste Giannas Onkel weiter zu berichten, »daher rührend, dass ihn Mutter und Stiefvater zur Strafe oftmals bei Wasser und Brot in den Keller sperrten.«

Im November 1944, fuhr der ältere Bruder fort, ist Giangiacomo Feltrinelli achtzehn Jahre alt. Er schließt sich als Freiwilliger dem Kampfkorps *Legnano* an, das der fünften US-Armee zugeordnet ist. Im März 1945 tritt er der *PCI*, der Kommunistischen Partei Italiens, bei.

Der Vater ist bereits 1935 verstorben. Die Mutter sitzt beim König zu Kaffee und Kuchen, just als die Ergebnisse des Referendums publik werden, ob Italien Monarchie oder Republik werden soll. Die Republikaner gewinnen – knapp.

Der König geht ins Exil. Nach Portugal. Sämtlichen männlichen Nachfolgern des Hauses der Savoyen ist das Betreten von italienischem Boden von da an untersagt.

Auch Feltrinellis Mutter verlässt das Land, Giangiacomo bleibt. Er wird alsbald vom Innenministerium als bedeutender Geldgeber der *PCI* eingeschätzt – und beobachtet. Und tatsächlich: Die Partei setzt ihn als Informanten in monarchischen Kreisen ein, zu denen er über seinen gewichtigen Namen Zugang hat.

Er erbt. Als einziger männlicher Nachkomme beinahe alles. Und er gründet 1954 einen Verlag. Er landet schließlich mit *Doktor Schiwago* einen schnellen, ersten Welterfolg.

»Die ganze Welt sprach damals von dem Buch«, sagte Arnaldo.

Der Marchese nickte zustimmend. Er sehnte sich nach den Zeiten zurück, in denen ein Buch ganze Welten bewegen konnte, und fuhr mit der Wiedergabe der Ereignisse fort, wie es seine Art war ganz so, als sei er selbst dabei gewesen.

Den sowjetischen Machthabern in Moskau, berichtete er prosaisch, sei das entstehende Werk des Schriftstellers, der sich bis dahin mit etwas Poesie und Kurzgeschichten hervorgetan hatte, von Anfang an ein Dorn im Auge gewesen.

Boris Leonidowitsch Pasternak schreibt in den ersten kursierenden Passagen seines neuen, umfangreichen Werks von diesem Arzt in den Zeiten der Revolution. Der Autor geißelt die Gewalt, den dogmatischen Fanatismus. In der Sowjetunion stellt sich das Herausbringen dieses Stoffes schnell als utopisch heraus.

Am 13. Mai 1956 schickt Feltrinelli einen ersten Brief an den Autor ab. Sie schreiben sich alsbald auf Wunsch Pasternaks auf Französisch. Weil unter seinen Aufpassern keiner Französisch spricht. Solle er jemals einen Brief in russischer Sprache bekommen, warnt der Schriftsteller, so solle der Verleger davon ausgehen, dass er nicht von ihm stamme. Dass er vom Geheimdienst gefälscht sei. Manche der Briefe verschwinden. Manche Botschaften schreiben Feltrinelli und Pasternak sich auf Zigarettenpapier, schmuggeln sie über die Grenze. Es ist alles sehr abenteuerlich.

Im Sommer gelangt ein Manuskript über Berlin an den Verlag. In Feltrinellis Hände. Im selben Sommer verkündet der sowjetische Außenminister Dmitri Trofimowitsch Schepilow öffentlich: Das geplante Buch Pasternaks sei ein grässliches antisowjetisches Machwerk – es müsse verhindert werden. Später gibt er zu, das Werk nie gelesen zu haben.

Das Politbüro übt indes Druck auf die italienische kommunistische Partei aus. Man habe erfahren, dass Feltrinelli das Manuskript horte. Man solle ihm gefälligst Einhalt gebieten. Doch der junge Verleger trotzt allen Versuchen, ihn von der Veröffentlichung abzuhalten. Das Verhältnis zur Partei erkaltet. Feltrinelli publiziert das Werk.

Ab dem 23. November 1957 liegt das Buch in den italienischen Buchhandlungen.

Zuerst auf Italienisch.

Dann vielfach übersetzt in der ganzen Welt.

Auch eine russische Edition gibt es. Mit kleiner Auflage. Die irrigerweise weltweit, jedoch nur nicht in der Sowjetunion zu bekommen ist.

Zumindest offiziell über den Ladentisch.

Giannas Vater legte das Handy beiseite. Griff erneut nach dem Buch, drehte und wendete es.

»Die hier womöglich«, murmelte er.

Der Marchese nickte zustimmend.

Die italienische Auflage von zwölftausend Stück ist schnell weg. Es wird schnell und weltweit nachgedruckt. Feltrinelli, der Salonkommunist aus feinem Hause, mit der *PCI* zerstritten, tanzt in ganz Europa, in der ganzen Welt auf zahlreichen Hochzeiten. Er ist nicht zu fassen, ein Faszinosum.

Erfolgsverleger mit Besitztümern in Österreich und der Villa am Gardasee. Misstrauisch beäugt von den Granden in Moskau, gern gesehener Gast auf Bällen der High Society in Hamburg, Paris, New York.

Stinkreich, doch am liebstem alleine mit Zelt in den Wäldern Norwegens unterwegs.

Das Glück scheint ihm hold – für immer.

In einer Schublade des verstorbenen sizilianischen Grafen Giuseppe Tomaso di Lampedusa wird ein Manuskript entdeckt, die beiden Großverlage *Mondadori* und *Einaudi* lehnen ab.

Feltrinelli ist fasziniert von dem Stoff, in dem sich ein sizilianischer Adelsmann gegen das Fortschreiten der Geschichte wehrt.

Der Leopard wird sein zweites verlegerisches Meisterstück. Dass der Stoff von einem Adeligen geschrieben ist, zudem die alte Herrschaftswelt nostalgisch betrauert, ist ihm, dem kommunistischen Verleger, schnurz.

Er schätzt die literarische Kraft.

»Alles muss sich ändern, damit alles bleibt, wie es ist«, zitierte der Marchese aus dem Buch.

Er prostete seinem Bruder fröhlich zu, der verdrehte die Augen.

Der Marchese grinste.

Als Feltrinelli zu der Zeit in Pisa eine erste eigene Buchhandlung eröffnet, macht er vieles anders, als es in italienischen Buchhandlungen bis dato gemacht worden ist: Die Bücher liegen nicht mehr irgendwo hinten im Archiv, sie stehen frei zugänglich in Regalen, jeder kann sie herausnehmen, hineinblättern.

Auch eine Revolution!

Es folgen Shops in Mailand, Genua, Florenz, Rom. Es gibt Autorenbegegnungen, einmal tritt Joan Baez auf. Barfuß. Vor den Türen werden Röstkastanien verkauft, bald verlegt Feltrinelli weitere illustre Namen: Max Frisch, Friedrich Dürrenmatt, Günter Grass, Theodor W. Adorno, Bertrand Russell, Doris Lessing, James Baldwin, Henry Miller, Claude Lévi-Strauss, Pier Paolo Pasolini. Italo Calvino, Mario Vargas Llosa.

Gabriel García Márquez ist zum Abendessen geladen, Rudi Dutschke erholt sich bei Feltrinelli vom Attentat, ein paar Ex-Partisanen, die nun eine Bodyguardfirma gegründet haben, passen auf ihn auf, Dienstmädchen mit weißen Schürzen pflegten ihn. Der Verleger reist nach Kuba zu Fidel Castro. Er spielt Basketball mit dem Máximo Líder, will dessen Memoiren verlegen. Doch der redet lieber über seine Rinderherden. Sie sitzen gemeinsam vor dem Radio, als der Tod von Ho Chi Minh verkündet wird. Castro weint.

»Keiner weiß genau, was dann, irgendwann in den späten Sechzigerjahren, mit Feltrinelli geschah«, sagte Arnaldo.

»Es waren bewegte Zeiten. Massenentlassungen bei *Fiat*. Massendemonstrationen auf den Straßen. Tote Polizisten, tote Demonstranten, tote Unbeteiligte. Entführungen. In Mailand, Rom, Genua, Trient organisierten sich linke Truppen unter den Studenten und unter den Arbeitern«, gab der Marchese dazu.

Er wusste sofort, was der Bruder meinte.

»Feltrinelli unterstützte finanziell Revolutionsgarden in Südamerika, im Maghreb. Auch Unabhängigkeitsbewegungen in Sardinien, in Palästina. In Italien machte er bei einer kommunistischen Zelle mit«, rekonstruierte Arnaldo weiter.

»Es gab so viele damals. Es war wie bei Monty Pythons *Leben des Brian*.«

»Ich glaube, Feltrinelli war Mitbegründer einer der *GAP*.«

Der Marchese zog die Mundwinkel nach unten. Er interessierte sich für vieles, aber für Splittergruppen aus dem marxistisch-leninistischen Umfeld in den Sechziger- und Siebzigerjahren des vergangenen Jahrhunderts hatte er wenig übrig.

»*Gruppi di Azione Partigiana*«, präzisierte der jüngere Bruder, »paramilitärische, linksextreme lose verbundene Stadtguerillagruppen, die sich auf partisanenähnliche Widerstandsaktionen gegen Faschismus und Staat beriefen.«

Ja, Arnaldo hatte den revolutionären Floh in seiner späteren Studentenzeit auch im Ohr gehabt. Daran erinnerte Francesco sich noch genau. Während er selbst zu Klängen von Verdi und Puccini Gustave Flauberts *Madame Bovary* genoss, las sein Brüderchen so langweilige Schinken völlig ohne Spannungsbogen, ohne die großen Gefühle, Liebe, Eifersucht, wie *Reform oder Revolution?* von Rosa Luxemburg, die *Gefängnishefte* von Antonio Gramsci, *Der eindimensionale Mensch* von Herbert Marcuse, die *Mutter Courage* von Bertolt Brecht.

Zumindest trällerte er dazu nicht dieses unerträgliche und abgeklatschte *Bella Ciao*. Er hörte lieber Nina Simone, ein kleineres Übel.

Die beiden versicherten sich, sich zum Teil an die Zeit zu erinnern, in der sie erst selbst noch Kinder waren. Später Jugendliche, Studenten. Es waren die bleiernen Jahre, die eigentlich Jahrzehnte waren.

Linksterroristen.

Erste Attentatsversuche. Erste Zellen, die sich für den Umsturz entscheiden. Mit allen Mitteln.

Die *Brigate Rosse* sind im Entstehen, die Ende der Siebzigerjahre den Ministerpräsidenten Aldo Moro ermorden, der für die Aussöhnung des linken und des christlichen parlamentarischen Flügels steht.

Am 8. August 1969 explodieren in einem Dutzend Zügen und Bahnhöfen Sprengsätze. Zwölf Verletzte. Wie durch ein Wunder gibt es keine Todesopfer. Zuerst werden Südtiroler Separatisten verdächtigt. Dann die Linksextremen. Ein Jahr später stellt sich heraus: Es waren Faschisten der militanten Gruppierung *Ordine Nuovo*.

Prügeleien und Brandanschläge sind beinahe an der Tagesordnung. Am 12. Dezember explodiert im großen Saal der Nationalbank für Landwirtschaft an der Mailänder Piazza Fontana eine Kofferbombe.

Sechzehn Tote, vierundachtzig Verletzte.

Wieder werden anfangs andere verdächtigt, Anarchisten, bevor sich herausstellt, auch diesmal war es der rechtsextreme *Ordine Nuovo*.

»Vater hat sich irgendwann eine gepanzerte Lancia-Limousine zugelegt?«, sagte Arnaldo.

»Und auch unser Fahrer, Giorgio, trug eine kugelsichere Weste und musste uns immer überall hin begleiten«, gab Francesco hinzu.

»Wir durften nachmittags auch kaum raus. Waren gefangen. Hier, in der Villa«, schob Arnaldo nach.

»Es war eine andere Zeit«, sagte Francesco. Als Gefangenschaft hatte er es, so erinnerte er sich nun, anders als sein Bruder jedoch nie empfunden. Solange er seine Bücher hatte, seine Musik, war er frei.

Feltrinelli?

Die beiden Brüder rekonstruierten sich weiter gegenseitig erzählend den Fortlauf von dessen halsbrecherischer Biografie.

Nach dem Attentat auf der Piazza Fontana wird auch der Verleger als mutmaßlicher Mittäter von der Staatsanwaltschaft gesucht. Keiner weiß so recht, wie sehr er mit militanten Kräften zu tun hat. Wie sehr er selbst auf Gewalt setzt. Er flieht nach Genua, zu einem befreundeten ehemaligen Partisanen, lässt sich von Schmugglern in die Schweiz bringen, über die Berge. Im Schnee. Er taucht ab, um einer Festnahme zu entgehen.

Und wird gut zwei Jahre später, am 14. März 1972, auf einem Feld in Linate bei Mailand neben einem mit Sprengstoff drapierten Strommast gefunden.

Tot.

»Offiziell ein Unfall, gestorben, beim Versuch, den Mast zu sprengen«, sagte der Marchese.

»Aber ob das wirklich so war, weiß kein Mensch«, sagte Arnaldo, »niemand weiß Bescheid über die letzten Tage und Stunden seines Lebens. Vielleicht war doch alles ganz anders gewesen? Vielleicht war Feltrinelli eine Falle gestellt worden? Vielleicht war es Mord? Womöglich war der Unfall inszeniert. Es gab Dutzende Theorien: Der Mossad. Weil der Verleger Jassir Arafat finanziell unterstützte. Ultrarechte Politiker. Weil sie einen Geldgeber des Linksterrorismus beseitigen wollten.«

Der Marchese schaute überrascht. Wenn er von seinem Bruder eines nicht kannte, dann war es Spekulation.

Sagen, was ist. Das war sein journalistisches Leitmotiv. Er selbst war da ja ganz anders. Immer schon gewesen. Darüber fantasieren, was sein könnte, das war ihm viel lieber.

Er liebte Verschwörungstheorien. Die Mondlandung? Im Studio der *Paramount Pictures* von Stanley Kubrick gedreht. Große Filmkunst, wahrlich.

Elvis? Lebte. Na klar. Im Zeugenschutzprogramm. Auf Hawaii. Aloha! Weil er gegen die Mafia ausgesagt hatte. Zumindest brachte er keine seiner schrecklichen Platten mehr heraus. Da konnte der, um des Marcheses willen, leben, so lange er wollte.

Nein, wenn sein Bruder so etwas aussprach, dann machte er das nicht einfach so. Und ja, natürlich wusste auch er selbst von den vielen Theorien, die es um Feltrinellis Tod gab.

»Dieser deutsche Journalist, Andreas Häbeler, der nun auch in den ewigen Jagdgründen ruht, du glaubst, der ist dem Geheimnis um Giangiacomos Tod auf die Spur gekommen?«

Arnaldo starrte vor sich hin.

»2012 wurde im *Corriere* ein medizinisches Gutachten von der Autopsie von Feltrinellis Leiche veröffentlicht, das lange geheim gehalten worden war. Es lässt auf Verletzungen an Kopf und Körper schließen, die auf einen Angriff von hinten, rücklings, deuten. Die Wunden an den Händen würden zudem eher von Fesseln stammen denn von einer Explosion. Es könnte jemanden geben, der noch mehr weiß, der dem *stern*-Reporter diese Unterlagen übergeben hat und der zu reden bereit ist.«

Der Marchese brummte.

»Wer?«

Arnaldo schüttelte leicht den Kopf, fuhr dann fort. Francesco bemerkte das Zittern in der Stimme.

»Und es scheint jemanden zu geben, der ihm, dem Aufdecker, wiederum auf der Spur war. Böswillig. Der nicht wollte, dass diese Informationen publik werden. Jemand, der ihn getötet hat. Der daraufhin seine Tochter, diese Fenna, verfolgte. Wie beschrieb Elvira den Mann vorhin am Telefon noch mal, von dem ihr der Staatsanwalt erzählte?«

Der Herausgeber schloss kurz die Lider.

»Mitte vierzig. Lange schwarze Haare, zu einem Pferdeschwanz zusammengebunden. Leinenhemd, Bikerhose.«

Eine Weile herrschte Stille, dann haute der Marchese plötzlich auf den Tisch.

»Pferdeschwanz, Mineralwasser, Espresso, Leinenhemd. Bikerhose. Ja! Scheint so, als habe er auch *uns* beobachtet! Gianna und mich …«

»Was?«

Der Marchese erzählte seinem Bruder davon, was er am Vormittag im Hafen von Gargnano gesehen hatte. Er versuchte, sich das Bild der Terrasse vor der Trattoria erneut vor Augen zu führen: die Karten spielenden alten Männer, das kulinarisch auf unterschiedlichen Galaxien wandelnde Ehepaar. Der gerade wie eben beschriebene Mann, der Mineralwasser und einen Espresso trank.

Francesco bemerkte, dass sein jüngerer Bruder auf den Lippen kaute.

»Wir müssen Gianna warnen!«, sagte Arnaldo schließlich. Francesco schenkte sich vom *Massetino* nach.

Die Flasche war bereits zu drei Vierteln leer. Eigentlich, so fand er, und ärgerte sich beinahe ein wenig, wäre aufgrund der Ereignisse doch ein *Masseto* angebracht gewesen. Er beschloss, in Zukunft Wein nicht allein passend zu Gerichten auszuwählen. Sondern auch zur Stimmungslage.

In ihm.

Am See.

In der Welt.

Arnaldo war aufgestanden. Er hatte kurz den *Doktor Schiwago* in die Hand genommen, ihn hochgehoben, ihn gedreht und gewendet, so als ob er dessen Wichtigkeit beurteilen mochte. Dann legte er das Buch wieder hin.

»Ich habe Gianna vorhin mehrmals versucht zu erreichen. Nichts. Ich habe ihr auch geschrieben, dass sie aus Gargnano verschwinden soll. Dass die Polizei dahin unterwegs ist. Ich schreibe gleich noch mal. Ich muss runter. Zu ihr.«

Francesco trank noch einen Schluck.

»Gut«, sagte er schließlich und kramte den Schlüssel seines Porsches aus der Hosentasche.

»Ich fahre«, sagte Arnaldo.

Manchmal hatte sein Bruder wirklich sehr eigenartige Gedankengänge, dachte sich der Marchese.

So wie jetzt.

Was glaubte er denn? Dass sie mit seinem Volvo fahren würden? Da brauchten sie bei seiner Fahrweise zwei Stunden anstatt einer. Oder glaubte er, dass er ihn hinter das Steuer des Porsches ließ?

Niemals.

»Ich fahre, Francesco, du bist doch schon betrunken.«

Wie kam er darauf? Betrunken, von einer Flasche, wie sollte das denn gehen?

Zehn Minuten später saßen die beiden Pitti-Brüder im Porsche des Marchese; der lenkte den Wagen durch die Tunnel der westlichen Gardesana gen Süden. Es war dunkel geworden. Die Uferlichter schimmerten im schwarzen Wasser. Der Wald war in der Finsternis verschwunden. Der aufgehende Mond schien die nackten Felsen an. Die Nacht war sternenklar.

Der Marchese drückte aufs Gas, sein Brüderchen tippte

auf dem Handy herum. Der Porsche knatterte, rein in eine der Galerien, wieder raus.

Was schrieb der denn schon wieder?

Morgen, das hatte Francesco vom Tortelliniverkäufer am Markt erfahren, solle das Wetter umschlagen. Sturmwarnung. Ihm war das Wetter egal. Er wunderte sich sein ganzes Leben lang schon über Menschen, die mit einem verregneten Nachmittag nichts anzufangen wussten.

»Was tippst du da?«

Eine weitere, enge Kurve. Links der Fahrbahn fiel der Fels weit und steil zum Wasser hinab.

Kein Verkehr.

Wie schön der See des Nachts doch war, dachte sich der Marchese und beschloss, diese schöne Fahrt mit noch etwas Soundtrack zu untermalen. Er schob die Kassette ins Autoradio.

Puccini. *Turandot*. Der fulminante Beginn. *Popolo di Pekino!* Der Marchese sang lauthals mit, im tiefsten Bariton, den er hinbekam.

»La legge è questa …«

Arnaldos Antwort ging im Gesang unter.

»Die Redaktion hat mir eben den ersten Entwurf für den Seitenaufriss der Sonntagsausgabe geschickt.«

Gianna

Gianna erwachte mit einem Schrecken. Für einige Sekunden war sie völlig orientierungslos.

Wo war sie bloß?

Sie spürte den Stoff, der über ihrem Gesicht lag, etwas an ihrer Nase kitzelte wie ein feines Spinnennetz. Sie roch das süße Parfüm. Dann war alles wieder da. Die Villa, die Suite, der Schrank. Das weiche Kissen an ihrem Rücken?

War es ihr tatsächlich passiert? War sie kurz eingenickt?

Sie verfiel sofort in eine Kindheitserinnerung.

Sie musste acht, höchstens neun gewesen sein, als sie des Öfteren in einem der Schränke der Villa verschwunden war. Bei Familienfeiern, wenn alles drunter und drüber ging, *papà* mit dem *zio* stritt, weil sie sich wieder einmal nicht darauf einigen konnten, ob das neueste Gesetz der italienischen Regierung nun gut oder schlecht war, ob das beste Eis am See in Riva oder Desenzano zu bekommen war, wie der Nahostkonflikt zu lösen war, ob das Herumfahren mit einem alten Porsche nun besonders umweltschonend oder ein ökologisches Verbrechen war.

Sie suchte sich stets den Schrank im letzten Zimmer ganz hinten im Flur der oberen Etage aus, wo die beiden Brüder die alten Anzüge ihres Vaters verstaut hatten, die der Marchese sich nach und nach anpassen ließ, sie trug. Sie liebte es, im Geruch der Mottenkugeln abzutauchen, in eine neue Welt, eine Welt, in der sie, die kleine Gianna, eine Seepiratin war, die auf einer Insel lebte und nachts mit ihrem Ruderboot die Küste aufsuchte, die Bungalows der Campingplätze bei Lazise plünderte: Sandspielzeug, Kaugummipackungen, Colaflaschen, Schnorchelausrüstungen.

Oft war sie darin eingeschlafen. Das erste Mal hatte *papà* nach zweistündiger Suche beinahe schon die Polizei gerufen. Die damals noch junge Mutter von Spiaggia und Lago hatte sie gefunden und vor dem Schrank laut miauend die Familie auf die verloren geglaubte Tochter aufmerksam gemacht.

Sie blieb eine gute, unkomplizierte Schläferin. Ihre halbe Studentenzeit hatte sie schlafend über den Büchern in der Bibliothek verbracht. Sich danach auf der Toilette die Druckerschwärze von der Wange gewaschen.

Sie konnte immer und überall schlafen. Bei Helligkeit. Bei Lärm. In der Badewanne. Auf einer schwimmenden Matratze im Pool. Auf der geparkten *Vespa*. Hinter den Boxen am Rande eines Dancefloors einer Disco. Im Wald. In Schränken, besonders gut, wenn eine dicke Decke ihren Rücken polsterte.

Als Gianna den Schrank in der Suite der *Villa Feltrinelli* verließ, schaute sie aufs Handy – und erschrak dann doch ein wenig. Es war bereits Abend. Sie hatte tatsächlich mehrere Stunden geschlafen.

Egal.

Sie hatte sowieso keinerlei Idee gehabt, wie sie die Suite hätte unerkannt verlassen sollen.

Auch jetzt fiel ihr keine Lösung ein.

Sie wandelte in den Zimmern umher, hoffte, etwas zu finden. Irgendetwas, sie wusste selbst noch nicht genau, was. Sie warf die Hemden und Hosen des offenen Koffers umher, sah erneut in den Schrank, dessen Tür sie offen gelassen hatte. Auf die zwei Kleidchen, die da hingen. Von Fenna. Der Tochter dieses Andreas Häbeler.

Darunter standen Schuhe. Silbern. Mit Absätzen. Sehr hoch. Sehr dünn. Ob ihr die wohl passen würden?

Die Reporterin drehte eine weitere Runde im Zimmer, riss die Schreibtischschubladen auf. Nichts. Sie riss die Schubladen eines Schrankes auf, auf dem eine Plastik aus Bronze stand. Ein Jäger, ein erschossenes Wildschwein geschultert. Im Bad sah sie die zwei Necessaires auf dem Waschbecken stehen. Eines war geschlossen, das andere offen. Die Utensilien lagen unter dem Spiegel ausgebreitet: Lippenstift. Lidschatten, Puder, Haargel.

Was tun?

Nun vernahm sie gedämpfte Jazzmusik vom Garten herauf. Am Fenster lugte sie hinter dem Seidenvorhang hervor. Ja, da stand unter einer der Platanen ein Trio: Gitarre, Schlagzeug, Saxofon. Auf und um weiße Terrassensessel tummelten sich fein gekleidete Gäste. Kellner in weißen Cutaways trugen Etageren umher, manche schenkten aus großen Champagnerflaschen ein. Ein paar der Gäste trugen feine Strohhüte, weiße Poloshirts, lederne Sandalen. Sie hielten kleine Holzschläger in den Händen, standen in einem Grüppchen auf einer langen Sandbahn, verstreut um sie herum lagen rote und blaue Kugeln.

Croquet.

Das Gartenfest. Girlanden leuchteten in bunten Farben, obwohl die Dämmerung noch nicht eingesetzt hatte.

Gianna schaute an sich hinab, auf das ausgewaschene Vasco-T-Shirt, auf die Jeans, die abgerockten Sneakers. Sie holte ihr Handy hervor, da sah sie es. Drei Anrufe von *papà*. Eine *Whatsapp*-Nachricht. Sie las flüsternd. Jedes der geschriebenen Worte irritierte sie ein Stück mehr.

Elvira – in U-Haft.

Staatsanwalt Foscolo unterwegs – zur Villa Feltrinelli.

Nur noch ein Balken, fast kein Akku mehr.

Sandro?

Keine Nachricht von ihm.

Warum antwortete er nicht?

Idiot.

Gianna kontrollierte die Uhrzeit, wann der Text von ihrem Vater geschrieben worden war. Vor einer Stunde etwa. Sie fragte sich, wie lange die Polizei von Trient wohl hier herunter brauchen würde?

Eineinhalb Stunden vielleicht.

Sie musste sich beeilen. Sie ließ den etwas wirren, verzweifelten Gedanken wieder aus den hintersten Windungen ihres Gehirns hervorkriechen, der ihr zuvor in den Kopf geschossen war und den sie sogleich wieder verdrängt hatte. Es blieb ihr doch nichts anderes übrig. Vielleicht war das ihre einzige Chance.

Sie ging zurück ins Bad, schaute sich im Spiegel an, sah die Gianna, die sie kannte, die ihr Tag für Tag aus Spiegeln entgegenblickte. Hinter ihr im Spiegel sah sie ein Stück der edlen marmorweißen frei stehenden Badewanne, ein Stück der Toilette, deren goldener Griff den Hals und Kopf und Flügel eines Schwans bildeten.

Sie sah den Deckel des Wasserkastens. Der Deckel saß nicht gerade. Er war auf einer Seite etwas angehoben. Jemand musste ihn geöffnet haben, ihn nicht wieder richtig draufgedrückt haben. Vielleicht eins der Zimmermädchen, nachdem sie den Duftspender darin erneuert hatte, nach dem es hier drin so wunderbar nach Rosmarin duftete. Oder jemand anderes.

Gianna drehte sich um, ging zur Toilette, hob den Deckel hoch, entdeckte einen Lederumschlag darin, hob ihn heraus, löste das Plastikband. Ein kleines Kalenderbüchlein kam zum Vorschein. Auch Geld. Mehrere Hundert-Euro-Scheine. Kassenbons. Ein Foto: eine junge Frau. Braunes, schulterlanges Haar. Ein schüchternes Lächeln. Grüne Augen.

Fenna?

Die Reporterin nahm den Kalender, blätterte darin. Blätterte zum heutigen Tag. Versuchte, das Gekritzel zu entziffern. Da stand, ja, ein Name.

Da stand: *Elvira Sondrini.*

Eine Seite weiter: nichts.

Eine Seite davor: ein weiterer Name.

Orlando Velasco.

Sie sprach die Namen halblaut vor sich hin.

»Velasco. Orlando.«

Ihr war, als hätte sie ihn schon einmal gehört, doch sie kam nicht darauf, wann. Wer ihn genannt hatte.

Sie rief *papà* zurück. Er saß gerade mit Francesco im Porsche. Auf dem Weg zu ihr. Er berichtete ihr alles. Sie sagte ihnen, sie sollten sie im Hafen von Gargnano abholen. Sie sagte ihnen auch, was sie gefunden hatte. Den Kalender. Das Geld. Das Foto der jungen Frau. Den Namen eines Mannes.

Orlando Velasco.

Dann legte sie auf. Sie stellte das Foto der jungen Frau an den Spiegel und griff nach dem Lippenstift. Und begann.

Rund eine Viertelstunde später schaute die junge Reporterin, die sich ihr ganzes Leben lang noch nie etwas aus Schminke gemacht hatte, in ein Gesicht, das sie beinahe nicht mehr erkannte. Sie war zufrieden mit dem, was sie da zusammengekleistert hatte. Auch wenn sie nicht unbedingt aussah wie das Mädchen auf dem Foto, sie sah zumindest nicht mehr aus wie sie selbst oder wie die Version ihrer selbst, für die sie sich in der Pubertät entschieden hatte. Damals hatte sie von einer ihrer Schulfreundinnen erstmals eine Vasco-CD ausgeliehen bekommen.

Bollicine.

Seitdem hatte sie sich für ihren Look entschieden, war sich sicher, dass der sich nie wieder ändern würde. Auch nicht, wenn sie in vielen Jahren im Altersheim sitzen würde. Nur heute Abend. Nur auf dem Weg hier aus dem Zimmer hinaus, den Flur entlang, hinab ins Parterre, durch den Salon, hinaus auf die Veranda, die weißen Treppen hinab, hinunter zum Steg, wo zwei Ruderboote im Wasser schaukelten.

Eins davon würde sie sich … äh, ausleihen.

Im Schrank hatte sich auch noch eine Handtasche befunden, sie legte ihr Portemonnaie und ihr Handy hinein, schulterte die Tasche, übte einige Runden auf den Stöckelschuhen, die ihr doch um mindestens eine Nummer zu klein waren, das Gehen auf den hohen, dünnen Absätzen.

Gianna fragte sich, warum Frauen, warum um alles in der Welt klar und rational denkende Geschöpfe, wie etwa Elvira, Tag für Tag auf solchen Schuhen herumliefen.

Schwankten.

Ja, sicherlich, der High-Heel-Walk war ihr Schwachpunkt, der konnte sie verraten. Vielleicht würde man aber auch lediglich denken, sie habe schon das eine oder andere Glas Champagner zu viel getrunken Das konnte sie retten.

Nun war der Moment der Wahrheit gekommen. Sie fuhr sich noch einmal durch das nach hinten gegelte Haar, öffnete die krächzende Tür der Suite, das Klacken ihrer Schritte kam ihr unendlich laut vor, das Klimpern des Jazztrios war hier auf dem Flur nur noch dumpf zu hören.

Sie ging über den Teppichboden, entschied sich gegen den Aufzug, für die Treppen. Die waren mit den *tachetti* zwar schwieriger zu bewerkstelligen, aber es war sicherer. Auf halber Treppe, auf der Höhe der Bleiglasfenster, kam ihr ein Zimmermädchen entgegen, es grüßte freundlich, ohne ihr ins Gesicht zu schauen.

An der Rezeption war zu tun, sie huschte schnell hinter der großen Blumenvase vorbei, im Salon kam ein Kellner schnellen Schrittes auf sie zu.

Kurz dachte sie, das war's.

»Champagner?«, fragte er.

Sie griff ein Glas und nahm einen Schluck. Sie trank sonst lieber Bier. Aber der Champagner tat gut. Sie leerte das Glas. Nahm sich ein zweites. Der Kellner schaute unbeeindruckt an ihr vorbei. Guter Mann. Von einem der Sofas aus wurde sie von einer Frau in schwarzem Abendkleid mit silbern funkelnden Edelsteinen gemustert. Angewiderter Gesichtsausdruck. Zwei Gläser Champagner, gierig danach gegriffen. Das war sicher etwas unvorsichtig, verräterisch. Aber es hatte geholfen. Mut gegeben.

Gianna trat ins Freie auf die weißen Marmortreppen hinaus. Der Himmel über dem See hatte sich bereits verdunkelt, schönes Dämmerungsblau. Das schönste Blau, das sie kannte. Das Blau, das auch den Hintergrund auf Vascos Album *Siamo solo noi* von 1981 zierte.

Die Journalistin schaute sich um. Hinunter zum Wasser, von der Wiese und dem *Croquet*-Feld her war die Jazzcombo nun wieder lauter zu hören. Sie spielten schnelle Stücke. Paare tanzten. Bis zum Steg würde Gianna ein paar Gäste passieren, an ein paar Tischen vorbeigehen müssen, die da auf der Wiese standen.

Den Manager, Angelo Petrelli, konnte sie nicht ausmachen. Er war der, der ihr am gefährlichsten werden würde. Er kannte bestimmt jeden einzelnen Gast. Vielleicht hatte er schon Feierabend. Das, so rechnete sie sich willkürlich in ihrem kurzen Hoffnungswahn zusammen, würde ihre Aussicht auf Erfolg schlagartig verdoppeln.

Wenn so eine Gartenparty stattfand, konnte der General Manager unmöglich nicht dabei sein, zerbrach sie ihren Hoffnungsschimmer schon wieder. Sie schritt los, der Blick zu Boden gerichtet, bloß niemandem in die Augen schauen. Aber war das nicht eigentlich das Allerauffälligste überhaupt?

Gast sein, hier am See. Am Ufer entlangspazieren, streng zu Boden starrend?

Sie schaute auf, lugte hinüber zur Party, sah ein Stück des kleinen Parkplatzes an der Hinterseite der *Villa*. Sie erstarrte. Da stand ein Wagen der Carabinieri. Daneben ein schwarzer Lancia. Dann sah sie ihn auch schon. Wie er den britisch akkuraten Rasen betrat. Flankiert von zwei Beamten. Sie schritten eilig in Richtung der Menschenmenge.

Staatsanwalt Foscolo.

Ein paar Sekunden war ihr, als könne sie sich nicht mehr bewegen, sie drückte die Handtasche fest, drehte sich um. Nein, von hinten würde er sie in diesem Outfit sicher nicht erkennen. Sie überlegte, in die *Villa* zurückzugehen. Und dann? Sollte sie sich wieder irgendwo verstecken?

Nein.

Gäste tanzten. Kellner schwirrten umher. Sie musste da hindurch. Zum Steg. Zu den beiden Booten. Sie ging weiter. Da war ein drittes Boot. Ein Motorboot. Jemand stand da. Ein Mann? Ein sich bewegender Schatten. Machte er das Boot fest? Machte er es los? War er gerade angekommen?

Beinahe stolperte sie. Mit *tachetti* auf Teppichboden gehen war das eine. Auf einem Kiesweg zu laufen etwas völlig anderes.

Weiter. Weiter.

Nicht zu schnell, nicht zu langsam. Sie sehnte sich so sehr danach, weg zu sein, anderswo, irgendwo. Alleine. Oben in den Bergen über Torbole. Auf ihrer *Vespa* auf den See hinabschauen und Vasco hören.

Der Steg kam näher, nun sah sie Petrelli. Nah am Ufer stehend, er unterhielt sich mit einem Pärchen. Schaute in ihre Richtung. Sah er sie? *Sie?* Oder sah er einfach nur eine etwas ungeschickte, vielleicht etwas zu betrunkene junge Frau, die er nicht genau zuordnen konnte?

Gianna ging weiter. Vorbei an Gästen, die um die Tanzenden herumstanden. Sie hätte gerne gewusst, wo Foscolo inzwischen war. Sie bemerkte, dass der General Manager dem einen der Gäste, mit denen er sprach, sanft an die Schulter fasste, sich dann umdrehte, in ihre Richtung, näher kam.

»*Maledizione*«, zischte Gianna, »das war es jetzt wirklich.«

Petrelli ging schnellen Schrittes, ernste Miene. Viel zu ernst für jemanden, der für Gäste stets ein Lächeln übrig haben musste.

Drei Schritte, zwei.

»Guten Abend, herrliches Kleid«, sagte er, lächelte kurz, sah Gianna in die Augen, ging an ihr vorbei.

Sie drehte sich verwirrt um, sah, dass er seinen Schritt immer mehr beschleunigte, sah, dass Foscolo auf ihn zukam. Der General Manager hatte den Staatsanwalt gesehen. Klar, er hatte auf ihn gewartet. Wollte ihn nun schnell abfangen. Bevor es hier von Polizisten nur so wimmelte. Foscolo hatte sich sicher vorab gemeldet, das sollte nun alles so diskret wie möglich ablaufen.

Aufatmen. Weitergehen. In Richtung des Stegs.

Zehn Meter. Zwanzig.

Der Mann dort im Halbdunkeln war nun im Motorboot, hievte eine Kiste von vorne nach hinten. Sie erreichte die ersten der Holzlatten.

Die Reporterin drehte sich ein letztes Mal um, sah die Gäste, die tanzenden Menschen. Da trat jemand aus der Masse hervor. Im dunklen Anzug. Die langen schwarzen Haare zu einem Pferdeschwanz nach hinten gebunden.

Die Person entfernte sich von der Gesellschaft, ging mit eiligen Schritt auf Gianna zu.

Auf einmal fasste der Mann sich unter das Jackett, holte eine Pistole hervor. Die Pistole hatte einen langen Lauf. Gianna zuckte zusammen, erstarrte kurz, unterdrückte einen Schrei. Nur langsam erwachte sie aus der Lähmung. Die Muskeln. Die Gedanken. Sie tippte auf einen Schalldämpfer.

Da hörte sie bereits einen Schuss. Leise.

Paff.

Er ging knapp in ihr vorbei. In eins der Lattenhölzer. Sie fuhr herum, betrat mit zitternden Beinen den Steg, einer der Stöckelschuhe rutschte in einen Spalt zwischen zwei Bretter, sie knickte um, fiel hin, schrie auf. Dann streifte sie sich schnell den einen Schuh ab.

Paff.

Die Kugel verschwand zischend im Uferwasser.

Der Killer kam eilig näher. Giannas Augen zuckten in alle Richtungen. Rüber zu den Gästen, zur Jazzmusik. Niemand bekam etwas mit. Mit den Zähnen zerbiss sie sich die Lippen. Sie spürte das Adrenalin, die Angst in ihr.

Nahe des *Croquet*-Feldes war der General Manager auf den Staatsanwalt getroffen, die zwei Männer mit den beiden Carabinieri im Schlepptau gingen im Halbdunkeln in Richtung Parkplatz der Villa.

Gianna streifte sich eilig auch den zweiten Schuh von den Füßen, raffte sich wieder auf, lief nun vor zum Boot, wo der Mann die Kiste wieder hingestellt hatte, sich am Motor zu schaffen machte. Auch er musste den Killer entdeckt haben, der hinter ihr her war. Dieser würde gleich den Steg erreichen.

Paff.

Der Bootsmann bückte sich, richtete sich wieder auf, zog am Starterseil des Motors.

Nichts.

Kein Motorengeräusch.

Paff.

Eine Kugel zersplitterte ein Stück vom Holz des Schiffes.

»Warten Sie!«, schrie Gianna, »helfen Sie mir, nehmen Sie mich mit.«

Der Mann schaute auf. Nun erkannte Gianna ihn. Es war der Fischer vom Hafen von Gargnano, der ihnen das Tretboot geliehen hatte.

Alessandro … Sale?

»Alessandro, hilf mir! Nimm mich mit.«

Der junge Fischer zog noch einmal am Seil. Der Motor brummte erst leise, jaulte dann auf.

Er hielt ihr die Hand hin, sie fasste sie. Er zog Gianna über Bord, drückte den Gashebel des Motors nach unten, das Boot raste los. Sie verlor das Gleichgewicht, fiel hin.

Dann drehte sie sich um. Sie sah den Fremden am Steg stehen und auf das Boot zielen.

Paff.

Zusammenzucken. Kurz hatte sie einen stechenden, brennenden, heißen Schmerz an der Hüfte gespürt.

Das Ufer entfernte sich. Der Steg. Die Gäste, die Jazzband. Die Villa. Unbestimmte Lichter. Dann Schwarz, immer mehr Schwarz. Hier draußen, vom Wasser umgeben, schien die Nacht früher hereingebrochen zu sein.

Gianna spürte Schwindel. Sie hielt sich die Hand an den Rücken, an die schmerzende Stelle, spürte den nassen Stoff des Sommerkleids.

Ihr war sofort klar, dass das Blut war.

Eben noch war ihr so heiß gewesen, nun war ihr bitterkalt.

Der Fischer lenkte das Boot nach Norden.

»Ich … der Mann, er wollte mich …«

»Er wollte mich erschießen und hat dich getroffen«, unterbrach er sie.

Heftplan, Sonntagsausgabe,
S. 48 bis S. 72:

Seite noch ohne Thema
In Fertigstellung
Fertig im Layout

Kultur-Aufmacher Interview mit Riccardo Muti, der in der Arena wieder die Aida dirigiert	R. Muti	R. Muti	R. Muti	R. Muti
R. Muti	**Wochenend-Tipps**	Ein Essay über Goethes Sommertage am See	Goethe	Reportage über Sommermusikschulen
Sommermusikschulen	Sommermusikschulen	**Sport-Aufmacher** Neue Wassersport-Trends	Wassersport	Interview mit der Kletterin Angelika Rainer aus Mori
A. Rainer	Rätselseite	**Vermischtes-Aufmacher** Reportage über den neuen Hundecamping in Lazise	Hunde	Was machen wir hier? Hat jemand Ideen?
…	…	~~Fotos von der Feier in der Rilke-Villa~~	~~Rilke Fotos~~	Impressum, Wetter, Horoskop

TAG 2

Arnaldo

Er hatte natürlich gar keine Zeit, schon wieder hier zu sein. Er wollte auch gar nicht schon wieder hier sein. Nicht nach der peinlichen vorletzten Nacht. Was war nur mit ihm geschehen? Dabei hatte er gar nicht zu viel getrunken. Ein, zwei Gläser, vier vielleicht. Er glaubte nicht, dass es der Alkohol war. Es war etwas anderes. Etwas, das tiefer in ihm drinsteckte.

Liebe?

Er wollte bei ihr sein. Er wusste nicht genau, warum. Wahrscheinlich wusste man bei so etwas nie genau, warum. Journalismus, das hieß für ihn immer, allem auf den Grund gehen. Der Grund der Liebe, das glaubte er in der Zwischenzeit verstanden zu haben, war nicht zu entschlüsseln. Das war ein Gefühl, stärker als alle Fakten, alle Beweise, alle Aufdeckungen.

Es gab eine Zeit, da war ihm der Journalismus, das Reporterdasein, wichtiger als alles andere gewesen. Er hatte dafür auch viel aufs Spiel gesetzt.

Seine Familie. Seine Ehe.

Nun versuchte er, ein bisschen etwas davon zurückzuholen. Ohne zu wissen, ob das ging. Aber er musste es zumindest versuchen, ja, das hatte Arnaldo Pitti sich fest vorgenommen.

Deshalb war er doch wieder hier, hatte ihre Einladung zum Frühstück angenommen, obwohl so viel zu tun wäre.

Der vordere Teil des Seitenplans für die Sonntagsausgabe stand mehr oder weniger. Die zeitlosen Politik- und Wirtschaftsthemen hingen tatsächlich schon an der Wand, wurden von Redakteurinnen und Redakteuren bei Kaffeepausen begutachtet: Steckt da noch ein Tippfehler in der Unterzeile?

Diese Headline, dieses Aufmacherbild – versteckte sich da nicht eine blöde Text-Bild-Schere drin?

Ein Teil des Politik- und des Chronikteils würde erst am Samstag fertiggestellt. Das ging gar nicht anders. Das musste weiterhin so sein. Auch wenn er und Elvira und Gianna der Redaktion während der Entstehungsphase des neuen *Messaggero* eingebläut hatten, dass von nun an das Bewegtbild sowie die Onlineausgabe schnell sein mussten, die edle Sonntagsausgabe ausgeruht daherkommen durfte – so gab es natürlich Ausnahmen.

Stürzte am Samstagnachmittag ein Felsklotz auf eine Limonaia, begrub eine Touristengruppe unter sich, drei Tote, sieben Verletzte, so musste das Fernsehteam von *MessTV* so schnell wie möglich vor Ort sein. So mussten die Onlinekollegen so schnell wie möglich eine *Breaking News*-Meldung schreiben und *Breaking News*-Push-Nachrichten an alle Abonnenten verschicken.

So mussten aber auch die Kolleginnen und Kollegen,

die für das gedruckte Blatt eingeteilt werden, zwei bis vier Seiten füllen mit: Hintergrund!

Was genau war passiert?

Was sagte der Bürgermeister? Was hatten Augenzeugen gesehen?

Interviews. Die Einschätzung eines Geologen.

Einordnung. Wann in der Vergangenheit hatte es weitere große Unglücke am See gegeben?

Investigative Recherche. Wer war verantwortlich für die Sicherung der Felsen? Gab es Pfusch?

Bei solchen Ereignissen konnte, durfte sich auch eine ausgeruhte Sonntagszeitung nicht zurücklehnen, musste am Tag davor inhaltlich geballt daherkommen. Mehr bieten als andere.

Nun sowieso.

Bei einem Toten in den eigenen Redaktionsräumen durfte sich der *Messaggero* nicht der Schmach hingeben, anderen größeren Blättern, dem *Corriere*, der *Repubblica*, die Recherchehoheit zu überlassen.

Ein Toter im Büro des Herausgebers des *Messaggero!*

Da gab es nur einen Ausweg: Genau dieser *Messaggero* musste in der anstehenden Sonntagsausgabe mit den großen Geschichten, den am weitesten reichenden Informationen, mit den spannendsten Details die Leserinnen und Leser weit über den See hinaus für sich gewinnen.

»Hallo, Arnaldo.«

Sie lächelte. Immerhin.

Er versuchte, den Seitenplan zu vergessen. Die vorletzte Nacht zu vergessen. Über all das Vergessen vergaß er zurückzulächeln.

Was hatte ihn nur geritten, bei ihr aufzutauchen? Steinchen zum Fenster ihres Schlafzimmers hochzuwerfen?

Sie hatten zwei Stunden auf der Veranda gesessen. Geredet. Er hatte geweint. Sie auch? Er hatte es im Dunkeln nicht sehen können. Sie hatten auch gelacht, ein bisschen.

Er hatte auf der Couch geschlafen.

War gegangen, noch bevor sie aufgewacht war.

Hätte er bleiben sollen?

Sie trat nun aus der Tür hinaus, umarmte ihn. Er umarmte sie zurück und fragte sich, warum sie nicht auf seinen Vorschlag, sich zum Frühstück einladen zu lassen, den er ihr in der Nacht irgendwann gemacht hatte, eingegangen war.

Hey, Carla, nur ein Frühstück. Das ist doch kein Date, nein, ganz sicher nicht!

Er wollte sie zum neuen Bistro oben in den Felsen über Torbole bringen, von dem der Gastrokritiker seiner Zeitung in der vorvergangenen Woche so sehr geschwärmt hatte. Exzellentes Frühstück à la carte. Mit Kräuter-Guacamole-Bowles, Aalhäppchen, Karotten-Sellerie-Shakes.

Genau das Richtige für Carla. Im Urlaub hatte sie sich stets über Buffettische beschwert. An Buffettischen, hatte sie einmal gesagt, erkenne man den erschreckend dünnen Firnis der Zivilisation.

Genau das Richtige für Carla, die für Süßes nichts übrig hatte.

Arnaldo frühstückte eigentlich nicht. Ihm reichte ein *caffè*. Aber wenn, dann lieber Buffet. Da musste man nicht unnötig mit Kellnern herumdiskutieren, die einem neben den Gerichten, die auf der Karte standen, auch stets noch Tagesempfehlungen andrehen wollten, was ihn, der gedanklich bei Bestellungen sowieso immer nur halb anwesend war, überforderte.

»Komm rein!«

Arnaldo war Pessimist. Immer schon gewesen. Sie hatte sich nicht von ihm einladen lassen, weil sie nicht wollte, dass es irgendwie nach Date aussah.

Sie hatte zugestimmt, unter der Bedingung, dass es bei ihr stattfand, damit sie die Oberhand über alles behielt.

Er hätte einfach gestern am frühen Morgen dableiben können. Doch es war ihm unangenehm gewesen. Steinchen gegen das Fenster! Wie kindisch! Wann würde sie es ansprechen? Sollte er es ansprechen?

»Wie geht es dir?«

»Wie immer. Und dir?«

Sollten sie einfach darüber schweigen? Gemeinsam schweigen war ja auch etwas.

»Gut.«

»Schön.«

Er war noch nie ein Meister des Small Talks gewesen. Ein Flirter sowieso nicht. Er vermutete, die paar wenigen Frauen, denen er in seinem bisherigen Leben nähergekommen war, standen einfach darauf, dass er sich beim Small Talk und beim vermeintlichen Flirten schusselig anstellte. Sie fanden das wohl süß.

Ob Carla es zumindest ein kleines bisschen süß gefunden hatte, dass er gestern Nacht Steinchen ...

Nein. Ganz sicher nicht, sie fand es ganz bestimmt einfach nur bescheuert. Er selbst ja auch.

»Arnaldo!« Nun setzte sie einen Ton an, der ihn sofort an seine Mutter erinnerte.

Nun kam es also. Es ging los.

Vielleicht war das auch der Grund gewesen, warum sie beide sich getrennt hatten, weil sie irgendwann immer mehr nach seiner Mutter klang. Nein, dann fiel ihm der wahre und einzige Grund wieder ein, und er schämte sich. Sie hatten sich nicht getrennt. Er hatte sie verlassen. Weil er eine Affäre mit Elvira begonnen hatte.

»Arnaldo, wie kannst du nur sagen, es gehe dir wie immer, wenn gestern ein Toter in deinem Büro gefunden wurde. Erschossen.«

Nun schaute sie wie seine Mutter. Komischerweise machte es ihm nichts aus. Er wollte wieder Vertrautheit zwischen ihnen. Er wollte sie zurückhaben. Er wusste nur nicht, wie.

»Du bist der eigenartigste Mensch, dem ich jemals begegnet bin, Arnaldo.«

Sie bat ihn herein, er ging durch den Flur. Immer, wenn er in den vergangenen Jahren bei ihr gewesen war, war er sich vorgekommen wie auf einem Filmset, als sei sie nur eine Schauspielerin, als seien die Fotos von ihr und Gianna neben den Jacken, über dem kleinem Tischchen, auf dem in einem Schüsselchen die Hausschlüssel und die Autoschlüssel lagen, nur Fake.

»Du hast ihn geliebt, diesen eigenartigen Typen, der ich bin.«

»Ja, habe ich«, sagte sie kurz und scheinbar emotionslos.

Sie überholte ihn, während er die Fotos betrachtete. Es schmerzte ihn, nicht darauf zu sein. Ihre Schulter berührte seinen Rücken, er spürte ihren Atem.

Am liebsten hätte er sich sofort umgedreht, sie festgehalten, seine Lippen auf ihre gedrückt.

Das hätte die Lösung für alles sein können. Der Neuanfang. Es hätte aber auch alles kaputt machen können, bevor es vielleicht wieder begann.

»Ja, aber der hat mich mit einer Kollegin von ihm betrogen.«

»Er war ein bisschen … verwirrt.«

»Tja.«

Mehr sagte sie nicht, öffnete die Tür, die zum Garten hinter dem Haus hinausführte. Auf der kleinen Veranda stand ein sorgsam gedeckter Tisch. Ein großer Tisch. Weißes Tischtuch. Weiße Keramikteller. Silbernes Besteck. Lilien. An so einem Tisch hätte man einen Heiratsantrag machen können, wenn man nicht immer noch verheiratet wäre. Nur, dass der eine Stuhl, das eine Gedeck am einen Ende des Tischendes bereitet war, der andere Stuhl, das andere Gedeck am möglichst weitest entfernten anderen Ende, ließ Arnaldos Pessimismus schon wieder aufsteigen.

Carla bat ihn mit einer einladenden Handbewegung, sich zu setzen. Er tat wie geheißen. Schaute auf das überquellende Brotkörbchen, den Lachsteller, die Marmeladenschüsselchen, den Orangensaft.

»Ich mache uns noch schnell zwei *cappuccini*«, sagte sie.

Er entdeckte ihr Handy in der Tischmitte und legte seines neben seinen Teller.

Dann schaute er auf den Garten hinaus. Die Terrassentür, durch die Carla ins Innere verschwunden war, hinter sich.

Was, wenn?

Was, wenn sie beide doch wieder …

Er begann, sich vorzustellen, wie er im Garten Unkraut jäten würde. Er hatte in seinem ganzen Leben noch nie Unkraut gejätet. Aber er war nun ein anderer. Er stellte sich vor, wie er mit Carla im Gras liegen würde. Sie ihn küssen würde.

Er spürte ein Kribbeln im Bauch. Er hörte ein leises Summen.

War das sein Hunger, gar kein Liebessummen?

Er dachte an die Fahrt mit Francesco runter nach Gargnano. An das Warten auf Gianna am kleinen Hafen. Sie war nicht aufgetaucht. Ihr Handy war aus. Sie waren weiter zur *Villa Feltrinelli* gefahren. Die Stimme der Dame an der Fernsprechanlage am Tor hatte ihnen versichert, dass, nein, keine junge Frau alleine auf dem Anwesen sei. Sie hatte ihnen gesagt, dass sie, nein, nicht für sie im Zimmer zweier Gäste nachschauen würde. Dass sie nur hereinkämen, wenn sie eine Reservierung oder eine Buchung hätten.

»Lass gut sein«, hatte Francesco gesagt.

Und Arnaldo war etwas verwundert gewesen, dass sein großer Bruder so schnell aufgab. Das tat er sonst doch nie.

Wo war Gianna bloß?

Nun sah Arnaldo, dass sich Carlas Handy in Richtung Tischkante bewegte.

Da rief jemand an. Er stand auf, ging zum Handy hin und stoppte es. Er schaute auf den Bildschirm. Wo sollte er denn sonst hinschauen? In den Himmel hoch?

Federico, stand da.

Federico! Der Anruf verstummte. Wieder der Bildschirm. Die Uhrzeit. 9.11 Uhr.

Seine Hand tat es, ohne seinen Kopf zu fragen. Der eine Finger berührte den Bildschirm, streifte von unten nach oben.

Code eingeben. Vier Ziffern. Ziffernblatt. Er versuchte es mit seinem Geburtstag.

Nein. Natürlich nicht.

Ihr Geburtstag.

Auch nicht.

Giannas Geburtstag.

Ja.

Die Apps erschienen. Der rote Button eines entgangenen Anrufs über der grünen Telefon-App. Kalender. Uhr. Rechner. Fotos. Sein Finger zitterte. Würde er da Fotos sehen? Von ihr? Und diesem Federico?

Nein, er drückte nicht.

Er schob das Handy weiter in die Tischmitte, hörte ihr Räuspern, fuhr erschrocken herum. Sie stand in der Terrassentür. Mit einem Tablett in den Händen, zwei Kaffeetassen darauf.

»Ich, äh, dein …, es vibrierte, es … rutschte.«

Es half natürlich alles nichts. Sie schaute enttäuscht.

Arnaldo schaute auf seine Hand, die immer noch auf ihrem Handy lag.

Taschenlampen-App. *Whatsapp,* Karte, Einstellungen, *Tinder,* Wetter, *Ebay,* Wallet, *Trenitalia, Netflix, Google, Telepass, EasyPark.*

Er löste die Hand, sie ging zum Tisch, stellte das Tablett ab. Dann schob er eine der Tassen zu seinem Teller hin.

Tinder! Erst als er sich selbst wieder zu seinem Platz zurückbegab, erreichte sein Gehirn, was er da gesehen hatte.

Carla tinderte!

Ja, er hatte es gesehen, er kapierte es aber nicht.

Carla!

Er schaute wieder zu ihr, sie zeigte auf sein Handy, das da neben seinem Cappuccino und seinem leeren Teller lag.

Nun erst hörte er den Klingelton.

Irma Thomas.

Ruler of my Heart.

Sie griff nach dem Handy, schaute darauf, grinste, reichte es ihm.

Elvira.

Er schaute verlegen.

»Das ist … beruflich …«

Sie zuckte mit den Schultern.

»Dein Leben«, sie zeigte auf ihn, »mein Leben«, sie

zeigte auf ihr Handy, »wir sind sich einst liebende, nun getrennte erwachsene Menschen. Arnaldo, wo ist das Problem? Geh ran! Der Lachs wird nicht kalt, nur der Cappuccino. Für Cappuccino hattest du eh nie viel übrig. Ich auch nicht, geh schon ran, ist bestimmt wichtig.«

Er überlegte, was diese Worte nun schon wieder zu bedeuten hatten. Dass sie etwas bedeuteten, war sicher. Carla sprach immer in bedeutungsvollen Rätseln. Deshalb hatte er sie einst geliebt, liebte er sie immer noch. Ja. Ja, verdammt! Sollte er abheben? Oder besser nicht? Er tat es.

Elvira

»Nein, Elvira, es ist ... wir ... ich habe immer noch keine Ahnung, wo sie ist.«

Arnaldo hatte sie um halb zwei Uhr nachmittags in Trient abgeholt. Klar hätte sie auch sonst irgendjemand abholen können. Vielleicht hätte sie ihn sogar gedrängt, wenn er sie denn gefragt hätte, lieber die Redaktionssitzung zu leiten, als zu ihr zu kommen. Aber das hatte er nicht getan. Er fand, er sollte es machen. Das gehörte sich.

Er war ganz sicher etwas verwundert gewesen, als auch Staatsanwalt Foscolo mit ihr vor dem Gefängnis gestanden hatte.

»Er kommt mit«, hatte sie nur knapp gesagt.

Sie ignorierte dabei seine sich erhebende Augenbraue.

»In die Redaktion?«, hatte er weitergefragt.

»Ja.«

Dann erst hatte er sie gefragt, wie es ihr gehe.

Es sei alles okay, hatte sie geantwortet. Und er hatte zum Glück verstanden, dass sie nicht weiter darüber reden wollte.

Wenn sie im Nachhinein darüber nachdachte, war sie schon wieder eigenartig verwundert, dass ihr diese Stunden in der Einzelzelle gar nichts mehr ausmachten. Dass sie mitten in der Nacht aufgewacht war und leise geweint hatte, versuchte sie zu verdrängen. Nun hoffte sie bereits, dass sie bald, wenn alles aufgeklärt sein sollte, wenn sie als Medienhaus noch wochenlang von den Ereignissen würden zehren können, die Zellenerfahrung in irgendeiner Form medial unterbringen könne.

Sie würde sie journalistisch verarbeiten.

Foscolo hatte sie gehen lassen müssen. Sie hatte ihm ihr Alibi geliefert. Aber erst, nachdem er ihr versprochen hatte, niemandem davon zu erzählen. Nein, sie wollte nicht, dass irgendjemand wusste, dass sie, Elvira Sondrini, Frau der hohen Künste und der feinen Gedanken, nachts, wenn sie nicht schlafen konnte, manchmal online ging und *Civilization VII* spielte.

Eigentlich wollte sie, dass auch der Staatsanwalt das nicht wusste. Aber lieber so, als noch einen Tag, eine weitere Nacht eingesperrt sein.

Frei. Und doch erst unter Vorbehalt. Bis alles geprüft war. Unter der Prämisse, dass sie Riva nicht verließ.

Sie feilschte.

»Foscolo«, hatte sie gesagt, »sagen wir statt Riva der gesamte See, und alles ist gut. Ich versichere dir, dass ich mich keinen Kilometer vom Ufer entferne. Okay?«

Er hatte ein zähneknirschendes *Ja* zwischen den Lippen hervorgemurmelt.

Sie dachte schon, sie hätte gewonnen.

»Du entfernst dich nicht vom See, ich entferne mich nicht von dir. Ich komme mit, Sondrini. Wir machen das jetzt gemeinsam. Ich und du und Arnaldo und seine Tochter …«

»Ich weiß nicht genau, was Gianna treibt«, schoss es aus ihr heraus.

Kurz überlegte sie, ob sie ihm alles, wirklich alles, sagen sollte. Dass Gianna im Zimmer des Toten gewesen war. Gemeinsam mit ihrem Onkel. Ja, es wäre besser, dachte sie. Sie öffnete den Mund, doch dann sprach er, bevor sie etwas sagen konnte.

»Wir wissen, dass Gianna Pitti und der Marchese Francesco im Zimmer des Toten und dessen Tochter gewesen sind. Unerlaubt eingedrungen. Der General Manager, den ich gestern vor Ort getroffen habe, hat die beiden gerügt und weggeschickt. Wir suchen Gianna wie auch Fenna Häbeler – wir gemeinsam!«, sagte er wieder.

Nun war sie es, die zähneknirschend nickte.

Sie hatten dem Staatsanwalt mittlerweile auch vom Buch Pasternaks in Elviras Schreibtischschublade erzählt. Sie standen nun vor der Wand, an der schon die paar Geschichten aus der Politik und dem Wirtschaftsteil hingen, die zeitlos waren. Der größte Teil der Wand war noch leer. Was eigentlich kein Problem schien. Oder zumindest das kleinste der vielen Probleme, die sie derzeit hatten.

Eines der anderen größeren Probleme hielt Arnaldo in der Hand. Den *Corriere,* die große Tageszeitung aus Mailand, für die er einst den See verlassen hatte. Beim *Corriere* war man nicht gerade sehr glücklich darüber, dass er an den See zurückgekehrt war, um ihnen von hier aus Konkurrenz zu machen.

Mysteriöser Mord in Redaktion am Gardasee stand da in dicken Lettern.

Darunter ein großes Foto von der *Rilke*-Villa, Polizisten, Flatterband, Forensiker davor auf der Wiese. Ein kleines Foto von Arnaldo.

»Wir müssen heute etwas herausfinden, irgendetwas«, sagte Arnaldo, »wir müssen morgen mehr Details haben als der *Corriere.*«

»Mir wäre am liebsten, wenn wir den Fall klären«, sagte Foscolo und schaute böse zum Herausgeber.

»Und Gianna finden«, gab Elvira dazu.

»Und die Tochter des Toten«, setzte der Staatsanwalt obendrauf, »zuletzt war Gianna also mit Marchese Francesco in der Villa, wo sind sie beide danach ...«

Sie schaute zu Arnaldo. Der biss sich auf die Lippen.

»Äh, nur Francesco hat die Villa verlassen, sie ist dageblieben. Heimlich.«

»Was?!«, der Staatsanwalt schrie.

»Sie ist also noch da?«

»Nein«, sagte Arnaldo, »wir nehmen an, dass sie inzwischen auch weg ist. Wir wissen nicht, wohin.«

»Handy?«

»Aus«, antwortete er weiter.

Foscolo schloss die Augen. Es schien Elvira, als sähe sie unter dem Gestrüpp, wie sich seine Lippen bewegten und stumm zählten. Bis zehn? Um sich zu beruhigen. Sie kannte das. Sie hatte das früher auch manchmal gemacht. Wenn jemand den Redaktionsschluss riss. Es hatte nie geholfen. Bei ihm nun schien es anders.

»Wir fahren erneut hin, zur *Villa*. Zu meinen Kollegen vor Ort«, flüsterte er, als sei er ein Zen-Mönch.

»Wo ist eigentlich Francesco?«, fragte Elvira schließlich.

Arnaldo zuckte mit den Achseln.

»Ich habe versucht, ihn anzurufen, bevor ich nach Trient fuhr, da ging er nicht ran«, antwortete er.

Sie kramte ihr Handy heraus, tippte darauf herum, fand seinen Kontakt, drückte auf das grüne Telefonsymbol.

Es klingelte. Es knackte.

Sie hörte seine Stimme, verstand jedoch nichts.

»Francesco, wo bist du?«

Motorengeräusch. Opernmusik. Krächzende Windgeräusche.

Sie legte auf.

Der Marchese

Der Marchese hatte verschlafen. Er hatte sich daraufhin beim Rasieren geschnitten und beim Binden der Krawatte drei Versuche gebraucht, bis der einfache italienische Knoten samt Grübchen so saß, dass es ihm passte. Nun hatte er es eigentlich eilig, doch das machte nichts.

Von eigentlicher Eile durfte man sich nicht verrückt machen lassen. Die musste man ignorieren.

Er war noch gute zwei Stunden im Keller gewesen, es galt, ein paar der Weinregale aufzufüllen. Es mangelte ihm an *Brunellos*, er musste Angelo, seinen Kontaktmann, aus einer kleinen Enoteca aus Montalcino anrufen. Er hatte auch nur noch eine Flasche Pinot Noir des vorzüglichen und exklusiven Schweizer Weinguts Gantenbein. So galt es auch, Johnny anzurufen, einen Freund aus Zürich, Besitzer einer kleinen Weinbar, der konnte ihm sicher ein, zwei Flaschen des umkämpften und begehrten Tropfens besorgen.

Später.

Nun steuerte er den kleinen, zierlichen Apothekerschrank aus Walnussholz an, den er vor unzähligen Jahren bei einem Antiquariat in Brescia erstanden hatte.

Dort, in den untersten Schubladen, hatte er damals die schriftliche Korrespondenz seines Vaters und seines Großvaters untergebracht.

Francesco ging zwei, drei schnelle Schritte über den ausgetretenen Perser, stoppte dann immer wieder, drehte sich zur Bücherwand hin. Das musste sein. An so einer Bücherwand, wie der der Villa der Pitti-Sanbaldis, schritt man nicht einfach so vorbei, das war unhöflich den Werken gegenüber, die da aufgereiht standen. Mit denen er weiß Gott wie viele Stunden in seinem Leben schon verbracht hatte.

Er hatte sie gelesen, aber sie vor allem betrachtet, war mit den Fingerkuppen über die Bücherrücken gefahren, hatte das ein oder andere herausgenommen, den darauf liegenden Staub inhaliert, ihn abgewischt, das Werk aufgeschlagen, den Geruch des alten Papiers eingeatmet.

»Hallo, alter Shakespeare, wie geht's?«, murmelte er nun.

Er ging weiter und stoppte erneut.

»Guten Morgen, Petrarca, alles zu deiner Zufriedenheit?«

Als er schließlich den Apothekerschrank erreichte, zog er die eine der unteren Schubladen auf, kramte darin herum, holte ein großes Buch mit purpurrotem Stoffumschlag heraus. Er setzte sich auf den mit venezianischen Mustern verzierten Sessel neben dem Fenster, schaute auf den verwilderten Garten hinaus. Den Kirschbaum, die wüste Hecke, die ungemähte von Unkraut übersäte Wiese.

Der Marchese fragte sich, ob je jemals jemand diesen Garten wieder einmal auf Vordermann bringen würde.

Arnaldo?

Sicher nicht.

Gianna?

Wohl kaum.

Vielleicht irgendein Nachfolger der Pittis, falls seine Nichte doch irgendwann den passenden Gemahl finden, sich fortpflanzen würde. Das glaubte er aber nicht.

Doch selbst wenn es irgendwann passieren würde, würde er längst dem lieben Zerberus über den Kopf gestreichelt haben, den Fluss Styx mit dem Floß gequert haben, weg sein. Zum Glück. Denn ihm gefiel dieser Garten genauso so, wie er war.

Wild. Ungezähmt.

Rasenmäher, Baumschneider?

Das hielt er alles für unnützes Zeug, für Abfallprodukte der menschlichen Zivilisation.

Francesco schlug das Buch auf, blätterte darin. Er genoss den Anblick der geschwungenen Schrift seines Vaters und fuhr über die Tintenspur. Er ließ seine Fingerkuppen über die vielen Namen streifen, die vielen Nummern. Er schloss alsbald seine Augen, sehnte sich in die von ihm durchaus erlebten Zeiten zurück, als sich ein durchschnittlicher Mensch noch ein halbes Dutzend Telefonnummern merken konnte. Er selbst kannte heute noch die Nummern von unzähligen Weggefährten auswendig, auch wenn es deren Festnetztelefon längst nicht mehr gab.

War das nicht komisch, dachte er, dass er heute früh beinahe eine Stunde das Katzenfutter suchen musste, weil er es nicht da vorgefunden hatte, wo es hätte sein müssen? Er hatte es schließlich im Keller neben den Holzkisten mit den alten *Pomerol*-Jahrgängen entdeckt.

Aber die Nummern einer Gruppe von Freunden, mit denen er in seinen Zwanzigern durch die Wüste von Tunesien getrampt war, mit einem alten *Land Rover,* konnte er sofort aufsagen, als hätte er sie einen nach dem anderen gerade erst angerufen.

Er suchte im Telefonbuch des Vaters nach dem *V*.

Er erinnerte sich an Giannas Worte am Telefon. An den Namen.

Orlando Velasco.

Er erinnerte sich an sein Gespräch mit den Fischern vom Hafen von Gargnano.

Ja, doch, auch die hatten diesen Namen genannt.

Er erinnerte sich daran, dass Vater viel Zeit dort unten am Hafen verbracht hatte. Mit Giangiacomo. Mit den Fischern.

Er spürte, wie Lago schnurrend um seine Beine schlich. Wo war Spiaggia? Der Marchese schaute sich um und entdeckte die zweite Katze ganz unten im Regal. Sie lag bei den Bildbänden auf einem Buch mit Kupferstichzeichnungen der Reise Goethes an den See. Er konzentrierte sich wieder auf Vaters Kontaktbuch.

»Da«, entfuhr es ihm schließlich.

Ja, *O. Velasco* stand da. Und eine Nummer.

Lago miaute. Sie rügte ihn wohl.

Keine Eile.

Der Marchese sprang auf, verbot es sich allerdings, über den Perser an den Büchern und Spiaggia vorbei aus der Bibliothek hinauszueilen. Er schritt langsam, standesgemäß, verabschiedete sich von Shakespare, von Petrarca, von Oscar Wilde, von Johann Wolfgang von Goethe, Thomas Mann, Dante Alighieri.

Im Salon fiel ihm ein, dass er keinen blassen Schimmer hatte, wo sein Handy sein mochte.

Etwa eine halbe Stunde später fand er es in der Speisekammer, zwischen den Spaghetti. Er schaute auf den Olivenölspritzer auf seinem Hemd, tippte das Passwort ein, *221258,* Puccinis Geburtstag, dann die Telefonnummer, die er vorhin in Großvaters Adressbuch gefunden hatte.

Ein Rauschen, ein fernes Tröten. Einmal, zweimal. Tatsächlich, es klingelte.

Er konnte sein Glück kaum fassen. Nun hoffte er so sehr, dass der Fischer auch ranging. Da er noch ein Festnetztelefon in Betrieb hatte, musste er eine gute Seele in sich tragen.

Noch ein Tröten, ein Knacksen.

»*Pronto?*«

»Signore Velasco?«

»Ja, wer stört?«

Der Marchese musste schmunzeln. Genau sein Humor.

»Hier spricht Francesco Marchese Pitti-Sanbaldi, der Sohn von …«

»Pitti!«

»Ja.«

»Ah, wie schön.«

»Ich würde Sie gerne besuchen.«

»Kommen Sie. Ich habe gerade einen Wels in der Pfanne. Mache eine Flasche Lugana auf.«

»Auf den Wels freue ich mich. Die Flasche stellen Sie wieder in den Keller. Ich bringe Wein mit. Wo wohnen Sie?«

Er ging durch den Flur, erspähte in der Küche den *Doktor Schiwago,* in dem er gestern tief in der Nacht noch geblättert hatte. Ohne ein Wort des Kyrillischen zu verstehen. In Gedanken war er bei dem, was er gemeinsam mit seinem Bruder über die Entstehungsgeschichte dieses Buches am späten Nachmittag erfahren hatte. Der abenteuerliche Weg der Veröffentlichung. Botschaften teils auf Zigarettenpapier verfasst, geschmuggelt. Briefe, auf Französisch geschrieben. Weil Pasternaks Aufpasser der Sprache nicht mächtig waren.

»Der Sprache nicht mächtig sein«, das hatte der Marchese immer wieder gemurmelt, während er im Buch blätterte.

Nun griff er danach, öffnete die Villentür.

Arnaldo

Der Kiessand knirschte unter ihren Füßen, während sie vom Parkplatz auf den Eingang der Villa zuschritten. Der Wind wirbelte und rauschte in den Baumwipfeln. Arnaldo schaute auf die Uhr. Es war kurz nach halb zwei. Der Ora, der typische Südwind, der am See Surferherzen höherschlagen ließ, konnte das noch nicht sein.

Nein, der kam erst später am Nachmittag. Arnaldo sah in den Himmel hoch, wo zwei Möwen gegen den Wind ankämpften. Er sah den blauen Himmel im Norden, über Riva. Vom Süden her kam schwarzes Gewölk näher, es war von der Pianura Padana heraufgezogen. Ein Gewitter.

Sie traten die Marmorstufen zum Eingang empor, zwei Carabinieri nahmen sie in Empfang, murmelten ein paar Worte zum Staatsanwalt. Ein Mann kam herbeigeeilt. Er stellte sich als Angelo Petrelli vor, General Manager des Hauses. Der Mann schlug Foscolo, Arnaldo und Elvira vor, sie in die erste Etage zu bringen.

Er geleitete sie vom Empfangssaal an einer der großen Vasen mit bunten Blumen darin nach rechts, wo eine weitere Treppe aus Holz in die erste Etage des Hauses zu den Gästezimmern führte.

Dort, wo die Treppe eine Biegung machte, schaute Arnaldo durch die in dunklen Rot- und Blautönen gestalteten Bleiglasfenster auf die Wiese hinaus. Er sah, dass der Wind die Kugeln auf einem *Croquet*-Feld umherblies. Ein Bediensteter lief ihnen etwas hilflos wirkend hinterher. Die Holzboote am Steg schaukelten wild.

Die Türen im Vorraum waren geschlossen, bis auf eine. Der Staatsanwalt trat ein, Arnaldo ließ Elvira den Vortritt. Er sah sich um: die Stuckdecke, der Kronleuchter, die Ölmalereien an den Tapetenwänden. Ein bisschen erinnerte ihn dieser Raum, das ganze Haus an die eigene Familienvilla, in der er, natürlich nur vorübergehend, wieder mit Francesco und Gianna wohnte. Nur: dass an diesem Ort alles aufs Feinste herausgeputzt war.

Zwischen diesen Wänden hatte seine Tochter Gianna also die letzten Stunden vor ihrem Verschwinden verbracht.

Was hatte sie gemacht? Hatte sie etwas entdeckt? Wo war sie hin? Wo war sie? Hatte sie der Mörder in seiner Gewalt? Er unterdrückte die aufkeimende Panik, nein, das wollte er sich gar nicht vorstellen. Hatte der Mörder auch Fenna Häbeler gefasst? Oder waren beide in Sicherheit?

Auf dem Bett sah er eine Jeans liegen, daneben ein T-Shirt. Schwarz. Ein Schriftzug darauf.

Vasco Rossi.

Das waren doch ... Giannas Sachen, oder?

Die Panik ging nicht weg. Er spürte, wie sich sein Bauch zusammenzog.

Zwei Carabinieri traten an die Journalisten und den Staatsanwalt heran.

»Habt ihr etwas gefunden?«, fragte Foscolo.

Der eine der beiden hielt eine Plastiktüte mit einem Kalenderbüchlein darin hoch, auch eine Plastiktüte mit Geld darin. Hunderterscheine. Eine dritte Tüte: darin Kassenbons, auch ein Foto. Eine junge Frau.

Der Staatsanwalt streifte sich blaue Plastikhandschuhe über, nahm den Kalender, blätterte darin herum.

Er zeigte eine aufgeschlagene Seite in die Runde.

Elvira Sondrini stand da. Und das Datum von gestern.

Er blätterte weiter.

Orlando Velasco stand da. Und das Datum von heute.

»Velasco«, murmelte Arnaldo und runzelte die Stirn.

Er holte sein Handy hervor, tippte auf die Notizen-App und las.

»Orlando Velasco«, murmelte er erneut.

Ja, das war der Name, den Gianna gestern am Telefon genannt hatte, als sie ihn angerufen hatte, während er mit Francesco in dessen Porsche hier herunterfuhr.

»Orlando Velasco«, sagte nun auch der General Manager, »das ist doch … war das nicht …«

Er drehte sich zu einem der Mitarbeiter um, der einer Statue gleich am Eingang des Zimmers stand.

»War der nicht …«

Der Mitarbeiter räusperte sich, sprach.

»Das ist der alte Fischer, der uns früher jeden Tag den frischen Fang brachte.«

Der General Manager murmelte. »Der von Alessandro Sale abgelöst wurde?«

Der Mitarbeiter nickte.

»Der so gut mit Giangiacomo Feltrinelli befreundet war …«, murmelte er weiter.

Der Mitarbeiter nickte.

Arnaldo schaute zum Staatsanwalt, der immer noch im Kalender blätterte, der Herausgeber hörte nur mit einem Ohr, dass der General Manager weitersprach.

»Es ist alles sehr eigenartig. Ein Gast wird ermordet, dessen Tochter verschwindet – und heute morgen kommt unser Fischer nicht mit frischem Fisch vorbei, und das, obwohl wir Dutzende frische Felchen bei ihm bestellt haben. Wir haben vorhin versucht, ihn anzurufen. Er ging nicht ran. Es ist uns ein Rätsel. Das wird Konsequenzen haben. Gestern lieh er Ihrem Bruder und Ihrer Tochter ein Tretboot, um hier illegalerweise anzudocken. Ein Tretboot! Ich bitte Sie, wir sind ja kein Spaßbad! Wir sind die *Villa Feltrinelli!*«

Elvira räusperte sich. »Wo wohnt der alte Fischer, Velasco?«

Der General Manager zuckte mit den Schultern, der Mitarbeiter an der Tür ebenso.

»Wo wohnt Sale?«, fragte Arnaldo.

Wieder das Zucken bei Petrelli.

»Der lebt drüben in Peschiera. Alleine. Er betreibt dort eine kleine Aalräucherei«, sagte der Mitarbeiter.

Ein Blick zum Staatsanwalt.

»Wir fahren nach Peschiera«, sagte Foscolo sofort, »meine Kollegen versuchen inzwischen, die Adresse von diesem Velasco herauszufinden.«

Gianna

»Schlaf. Ruh dich aus. Du musst …«

Gianna blinzelte. Licht schoss durch das Dunkel. Staubpartikel tanzten durch den hellen Strahl. Die Reporterin spürte einen dumpfen, brennenden Schmerz an der Hüfte, den sie nicht zuordnen konnte. Sie fuhr sich an die juckende Nase.

Was war das, was sie da roch?

Es roch nach verbranntem Holz, nach Feuer, nach verkohltem … Fleisch?

Kurz dachte Gianna, dass es das gewesen war. Dass sie in der Hölle gelandet war. Sie hatte nicht wirklich an die Hölle geglaubt – bislang. Auch nicht an den Himmel. Aber mal ehrlich, wenn es beides doch gäbe, Himmel und Hölle, hatte sie sich auf Erden so schlecht benommen gehabt, dass sie beim Teufel landete?

Sie konnte es nicht fassen. Wem hatte sie jemals etwas Böses getan?, fragte sie sich. Sie schloss die Augen wieder. Atmete weiter ein, rieb sich weiter die juckende Nase.

Verbranntes Fleisch ...

Sie hatte nie jemandem etwas getan. Vielleicht, das schwante ihr jetzt, reichte das aber nicht, um in den Himmel zu kommen, an den sie nicht glaubte. Vielleicht musste man mehr tun, Gutes tun, um dahin zu gelangen.

Nun war es zu spät.

War es?

Verbranntes Fleisch ... oder? Oder war das ... roch das nicht eher – geräuchert?

Sie blinzelte wieder. Da sah sie sein Gesicht. Er sprach. Es dauerte einige Sekunden, bis sie sich daran erinnerte, wer *er* war. Es dauerte ein paar weitere Sekunden, bis sie tatsächlich hörte und verstand, was er sagte. Es dauerte erneut einige Sekunden, bis sie sich daran erinnerte, was geschehen war.

Die Villa.

Die Unterlagen.

Der Name, der darin notiert war.

Der Fischer, Alessandro Sale, der sie und Onkel Francesco hingebracht hatte.

Der sich nun über sie beugte.

»... schlafen. Du warst weg. Du bist in Sicherheit.«

Sie schaute nach links, sah im Halbschatten einen zweiten Mann stehen. Er trug ein weißes Hemd, eine weiße Hose und einen Arztkittel. Auf dem Kittel waren Flecken.

War das Blut? Ihr Blut?

Gianna zuckte zusammen, spürte sogleich die Hand des Fischers.

»Keine Angst! Das ist ein Freund. Ein Arzt. Er kam gestern und blieb die ganze Nacht. Er hat deine Wunde versorgt.«

»Meine ...?«

»Ein Streifschuss oberhalb des Hüftknochens. Eine Fleischwunde. Du hast einiges Blut verloren, aber du bist stabil.«

»W... was ist passiert?«

Sale sprach langsam – und ebenso langsam tauchten irgendwo in Giannas Kopf weitere Erinnerungsfetzen auf.

Sie war durch den Park der Villa gegangen. In einem Kleid, das sie in der Suite gefunden hatte.

Sie schaute sich um, sah das Kleid über der Lehne eines Stuhles hängen.

Sie war in Richtung des Steges gegangen, wo er, Sale, zugegen gewesen war. Mit seinem Fischerboot.

Ein Mann war ihr gefolgt.

Dieser Mann hatte eine Pistole in der Hand gehabt. Mit Schalldämpfer.

Sie war gelaufen. Der Mann ebenso. Er hatte geschossen. Auf sie. Auf den Fischer.

Sie spürte das Brennen und Stechen kurz etwas stärker, dann ließ es wieder nach.

Sie waren ins Motorboot gesprungen. Waren losgefahren. Abgehauen. Entkommen. Im Nebel des Sees verschwunden.

Das Blut. Ihr Blut.

Und die Worte des Fischers. Ja, jetzt erinnerte sie sich wieder daran.

Er hatte gesagt: »Er wollte mich erschießen und hat dich getroffen.«

Hatte er mit alldem, mit dem Mord in der *Rilke*-Villa zu tun?

Kannte er Häbeler und dessen Tochter?

Gianna schaute wieder zum Kleid über der Lehne. Wo war die Tasche? Ihr Handy, das sie darin aufbewahrt hatte? Sie dachte an Sandro, sie musste sich bei ihm melden.

Sie fragte Sale danach.

Er zeigte auf einen Couchstuhl, sie sah Tasche, Portemonnaie und Handy da liegen. Daneben ein paar abgewetzte Sneakers. Ihr fiel ein, dass sie die High Heels auf dem Steg zurückgelassen hatte.

»Das ist ein altes Paar von meinem Sohn«, sagte Sale, »sicher ein bisschen zu groß, aber es müsste irgendwie schon gehen. Dein Handy ist aus. Nicht geladen. Ich habe leider kein entsprechendes Kabel.«

Sie versuchte, sich aufzurichten, spürte den Schmerz erneut.

»Wie spät …«, fragte sie.

»Bald fünf Uhr nachmittags.«

»Warum bin ich nicht in einem Krankenhaus?«

»Weil er irgendwo da draußen ist«, antwortete Sale, »er – und seine Leute.«

Sie drehte sich herum, sah den Verband, den die beiden um ihren Oberkörper gewickelt haben mussten.

»Wer ist *er*? Wer sind seine Leute? Was weißt du? Was hast du mit der Sache zu tun? Was weißt du über den Mord in unserer Redaktion? Du weißt doch davon?«

Sale zuckte zusammen.

»In eurer Redaktion? Wer ...«

»Ich bin Reporterin des *Messaggero*. Mein Name ist Gianna Pitti. Du hast mir gestern gesagt, der Killer habe auf dich geschossen. Nicht auf mich, er habe mich nur aus Versehen getroffen. Was meintest du damit?«

Der Fischer stand mit offenem Mund da. Sie stand auf, ging die paar Schritte zum Stuhl und zum Kleid. Sie nahm es in die Hand und hob es hoch.

»Gestern dachte ich noch, du seiest nur zufällig in die Schusslinie geraten«, antwortete er, »nun bin ich mir nicht mehr so sicher. Zieh dich an, ich muss dich zu jemandem bringen.«

»Zu wem?«

»Zu Orlando.«

»Orlando Velasco? Du hattest den Namen gestern im Hafen genannt. Du hast gesagt, der war ein ehemaliger Freund von Giangiacomo Feltrinelli.«

Der junge Mann nickte.

Sie dachte wieder daran, dass der Name auch in den Unterlagen des Toten vermerkt war.

»Wer ist Velasco?«

»Das ist der Mann, der viel mehr weiß.«

Räuspern.

»Wo ... ist er?«

Schweigen.

»Wer ist er?«

»Er ist einer von uns. Ein Fischer. Einer der alten. Er wohnt drüben bei Rocca di Manerba. Dort wohnt er am Ufer.«

Der Arzt trat näher an die beiden heran. Ernstes Gesicht. Ernster Ton. »Ale, noch einmal, es ist besser, wenn sie sich weiter ausruht. Im Bett bleibt. Zumindest heute noch.«

Gianna griff nach dem Arm des Fischers, zog daran.

»Nein, du musst mich da hinbringen. Zu Velasco.«

Sale nickte leicht. Der Arzt drehte sich mit finsterer Miene ab. Sie hatte den Bademantel zu Boden fallen lassen, streifte schwerfällig das Kleid über, bemerkte, wie der Fischer den Blick abwendete.

»Komm schon, hilf mir.«

Sie hatte die Arme nach oben gehalten, doch was sah er schon? Den Verband. Ihren BH. Ihren Slip. Meine Güte. Sie sah sein errötetes Gesicht, während er ihr das Kleid überzog. Dann bückte er sich, sie hob den einen Fuß leicht an, er streifte ihr den einen Schuh über. Dann den anderen.

Sie machte ein paar Schritte, es ging, irgendwie. Wenn auch jede Bewegung in den Rippen schmerzte. Dann wurden ihre Knie weich.

»Komm her, hilf mir«, sagte Sale zum Arzt, der sich dem Fenster zugewandt hatte, von dem aus eine Baumkrone zu sehen war.

Sie mussten sich im ersten Stock des Hauses befinden.

Beide Männer stützten Gianna, während sie zur Tür gingen, dann die knarzende Treppe hinab. Nun standen sie im Flur, im Erdgeschoss. An den Wänden, die mit Blümchentapeten beklebt waren, hingen gerahmte Schwarz-Weiß-Fotografien.

Fischerboote. Männer am Ufer unter Pinien. Einer hielt eine Forelle hoch. Stolz. Er grinste.

Der Reporterin drang wieder der verkohlte Geruch in die Nase. Noch intensiver als zuvor. Geräuchert. Nicht die Hölle. Sie war noch einmal davongekommen. Ja, das war Geräuchertes.

Rechts eine Tür mit Glasfenstern. Sie führte nach draußen. Der Arzt ging in die Richtung. Der Fischer stoppte.

»Danke«, sagte Sale, »für alles.«

Der Arzt stoppte, drehte sich noch einmal um, streifte sich den Kittel ab, warf ihn lässig über die Schulter, bedachte Gianna mit einem letzten Blick. Er nickte erst ihr zu, dann dem Fischer, Giannas Begleiter, ihr Retter, der sie immer noch stützte. Dann drehte er sie und sich in die andere Richtung des Flurs.

Am Ende des Ganges angelangt öffnete er eine Stahltür, der Geruch des geräucherten Fisches drückte ihr jetzt noch stärker, wie eine Windwolke, gegen die Nase. Sie durchquerten einen gefliesten Raum. Gianna ging nun alleine, etwas wackelig, aber es klappte. An den Wänden standen Holzregale. Getrocknete Seeforellen lagen darauf. Weiter vorne hingen besonders dicke, große Exemplare von der Decke, Haken durch die Mäuler gestochen. Auf einem Tisch lagen Messer. Vier Stück. In einer Schüssel waren Ausweideabfälle.

Gräten. Köpfe. Schwänze.

Gianna war, als würden die toten Fischaugen sie beobachten.

Sie erreichten eine weitere Tür. Endlich, im Freien, atmete die Reporterin gierig nach der frischen Luft. Es ging ihr sogleich viel besser. Auch die Wunde schien schon weniger zu schmerzen. Sie schritten durch einen Garten, zu einer kleinen Garage mit Blechtor. Sale schob das Tor auf.

Der Fischer öffnete ihr die Beifahrertür seines schwarzen Lancia Y, hielt ihr erneut den Arm hin, sie schüttelte den Kopf. Es ging, es musste gehen. Es schmerzte. Weniger.

Sale machte den Motor an, fuhr rückwärts auf die kleine Straße des Wohnviertels hinaus. Es sah alles eigenartig idyllisch aus. Gianna sah das Haus vorüberziehen, in dem sie die letzten Stunden verbracht hatte.

Wie viele? Ohnmächtig, während irgendein Arzt sie versorgt hatte.

Nun sah sie über der Eingangstür ein Schild prangen.

Sale e filgi
Fischerei – Fischräucherei
Peschiera del Garda
dal 1947

Gianna sah den Arzt in einen weißen *Alfa Spider* einsteigen. Am Himmel zog sich schwarzes Gewölk wie ein Vorhang über das Blau.

Sie erreichten einen Kreisverkehr, der Fischer scherte ein, von der anderen Seite kam ein Motorrad heran, ein Mann mit schwarzer Motorradmontur und schwarzem Helm darauf. Er bog in die Straße ein, aus der sie gerade gekommen waren.

Gianna hoffte, sie würden schnell in Rocca sein. Diesen Orlando Velasco dort antreffen. Sie hoffte, der würde ihr weiterhelfen können.

Arnaldo

»Dieser Fall …«

Foscolos Fahrer hatte die Autobahn gewählt. In Richtung Süden. Nach Peschiera. Weil die Straße am Seeufer wieder einmal heillos verstopft war. Anfangs hatten sie geschwiegen, dann, wie aus dem Nichts, begann der Staatsanwalt zu sprechen, unterbrach die Stille, die so dröhnend im mit Panzerglas geschützten Lancia geherrscht hatte.

»… Feltrinelli …«, sagte Foscolo.

Arnaldo, der vorne neben dem Fahrer saß, drehte sich um. Auch Sondrini starrte zum Beamten hinüber. »... das erinnert uns an eine Sache, an der ein Kollege aus Mailand, Simone Tagliatore, gerade dran ist. Ich habe vorhin, bevor wir losgefahren sind, kurz mit ihm telefonieren können. Er leitet seit einem Jahr eine Sondereinheit, die sich um die Gruppe *Gladio XXI Secolo* kümmert. So eine Art Neuauflage der Untergrundorganisation *Gladio* aus der Nachkriegszeit.«

»*Gladio*«, flüsterte Arnaldo und schaute zu Elvira.

Gladio, der Begriff war natürlich jedem politisch und historisch interessierten Menschen in Italien bekannt. *Gladio,* so hieß der mythenumwobene Geheimbund, in der Nachkriegszeit gegründet. In den Jahren, als in der jungen und sich noch zu bewähren müssenden italienischen Republik die Christdemokaten regierten, die *PCI* in der Opposition.

Der Kalte Krieg war heiß wie nie zuvor und nie danach. Und nirgendwo so heiß wie in Italien.

Die *PCI* hatte einen guten Draht nach Moskau. Die Amerikaner fürchteten, würden die Kommunisten an die Macht kommen, würden sowjetische Panzer durch Rom rollen. Italien hinter dem Eisernen Vorhang verschwinden.

Gladio war nicht irgendein Geheimbund, in dem Land, in dem es bis heute an geheimen Bünden nur so wimmelte. Nicht einfach nur irgendwelche Spinner in zigarrenverrauchten Hinterzimmern, die bei zu viel Rotwein über eine neue Weltordnung schwadronierten.

Gladio war eine paramilitärische Organisation, eingebettet in das *NATO*-Programm *Stay Behind.* Gestützt von der amerikanischen *CIA* und den italienischen Geheimdiensten. Auch von der faschistischen Untergrundzelle *Ordine Nuovo.* Für den Fall der sowjetischen Übernahme plante man den Guerillakrieg. Mit geheimen Waffenlagern, geheimen Ausbildungslagern. Doch man wollte nicht bloß darauf warten, was passierte.

Damals, als es noch kein Internet, keine sozialen Medien gab, als der Begriff *fake news* noch nicht erfunden war, funktionierte politische Beeinflussung der Massen anders. *Gladio* war in terroristische Anschläge verwickelt, die Instabilität erzeugen sollten. Sie sollten den extrem linken Gruppierungen in die Schuhe geschoben werden. Eine Stimmung der Angst sollte entstehen, damit der Wähler die Sicherheit wählte. In die Gesellschaft sollte ein Spalt getrieben werden, damit sich die Kräfte der Mitte, die eine gemeinsame Politik der gemäßigten Rechten und Linken anstrebten, nicht einigen konnten.

»Ich habe von dieser neuen Gruppe bereits gehört«, sagte Arnaldo, »in meiner Zeit in Mailand. *Gladio XXI Secolo,* die sind vor allem online aktiv. Die Aktivisten fluten die Kanäle: *Facebook. TikTok. Youtube. Telegram.* Mit politischen Botschaften, die die Geschichtsschreibung revidieren sollen.«

Foscolo nickte, Arnaldo fuhr fort.

»Sie wollen Teile des alten Faschismus verharmlosen, anderes glorifizieren. Sie wollen neue Formen des Faschismus hoffähig machen. Sie wollen den Bruch zwischen Faschismus und der Demokratie kitten.«

»Was hat das mit uns zu tun?«, ging Elvira drängend dazwischen, in Richtung des Staatsanwalts fragend, »mit dem Toten, mit diesem Fall?«

»Nun, es *könnte* mit uns zu tun haben. Mein Kollege und Freund, Tagliatore, er hat natürlich von dem Mord in eurer Redaktion gehört und mich vor wenigen Sekunden kontaktiert. Er sagte mir, dass auf dem *Youtube*-Kanal der Bewegung jüngst tatsächlich ein Artikel erschienen war, der sich mit dem Fall des Giangiacomo Feltrinelli beschäftigt. Im Artikel wird er als skrupelloser Terrorist gedeutet. Der Text setzt sich auch mit den immer gleichen alten Gerüchten auseinander, die es um den Tod des Verlegers gibt …«

»Dass der Tod inszeniert gewesen sein könnte«, ging Arnaldo dazwischen und erinnerte sich an das Gespräch mit seinem Bruder vom vergangenen Abend.

Der Staatsanwalt, der sich schlau gemacht zu haben schien, nickte erneut und fuhr fort.

»Dass die Geheimdienste dahintergesteckt haben könnten. Gemeinsam mit *Gladio.*«

»Und dem *Ordine Nuovo*. Oder alle zusammen.«

»Ja, die anonymen Autoren versuchten, damit aufzuräumen. Das, wie so oft über die Jahrzehnte geschehen, als linke Propaganda abzutun.«

Es brach nun alles aus Arnaldo heraus, was er sich später in der Nacht, mit dem Notebook mittels des Zeitungsarchivs in Erinnerung gerufen hatte.

Er sprach, rekapitulierte die damaligen Geschehnisse im Schnelldurchlauf: »Der abgetauchte Feltrinelli, er gründete einen Ableger der *GAP*. Sein Deckname lautete:

Osvaldo. Mal war er in Paris, mal auf Kuba, mal in Bolivien oder Venezuela, wohin er große Teile seines Vermögens den Widerstandsgruppen zur Verfügung stellte.«

In Nizza, so erfuhren alle im Wagen von ihm, habe sich Feltrinelli ab und an mit seiner Familie getroffen – für ein paar Stunden. Von Prag aus fliegt er in die kommunistische Welt. Die CIA bezeichnet ihn als wichtigsten Agenten Castros in Europa. Und den gefährlichsten. In Mailand lebt er in einer konspirativen Wohnung.

»Er sagte, er habe kein Vertrauen mehr in den Sieg der Wahrheit«, fuhr Arnaldo fort, »er war überzeugt, dass Italien kurz vor einem faschistischen Staatsstreich stand. Mindestens geduldet von der *NATO*.«

Bei der *Banca Svizzera Italiana* in Lugano, so fuhr Arnaldo die Erzählung fort, eröffnet der Verleger ein Konto. Auf den Namen: Robinson Crusoe.

Er lernt, wie man Pässe fälscht. Wie man Autos stiehlt. Macht Schießübungen. Mal ist er auf dem Familiengut in Kärnten. Mal interviewt ihn irgendwo ein Journalist. Er erzählt, er habe einmal hundert Millionen Lire ausgegeben, um die Flugabwehrpläne der Schweizer Armee zu kaufen.

Am 1. April 1971 wird in Hamburg der bolivianische Konsul ermordet. Vermutlich von einer deutschen Linksextremistin. Als Rache für die Tötung Che Guevaras. Die Tatwaffe? War zuvor in Feltrinellis Besitz.

Der französische Geheimdienst vermutet ihn in Pjöngjang, der italienische bei den sezessionistischen Banditen im undurchdringlichen sardischen Hinterland. Der

Mossad tippt auf Prag. Feltrinelli ist ein Verkleidungskünstler, taucht in Tiroler Tracht in der Mailänder Redaktion des linken Kampfblattes *il manifesto* auf. Gut gelaunt, doch sichtlich abgemagert.

Am 14. März 1972, am Tag des Unglücks, gibt es heftige Auseinandersetzungen zwischen der Polizei und extremen Linken in den Straßen von Mailand. Feltrinelli, der ob des Kettenrauchens mit einem Lungenleiden zu kämpfen hat, ist mit einigen seiner Leute vor Ort. Als es zu brenzlig wird, ziehen sie sich in eine konspirative Wohnung zurück.

Abends, gegen halb acht, trifft er sich mit den zwei Mitstreitern, in einem *VW*-Bus brechen sie auf. Erst nieselt es, gegen zwanzig Uhr bricht die Wolkendecke auf.

Der Deckname des einen: Gallo.

Der des anderen: Bruno.

»Bruno starb Anfang der Neunzigerjahre bei einem Autounfall«, berichtete Arnaldo weiter, »Gallo offenbarte sich viele Jahre später Giangiacomos Sohn, dem Verlagserben. Er sagte, er habe sich mit Sprengstoff nicht ausgekannt. Die geplante Aktion sei seine erste gewesen. An den Vorbereitungen sei er nicht beteiligt gewesen. Seine Aufgabe habe lediglich darin bestanden, am Mast ein Holzbrett anzubringen, damit die anderen beiden dort den Sprengstoff befestigen konnten.«

Laut der Aussage klettern Bruno und Feltrinelli ein Stück den Mast hoch. Feltrinelli schafft das locker. Er ist ein Mann der Berge, kein Dandy. Sie beginnen trotz der schwächelnden Lunge die Dynamitstangen zu befestigen, dann, plötzlich, passiert es.

Eine Explosion.

Bruno schleudert es, laut Gallos Bericht, mehrere Meter weit fort. Trommelfell geplatzt, Splitter im Oberschenkel.

Aber er lebt.

Feltrinelli? Tot. Am Boden. So wie er später vorgefunden wird. Auf dem Rücken liegend. Das Kinn nach oben gestreckt, die Arme weit auseinander.

Beinahe wie Jesus am Kreuz.

Bruno und Gallo rühren ihn nicht an. Die *VW*-Schlüssel sind in seinem Overall. Die beiden irren verwirrt auf den Feldern herum. Folgen der Straße, erreichen eine Bushaltestelle, fahren mit dem Linienbus zurück nach Mailand.

Arnaldo machte eine kleine Pause, der Lancia des Staatsanwalts raste mit über hundertsiebzig Stundenkilometern auf der Überholspur entlang.

Dann sprach er weiter: »Erst am Nachmittag des nächsten Tages wurde der Tote gefunden. Vom Pächter eines Feldes, der mit dem Fahrrad und seinem Hund namens Twist, einer Promenadenmischung, Gassi ging. Zuerst entdeckten sie ein Bein. Dann den Rest des Körpers. Gegen vier ging eine Meldung bei den Carabinieri ein, sie schickten den nächsten Streifenwagen, bald waren auch Sprengstoffexperten vor Ort. Sie stellten fünfunddreißig Dynamitstangen sicher. Etwas später gesellte sich der Erkennungsdienst dazu, die Müllabfuhr, ein Totengräber, ein Reporter der konservativen Zeitung *Il Giorno*, schließlich einige Fotografen und eine Handvoll Schaulustige.«

Die Ermittler, berichtete Arnaldo weiter, finden den *VW*-Schlüssel beim Toten. Im *VW*-Bus eine Schachtel *Senior Service*. In einer anderen Tasche des Overalls: das Foto eines etwa zehnjährigen Jungen. Auch einen Personalausweis, der auf den Namen Vincenzo Maggioni ausgestellt ist. Geboren am 19. Juni 1926 in Novi Ligure, ein Nest im Hinterland von Genua. Das Foto des Dokuments zeigt ein blasses Gesicht ohne Schnauzer. Glatt rasiert.

Einen weiteren Tag später, nachmittags, verbreitet sich die Kunde wie ein Lauffeuer, dass der Tote vom Feld bei Segrate Giangiacomo Feltrinelli ist.

»So weit die offizielle Version«, endete Arnaldo nun.

Er sah, dass Foscolo die Augenbrauen nach oben zog. Also beschloss er, noch einen Satz hinterherzuschieben.

»Aber es gibt noch so viele Ungereimtheiten.«

Nun nickte der Staatsanwalt.

Also noch ein paar Sätze des Zweifels.

»Die Brille des stark kurzsichtigen Feltrinelli wurde beispielsweise nie gefunden. Es gibt zudem die spätere Aussage zweier weiterer damaliger Mitstreiter Feltrinellis. Osvaldo, Gallo und Bruno waren von der Aktion nicht zurückgekehrt. Sie seien also am Vormittag des 15. zum Feld gefahren, hätten sich allerdings dem Mast nicht genähert ...«

Arnaldo schaute zu Foscolo, der übernahm, nun heftiger nickend.

»… da sie dort neben dem *VW*-Bus einen zweiten Wagen sahen. Und Männer bei der Leiche stehen.«

Arnaldo übernahm wieder.

»Es besteht bis heute das Gerücht, das könnten Leute vom Geheimdienst gewesen sein. Oder …«

»Von *Gladio*«, murmelte Elvira nun.

»Oder vom *Ordine Nuovo*«, sagte Arnaldo, »manche behaupten, sogar die einflussreiche Geheimloge *Propaganda Due* habe ihre Finger im Spiel gehabt.«

»Oder alle zusammen«, komplettierte der Staatsanwalt den Gerüchtereigen.

»Es gibt außerdem das 2012 veröffentlichte medizinische Gutachten«, fuhr Arnaldo fort, »und eine weitere spätere Aussage eines Mitglieds des *Ordine Nuovo* – ich habe sie gestern Nacht noch einmal gelesen. Dieser Mann bestätigt darin, dass Feltrinelli, ja, stets ein potenzielles Ziel seiner Zelle gewesen sei.«

Es habe, erklärte er weiter, sogar einmal ein konkretes Vorhaben gegeben, so komplettierte Arnaldo die Aussagen des Rechtsextremisten, den Verleger auf seinem Familienlandsitz in Kärnten zu kidnappen. Das sei 1971 gewesen. Ein ortskundiger Förster, der im Krieg bei der *SS* gewesen war, sollte ein paar Typen von *Ordine Nuovo* zu ihm bringen. Der Plan war, ihn nach Italien zu verschleppen. Ihn von der Polizei finden zu lassen. Tot oder lebendig, darüber konnten die Zelle und die eingeweihten Geheimdienste sich nicht einigen. Wie dem auch sei, Feltrinelli war nicht vor Ort, das Vorhaben wurde abgeblasen.

»Die Presse stellte bald Hypothesen auf«, sagte Foscolo. Arnaldo konnte nicht so recht heraushören, ob in dem Satz auch eine Spur Kritik steckte. Er verdrängte den Verdacht.

»Von einer Inszenierung wurde gemunkelt. Vielleicht war der Verleger mit Karateschlägen bewusstlos gehauen worden, daraufhin gefesselt worden, an den drapierten Unfallort geschleppt worden«, fuhr der Staatsanwalt fort.

»Anderswo hieß es, der Zeitzünder des Sprengsatzes sei manipuliert gewesen«, ergänzte Arnaldo.

»Es wurde auch vermutet, Gallo oder Bruno oder beide könnten die Seiten gewechselt und Feltrinelli in eine Falle gelockt haben«, sagte Foscolo wieder.

»Gerüchte, nichts als ...«, weiter kam Elvira nicht.

»Ja«, ging Arnaldo dazwischen, »aber es bleibt ein Mysterium. Selbst der *procuratore,* der damals den Fall zu den Akten legte, sagte später in einem Interview im *Corriere,* der Tod Feltrinellis bleibe ein großes Rätsel.«

»Wir werden es nie erfahren«, sagte Elvira resignierend.

»Oder eben doch«, erwiderte Arnaldo.

Seine Augen funkelten. Es war das Funkeln, wenn Goldgräber irgendwo eine Ader vermuteten. Wenn Reporter eine Story witterten.

»Ist diese neue Gruppierung, *Gladio XXI Secolo*, auch paramilitärisch?«, fragte Elvira in Richtung des Staatsanwalts weiter.

»Bislang wären sie diesbezüglich nicht aufgefallen«, antwortete der, »auch wenn der Ton schärfer wurde. Zum Beispiel in jenem einen jüngsten Artikel auf ihrem

Blog, auf den mich der Kollege aus Mailand aufmerksam machte.«

Foscolo holte sein Handy aus der Westentasche, tippte darauf herum, scrollte dann eine Seite hoch und runter.

»Hier, das ist der Text über Feltrinelli. Und nun passt auf: Darin verunglimpfen die Autoren, ohne den Namen zu nennen, einen ausländischen Journalisten als Lügenschreiber, der die ehrenhafte *Gladio* und die Geheimdienste in den Dreck ziehen würde, der den linksterroristischen Feltrinelli von aller Schuld befreien wollte. Sie nennen, wie gesagt, Häbeler nicht beim Namen, aber es ist offensichtlich, dass sie sich auf ein Interview mit ihm in *La Stampa* beziehen, in dem er über seinen Bestseller spricht, über Spuren, die zum Bernsteinzimmer führen würden, über den deutschen Terroristen Andreas Baader, über John Lennon. Aber auch über sein nächstes Projekt: die Mythen über das Leben und Sterben Giangiacomo Feltrinellis!«

Elvira schluckte.

»In dem Artikel von *Gladio XXI Secolo* finden sich durchaus auch Drohungen, wenn man einige Zeilen als solche verstehen will.«

»Was für Zeilen?«, ging Arnaldo dazwischen.

»Sie schreiben, dass sie die Ehre von *Gladio* weiter hochhalten würden und weitere solcher Publikationen zu vermeiden wüssten.«

»Indem sie jemanden umbringen?«, schrie Elvira nun beinahe.

»Oder indem sie versuchen, an Unterlagen zu gelangen,

die niemals publik werden sollten. Und dabei auch über Leichen gehen«, präzisierte Foscolo.

»Du denkst, sie haben all das, was Häbeler mir zeigen wollte?«

Giannas Vater zuckte mit den Schultern.

»Zumindest haben wir in Häbelers Zimmer in der *Villa Feltrinelli* nichts gefunden«, sagte der Staatsanwalt, »bei der Sichtung eures Videomaterials allerdings ist uns ein Mann aufgefallen, der eines der führenden Mitglieder von *Gladio XXI Secolo* sein könnte. Er läuft bei der Hausführung im Pulk mit, nur wenige Meter hinter dem später Ermordeten.«

Der Staatsanwalt legte nun das Handy auf seinen Oberschenkel, sodass auch Arnaldo und Elvira den Bildschirm sehen konnten.

Ein Mann um die Mitte dreißig. Schmales Gesicht, Langes, dunkles offenes Haar.

»Marcello Rusco«, sagte Foscolo.

Er scrollte zum nächsten Foto.

Ein etwas älterer Mann, Halbglatze. Dicke Säufernase.

»Das ist Giuseppe Dondola, er gilt als der Kopf der Gruppe.«

Er scrollte weiter.

Eine blonde Frau. Hagere Gesichtszüge. Die blonden Haare strähnig ins Gesicht fallend. Schwarze Schatten um die Augen.

»Stefania Dora, Dondolas Freundin. Sie ist vor zwei Monaten aus der Haft entlassen worden.«

»Was ...«

Weiter kam Elvira nicht.

»Sie hat in einer Trattoria in Trastevere in Rom einer Studentin aus dem linken Milieu eine zerbrochene Flasche ins Gesicht gedrückt. Die Studentin überlebte. Verlor jedoch das Augenlicht.«

Elvira

Elvira hatte ein feines Gespür für Stille. Es gab so viele Arten von Stille. Es gab die Stille des Sees. Die war ihr die liebste. Wenn sie da weit draußen war. Alleine auf einem kleinen Boot. Wenn sie in den Himmel hinaufschaute, das ferne Brummen der Gardesana, das Pfeifen des Windes und das Kreischen der Möwen so meditativ wirkten, dass diese wenigen Geräusche alles nur noch verfeinerten.

Es gab die Stille in der Redaktion. Sie brach plötzlich aus, wenn es ganz besonders stressig wurde. Da begleitete nur ein rhythmisches Klappern der Tastaturen das Phänomen. Ein Klappern – wie Free Jazz.

Das war Elvira die zweitliebste Stille.

Es gab die Stille der Nacht. Die Nächte machten der Herausgeberin manchmal Angst. Da brach Panik in ihr aus. Wenn es draußen dunkel war. Alles schlief. Nur sie nicht wie ihr schien. Weil sie die Probleme des zurückliegenden Tages im Kopf wälzte. Ihr erschien alles viel klarer als tagsüber. Das Weltgeschehen ließ sie nicht los: die Spinnereien des amerikanischen Präsidenten. Die Regenwaldrodungen im Amazonas. Der Nahostkonflikt, die Konkurrenz von *fake news* in den sozialen Medien.

Da blieb ihr manchmal die Luft weg. Das war die schlimmste Stille.

Erdrückend.

Und dann gab es da noch jene Stille wie diese hier nun. Sie hatte sie zuletzt erlebt, als sie und Arnaldo vor wenigen Tagen alleine noch in der Redaktion waren. Abends.

Als sie plötzlich nicht mehr sprach. Als er plötzlich nicht mehr sprach. Als sie am Fenster seines Büros stand. Er ein paar Schritte hinter ihr. Das Bellen eines Hundes draußen auf der Promenade. Das Lachen eines Kindes. Das Schreien einer Mutter. Als das alles, das Nichts, beinahe unerträglich wurde. Als sie nur hätte ein paar Schritte auf ihn zugehen müssen und ihn von hinten hätte umarmen müssen, ihn an sich drücken müssen.

Dann hätte alles passieren können. Das Gute, das Schlechte. Zumindest hätte sie Gewissheit gehabt.

Sie wusste nicht, ob sie Gewissheit haben wollte. Sie fürchtete sich davor.

Es war diese Art von Stille und von Schweigen, bei der bereits in der Luft lag, dass gleich etwas passieren würde, um die unerträgliche Spannung aufzulösen.

Das Nichts.

Irgendwie.

Ein paar Worte.

Eine Bewegung.

Sie hätte ihn berührt. Oder er hätte etwas gesagt. Wenn,

ja, wenn im Flur nicht plötzlich der Staubsauger angegangen wäre. Wenn die Putzkraft nicht näher und näher gekommen wäre, der Lärm des Staubsaugers alles kaputt gemacht hätte.

Oder sie gerettet hatte?

So eine Stille herrschte auch jetzt, seit Minuten schon, in Foscolos Wagen. Sprachlosigkeit. Mit Kloß im Hals. Ein Bild, das so schnell nicht mehr aus dem Kopf zu bekommen war.

Ein Gesicht.

Eine zerbrochene Flasche.

Ein Toter. Gianna weg.

Eine dunkle Wolkendecke hatte sich mittlerweile beinahe über den gesamten See und die Berge gezogen. Die Sonne war verschwunden. Ab und an zuckten Blitze. Es war nur eine Frage der Zeit, von Minuten, von höchstens einer Stunde, bis ein Gewitter losbrechen würde.

Sie hatten die Autobahn bei Affi verlassen, waren weiter in Richtung Süden gefahren, hatten den Stadtrand von Peschiera erreicht. An einem Kanal ankerten Segelboote. Weiter vorne war bereits das Seeufer zu sehen.

Getrübte Urlaubsstimmung.

Touristen in Badehosen und bunten T-Shirts hasteten die Bürgersteige entlang. Einer trug eine Taucherbrille auf dem Kopf, den Schnorchel neben der Wange baumelnd.

Bloß nicht in den Regen kommen!

Auf einer Bank unter Platanen saßen drei ältere Männer. Einheimische, das sah man auf den ersten Blick. Sie starrten auf das Wasser hinaus. Einer rauchte.

Sie wussten wohl genau, wie viel Zeit ihnen noch blieb, bis sich der Regen über sie ergießen würde. Sie würden es noch rechtzeitig nach Hause oder in die nächste Bar schaffen.

Foscolos Chauffeur lenkte den Lancia weiter die Uferstraße entlang. Dann bog er, der freundlichen, weiblichen Navigationsstimme folgend, links in eine Seitenstraße ab, fuhr einen Weg mit hohen Hecken entlang. Er erreichte einen Kreisverkehr, einen zweiten.

Bei einem dritten nahm Foscolos Fahrer einem weißen *Fiat Uno* die Vorfahrt. Der Staatsanwalt, der das Manöver beobachtet hatte, ohne zu bemerken, dass Elvira wiederum ihn beobachtete, schmunzelte zufrieden.

»Erste Ausfahrt nehmen«, sagte die Stimme des Navis.

Der Mann tat, wie ihm geheißen.

»Da vorne müsste es gleich sein«, sagte Arnaldo.

»Das Ziel befindet sich in dreißig Metern links«, sagte das Navi.

»Da!«

Elvira zeigte zum Fenster hinaus. Auf ein Schild über einer Tür.

Der Wagen hielt.

Sie stieg aus. Arnaldo ebenso. Der Staatsanwalt blieb sitzen. Erst verstand sie nicht. Die Herausgeberin ging hinten um den Wagen herum, Arnaldo vorne. Jetzt kapierte sie es. Auch der Fahrer war ausgestiegen, er hatte seinem Chef die Tür geöffnet, nun erst kämpfte Foscolo sich heraus.

Kurz dachte Elvira daran, nie so werden zu wollen,

selbst wenn sie eines Tages wie durch ein Wunder die Chefin der *New York Times* sein sollte.

Dann sah sie den Arm.

Er lugte zwischen zwei am Straßenrand geparkten Autos, einem metallicblauen *Ford Escort* und einem weißen *Alfa Spider* hervor.

Daneben, an einem Zaun, stand eine schwarze *Ducati.* Ein ebenso schwarzer Helm war auf dem Lenker posiert.

»Was …?«, stammelte die Herausgeberin, zog an Arnaldos Jacke, deutete auf den Arm, zog Arnaldo mit sich mit.

Zwei Schritte, drei.

Nun sah sie den Kopf. Den ganzen Mann. Ganz in Weiß gekleidet. Blutspritzer auf dem Poloshirt. Das Gesicht, den offenen Mund, die offenen, scheinbar starrenden Augen. Das Loch in der Stirn.

Sie spürte, dass auch Foscolo und der Chauffeur hinter ihnen standen.

Sie schaute zur Tür der Fischräucherei, die gleichzeitig auch ein Wohnhaus zu sein schien. Die Scheibe der Tür war eingeschlagen, der Rahmen stand offen. Es war kein Licht im Inneren.

»Das ist …«, stammelte der Staatsanwalt, »wir … wir müssen weg. Die Kollegen rufen. Inzwischen verschanzen wir uns im Wagen. Schnell.«

Er machte kehrt, eilte die wenigen Schritte zum Lancia zurück. Der Chauffeur folgte ihm.

Kurz schaute Elvira ihnen hinterher. Foscolo wartete tatsächlich, bis der Fahrer ihn erreichte, ihm erneut die Tür öffnete, sprang dann in den Fond hinein.

Elvira musterte den Toten genauer, sah den ebenso weißen Kittel neben ihm. Blut darauf.

»Der Killer. Wenn er noch da ist?«, sagte Elvira und zeigte auf die eingeschlagene, offene Tür, »wir sollten besser …«

»Wir sollten rein!«

»Sollten wir nicht, Arnaldo.«

»Was, wenn meine Tochter da drin ist?!«

Da sagte sie nichts mehr.

Arnaldo ging bereits auf die Tür zu. Sie lief ihm hinterher.

Wenige Sekunden später standen sie in einem schmalen, dunklen Flur. Blümchentapete. Gerahmte, alte Schwarz-Weiß-Fotografien.

Fischer, ihr Fang. Ein alter Steinhafen mit Holzbooten. Ein Mann, der eine Seeforelle in die Höhe hielt.

Links eine Treppe, die nach oben führte. Die beiden schauten sich kurz um.

»Ich gehe hinauf«, flüsterte Elvira.

Arnaldo nickte. Er ging weiter den Flur entlang, hin zu einer Stahltür.

Sie lief die Treppe hinauf, nahm jetzt erst den Geruch von Geräuchertem wahr. Oben angekommen, eröffnete sich ihr ein Wohnraum: Couch, Küchenzeile.

Zwei weitere Türen. Beide offen. Hinter der einen sah sie einen Teil einer Duschkabine, hinter der anderen ein Stück eines Bettes.

War hier jemand?

Nein, hier schien niemand zu sein.

»Gianna?«, flüsterte sie.

Dann hörte sie ein eigenartiges Geräusch.

Einmal.

Kurz.

Paff.

Dann ein unangenehmes Knirschen.

Djäängg.

Ein Schuss.

Von einer Waffe mit Schalldämpfer.

Ein Einschlag.

Schließlich Schreie.

Gianna

Die Frau an der geöffneten Tür schaute erst misstrauisch, beinahe etwas eingeschüchtert, bat sie dann jedoch freundlich, mitzukommen. Sie trug lachsfarbene Filzpatschen, ein leichtes schwarzes Sommerkleid, sie huschte über den Fliesenboden. Gianna und Alessandro Sale, der junge Fischer, folgten ihr.

Das Brennen hatte nachgelassen. Nur bei jedem Schritt schmerzte Giannas Wunde noch.

Links war ein geräumiger Küchen- und Essraum. Einfach eingerichtet. Tisch, Stühle, Couch und Fernseher. Ein kleines Bücherregal. Ein Hometrainer.

Rechts eine einen Spaltweit geöffnete Badtür. Hinter einer weiteren Tür musste sich das Schlafgemach befinden. Am Ende des Flures waren durch eine Glaswand ein kleiner Garten und ein Stück des sich verdunkelnden Himmels zu sehen.

Die Frau schob die Glastür auf, trat ins Freie. Ein leichter Luftzug drang Gianna entgegen. Seeluft.

Die Reporterin überlegte, ob die Frau, die sie um die vierzig schätzte, die Tochter des alten Fischers sein mochte – oder die Enkelin. Oder eine Seniorenbetreuerin? Dann sah sie die beiden Männer. Sie saßen an einem kleinen Tischchen, hatten ihr den Rücken zugedreht.

Vor ihnen standen eine Weinflasche und zwei halb gefüllte Rotweingläser. Davor die Wiese, am Ende der Wiese hohe Buchsbäume, sodass vom See und vom Ufer nichts zu sehen war.

Nur der sich zunehmend verdunkelnde Himmel. Die ab und an aufzuckenden Blitze. Weiter im Osten. Weiter oben, im Norden.

Der eine Mann, ein Greis, saß in einem Rollstuhl, der andere, das erkannte sie auch von hinten, war ihr Onkel. Der Marchese.

Der Wetterumschwung? Schien ihnen einerlei zu sein.

»*Zio*«, sagte Gianna und trat auf die beiden zu, die in ein wichtiges Gespräch verwickelt zu sein schienen.

Sie war bereits um sie herumgegangen, da sahen die alten Herren immer noch nicht zu ihr auf.

»Nein, nein, nein«, hörte sie ihren Onkel sagen, »ich erkläre es dir noch mal: Der 2003er-Jahrgang hatte mit einem nie da gewesenen Hitzesommer zu kämpfen, kein Niederschlag, ergo kaum Säure im Wein. Komplex, durchaus, aber im Grunde ein Marmeladenjahrgang. Der

2004er ist im Vergleich der größere Wein. Er hatte mit Regen zu kämpfen, so viel Regen, dann die ständigen Temperaturschwankungen. Es wurde das Beste daraus gemacht – und das schmeckt man heraus. Da wird einem bewusst, wozu gute Weinmacher fähig sind. Der Nulldreier ist in Ordnung, alles gut. Der Nullvierer aber erzählt eine Geschichte.«

Der Mann im Rollstuhl nickte. Nun, da er geendet hatte, schaute der Marchese doch auf.

»Gianna«, sagte er, so als ob sie beide in Ferien wären und sich wie verabredet zum Frühstück treffen würden.

»*Zio*«, sagte sie noch einmal.

»Darf ich dir meinen neuen, guten Freund Orlando vorstellen?«

Im Augenwinkel sah Gianna, dass der junge Fischer sich zu seinem alten Kollegen hinabbeugte, ihm die Wangen küsste, seine Hand hielt. Ihm etwas zuflüsterte.

Dann nahm der Alte einen Schluck von dem Rotwein, schließlich begann er zu sprechen – und in den folgenden Minuten füllten sich in Giannas Kopf so langsam viele weiße Flecken mit Bildern und Worten und Namen und Begebenheiten. Puzzleteile fügten sich wie von blinder Hand geleitet ineinander. Sie ergaben ein großes und ganzes Bild. Beinahe zumindest.

Der ehemalige Fischer, Orlando Velasco, erzählte. Dass er seit über zehn Jahren nun in dieser schönen Wohnung hier unten in Rocca wohne. Nahe des Ortes, in dem er geboren und aufgewachsen sei. Samt Betreuung.

»Maria.«

Er blinzelte freundlich zu der Frau hinüber, die etwas abseits stehen geblieben war.

Früher, da habe er oben in Gargnano gelebt. Und ja, mit Giangiacomo sei er gut befreundet gewesen. Eigentlich seit immer schon. Seit sie Kinder waren. Der reiche Spross etwas älter, der arme Fischerssohn etwas jünger.

Er habe mit dem Holzerben und Verlagsgründer im Garten der *Villa Feltrinelli* gespielt. So wie der Marchese Jahrzehnte später – als der Verleger und der Fischer bereits erwachsen waren.

Giangiacomo sei, so erzählte der greise Mann weiter, mit ihm viele Male nachts rausgefahren, zum Fischen. Sie seien Freunde gewesen. Geblieben. Freunde fürs Leben. Auch wenn sie sich später kaum noch gesehen hätten.

Diese Wohnung, diese Betreuung hätte er sich von seinem Fischergeld niemals leisten können. Aber Giangiacomo habe ihm vor langer Zeit zugesichert, er solle sich niemals Sorgen machen. Es sei für alles gesorgt.

Mit Anfang siebzig hatte er es nur noch schwer die Treppe zu seiner kleinen Wohnung in Gargnano hochgeschafft. Zunächst hätten ihm junge Fischer, allen voran Alessandro, jeden Tag hoch und runter geholfen, halb gestützt, halb getragen, ihn jeden Tag in sein Boot gehievt – seien mit ihm rausgefahren.

Der Greis schaute zum jungen Kollegen. Der nickte freundlich.

Dann, ab seinem Fünfundsiebzigsten, sei nichts mehr gegangen.

Er durfte in diese Wohnung ziehen. Mit einer Betreuerin als Hilfe. Und mit Seeblick.

Sein Freund Giangiacomo hatte festgelegt, dass die betreute Wohnung nahe seines Heimatortes liegen und Seeblick haben sollte.

Gianna schaute auf die Buchsbäume, verstand erst, als der Mann sogleich weitersprach: »Anfangs habe ich mich über den Blick gefreut, ihn genossen. Aber schon nach wenigen Wochen hat er mich krank gemacht. Ich konnte es nicht mehr ertragen. Das Wasser, auf dem ich mein ganzes Leben verbracht habe. Auf das mich meine Beine nicht mehr hinaustragen wollen.«

Er hatte eine Gärtnerei gebeten, vor seiner Wiese die immergrüne Hecke aufzustellen. Eine solche, über die nur ein sehr großer Mensch, wenn er sich auf Zehenspitzen stellte, schauen konnte. Sicher kein Rollstuhlfahrer.

Jetzt erst nahm Gianna wahr, dass die kleinen Wiesenstücke der anderen Wohneinheiten links und rechts heckenfrei waren.

Jetzt erst verstand sie, dass so eine schöne, kleine Wohnung am See, mit einer netten, jungen Betreuerin, für einen greisen Fischer trotzdem auch ein Gefängnis sein konnte.

Tausend Gedanken rasten ihr durch den Kopf, noch hatte sie nicht verstanden, warum sie hier waren. Sie fragte weiter nach Feltrinelli, nach dem gemeinsamen Leben der beiden.

Irgendwann sei Giangiacomo nicht mehr so oft an den See gekommen. Irgendwann habe der alte Fischer beinahe nur noch aus der Zeitung erfahren, was sein Freund machte: Mailand, Hamburg, Paris, Kuba. Boris Pasternak, Fidel Castro. Jean-Paul Sartre, Pier Paolo Pasolini.

Doch wenn er doch mal vorbeischaute, fuhren sie raus. Gemeinsam. Früh morgens.

»Immer früh morgens«, sagte Velasco, »wenn noch die Nebelschwaden über dem Wasser liegen. Wir redeten.«

Doch Giangiacomo redete immer weniger. Bald schwiegen sie zusammen.

Viel.

»Es war ein gutes Schweigen«, fuhr der Mann fort.

Der Marchese schenkte ihm Wein nach. Der alte Fischer sprach weiter.

Schließlich habe Velasco nicht mehr von den verlegerischen Leistungen in den Zeitungen gelesen, sondern vom politischen Tun. Der Radikalisierung. Dem Untertauchen. Dem klandestinen Leben. Wahres. Gerauntes. Gerüchte.

»Wenn er noch ab und an vorbeikam, dann inkognito. Das war jedes Mal herrlich lustig. Einmal trug er einen falschen Vollbart und sah aus wie ein Vagabund. Einmal eine Eisenbahneruniform.«

Er blieb meistens nicht lange. Mal klingelte er mitten in der Nacht, wartete Stunden da draußen. Danach fuhr Velasco seinen Freund mit dem Boot ans andere Ufer rüber – nach Lazise, wo eine Limousine auf den nun allerorts Gesuchten wartete.

»Ich habe mich nie getraut, ihm die entscheidenden Fragen zu stellen: Was er genau machte? Im Untergrund. Ob er tatsächlich an bewaffneten Aktionen beteiligt war. Wir sprachen über anderes. Unsere Kindheit in der Villa.«

Nun schaute der Mann vor sich hin, schwieg. Alle um ihn herum schwiegen mit ihm. Von der Straße her war das Vorbeirauschen eines Autos zu hören. Am See vorne Möwengekreische. In einer der Wohnungen nebenan schrie ein Kind. Im schwarzen Gewölk zuckten die Blitze immer heftiger.

»Vielleicht hat er gerade deshalb mich erwählt.«

Ein paar Sekunden war Gianna wie erstarrt, dann bewegten sich ihre Lippen wie von alleine.

»Erwählt?!«

Sie bemerkte viel zu spät, dass sie geschrien hatte.

»Eines Tages hat er mir ein Buch gegeben. Eine russische Ausgabe von Pasternaks *Doktor Schiwago*.«

Gianna musterte ihren Onkel. Der nickte, wohl um ihr zu zeigen, dass er an das Gleiche dachte. Der Mann musste von der Ausgabe sprechen, die sie in Elviras Zimmer gefunden hatten.

»Es war wenige Wochen vor seinem Tod. Draußen auf dem See. Das Buch war in Zeitungspapier eingewickelt gewesen. Er sagte mir, dass ihm dieses Exemplar sehr viel bedeute. Vielleicht ist es der Erstdruck, dachte ich mir. Eine schöne Erinnerung. Eine Weile sprachen wir über das Buch und Pasternak. Er erzählte mir, wie so oft schon, die fantastische Geschichte, wie er es geschafft hatte, den *Doktor Schiwago* zu verlegen.«

Velasco erzählte von den geheimen Briefen auf Zigarettenpapier. Von der Korrespondenz auf Französisch. Von den Tricks, um Pasternaks Aufpasser reinzulegen. Zwischen vielem Belanglosen tauschten sie sich in wenigen entscheidenden Sätzen Informationen aus: Wie weit das Manuskript gediehen sei. Welcher Mittelsmann es überbringen könne. Wie. Wohin.

Feltrinelli berichtete von den sowjetischen Beamten, die kaum Französisch sprachen und Übersetzungsstichproben machten. Sie fanden nichts.

Der Marchese raffte sich auf, lehnte sich nach vorne. Gianna tat es ihm gleich.

Der Verleger, so erinnerte sich der Greis nun tatsächlich mit einem Schmunzeln um die Lippen, konnte sich beim Erzählen dieser Episoden selbst nach all den Jahren noch entzücken.

»Ich denke«, sprach Velasco weiter, »bei all dem Geld, der Arbeit im Verlag, dem Abtauchen in den Untergrund, tief in sich drin war Giangiacomo ein Kind geblieben, das sich darüber freut, das mächtige Sowjetreich, das den Kommunismus, so wie er ihn sich vorgestellt hatte, ad absurdum geführt hat, zu necken.«

Das Verlegen eines Weltbestsellers. Ein frecher Bubenstreich.

»Hast du das Buch gelesen?«, fragte der Marchese.

Der Mann nickte.

»Ja, aber nicht die Ausgabe, die Giangiacomo mir schenkte. Ich spreche kein Russisch. Eine spätere italienische Taschenbuchausgabe. Drin, im Wohnzimmer, im Regal, müsste sie noch stehen.«

»Hat Feltrinelli irgendetwas zu dir gesagt, warum er

dir gerade diese eine Ausgabe übergab?«, fragte Gianna weiter.

Nun schaute der Mann wieder ernst.

»Es war alles sehr eigenartig. Er sagte mir, es würden in letzter Zeit eigenartige Dinge um ihn herum geschehen. Ich wollte ihn noch aufmuntern. Ich sagte ihm, er sei der außergewöhnlichste Mensch, dem ich je begegnet sei. Mit der außergewöhnlichsten Biografie, von der ich je gehört habe. Was bitte solle in letzter Zeit eigenartiger sein in seinem Leben als immer schon? Er lächelte. Dann nahm er mich in den Arm. Es fühlte sich alles wie eine Verabschiedung an. Ich hatte einen Kloß im Hals. Er bat mich noch, das Buch an einem guten Versteck aufzubewahren. Und er sagte mir einen Satz, den ich erst vor wenigen Wochen verstand, als dieser Journalist aus Deutschland bei mir vor der Tür stand ...«

»Häbeler«, hauchte Gianna.

Der Mann nickte. Dann griff er an die Räder seines Rollstuhls, drehte sich im Stand um neunzig Grad, schaute zu Maria, nickte erneut.

Maria schien sofort zu verstehen, was er von ihr wollte. Sie drehte sich zum Haus hin, ging los, verschwand im Inneren.

Sekundenlang rührte sich nichts im Garten, auch nicht im Schwarz, das den Flur hinter der Gartentür markierte. Dann tauchte die Betreuerin wieder auf, blieb kurz im Türrahmen stehen. Hinter ihr erschien ein zweites Gesicht. Blass. Braunes, schulterlanges Haar. Verängstigter Blick. Grüne Augen.

Fenna?

»Fenna Häbeler?«

Der Marchese kam Gianna zuvor.

Das Mädchen kam näher. Velasco nickte.

»Ja. Sie war mit ihrem Vater vor zwei Tagen schon einmal hier. Als ich ihm das Buch übergeben hatte. Sie stand gestern Abend erneut vor meiner Tür. Allein. Verängstigt. In Panik. Sie sagte, ihr Vater sei verschwunden – und in Gargnano habe sie ein Mann verfolgt …«

»Mit Pferdeschwanz …«, unterbrach Gianna den Greis.

»… und in Motorradkluft«, sagte die junge Frau, die sich auf den verbleibenden weißen Stuhl am Gartentisch setzte.

Eine Träne lief über ihre Wange.

Sie schaute zu Boden, schluchzte, atmete einmal tief ein, dann erzählte sie von sich, ihrem Vater und warum sie mit ihm an den See gekommen war.

Fenna Häbeler, Halbweise, arbeitete als junge Redakteurin beim *stern*, dem Magazin, für das ihr Vater Andreas einst auch Reporter gewesen war. Bevor er sich selbstständig machte und Bestseller herausbrachte. Als er sie fragte, ob sie mit ihm gemeinsam in Italien für sein neues Buch recherchieren wolle, war sie sofort dabei.

Ihr Vater sei ein später guter Freund von Feltrinellis Witwe Inge gewesen. Zu ihrer Zeit eine der ersten und großen Fotografinnen und Reporterinnen der Welt. Die

Frau, die Hemingway auf Kuba traf. Fotografierte. Interviewte. Die Frau, die Pablo Picasso porträtierte. Simone de Beauvoir. Jean-Paul Sartre. Greta Garbo. John F. Kennedy.

Das Geheimnis des Todes von Feltrinelli? Es liege bei den Fischern von Gargnano, das habe sie Fenna Häbelers Vater einmal gesagt.

Kurz vor ihrem Tod.

Er habe nicht verstanden, was sie meinte.

Das Gesagte beinahe vergessen.

Vor einem Jahr bekam er über den *stern* Zutritt zu hinterlassenen Notizen. Und einem Adressbuch.

Eine Notiz sprang ihm sofort ins Auge. Ein Name, ein Ort, eine Berufsbezeichnung.

Orlando Velasco, Gargnano sul Lago di Garda, pescatore.

Andreas Häbeler hatte bereits rund um die Welt zum Leben Feltrinellis recherchiert: in Hamburg, in Österreich, in Mailand, natürlich, auch auf Kuba. Er hatte auch schon alle Ungereimtheiten zu seinem Tod zusammengetragen. Mit Zeitzeugen gesprochen. Ehemaligen Linksterroristen. Ehemaligen Geheimdienstmitarbeitern. Politikern. Weggefährten.

Was tatsächlich passiert war?

Das war auch ihm nach wie vor ein Rätsel.

Er beschloss, an den See zu kommen. Mit seiner Tochter. Sie mussten sowieso nach Italien. Er wollte, dass Auszüge des Buches zur Veröffentlichung gleichzeitig in drei großen europäischen Zeitungen erschienen. Es sollte ein großer Knall werden.

Er hatte Kontakt zum *Messaggero di Garda* aufgenommen. Zur Herausgeberin. Zu Elvira. Er fand, der *Messaggero* war derzeit das spannendste Medienprojekt im Land. Mit denen wollte er kooperieren.

»Ich war mit meinem Vater gemeinsam hier«, sagte Fenna Häbeler schließlich mit immer noch leicht zitternder Stimme und schaute zum alten Mann.

Der räusperte sich.

»Anfangs war ich skeptisch, als sie bei mir auftauchten«, sagte Velasco, »ihr Vater erklärte, er recherchiere für ein Buch rund um Giangiacomos Leben, seine letzten Tage. Erst als er davon sprach, dass er auch mit Inge befreundet gewesen wäre, dass sie alle drei für dasselbe Magazin gearbeitet hätten, ließ meine Skepsis nach.«

Der greise Fischer fasste Vertrauen. Er zeigte Vater und Tochter nach einer Flasche Wein tatsächlich den russischen *Doktor Schiwago,* den ihm Feltrinelli vor seinem Tod, draußen auf dem See, übergeben hatte.

Die Ausgabe, die in Elviras Schreibtischschublade gelegen hatte.

Der Greis räusperte sich erneut.

»›Alles hat seine Zeit, auch das Unglück‹, das hat Giangiacomo mir damals gesagt. Und: dass er niemandem mehr traue. Auch nicht seinem engsten Umfeld. Für den Fall, dass er getötet werde, stehe im *Schiwago* alles, was er wisse. Es gebe nämlich ein Komplott gegen ihn. ›Pass gut auf dieses Buch auf‹, sagte er mir noch, ›wenn ich sterbe, so zeige es nur jemandem, auf den du dich verlassen kannst.‹«

Fenna Häbeler übernahm wieder, erzählte weiter. Dass ihr Vater eigentlich für gestern ein Treffen mit Elvira Sondrini vereinbart hätte. Dass sie vorgestern in der *Villa Feltrinelli* eincheckten, zuerst hierhergekommen seien, mit dem *Doktor Schiwago* in die Villa zurückgekehrt seien. Dass ihr Vater ihr sehr nervös erschienen sei. Was sie nicht weiter irritierte. Dieses Buch, vielleicht beherbergte es eine Spur.

Nur welche?

Irgendwann, nachmittags am Pool, sagte er ihr, dass er die ganze Zeit schon das Gefühl habe, beobachtet zu werden.

Als sie später durch die Gassen von Gargnano schlenderten, sich ein Eis holten, drehte er sich immerzu um. Er wirkte panisch. Dieser Mann mit dem Pferdeschwanz, sagte er irgendwann und ermahnte sie, sich nicht zu schnell, nicht zu auffällig umzudrehen, der verfolge sie.

Beim Abendessen entdeckten sie den Mann an einem der Nachbartische. Er starrte andauernd eigenartig zu ihnen rüber. Aber, hey, sie kannte genügend eigenartige Typen, die sie ständig anstarrten.

Gargnano war klein. Natürlich traf man allenthalben aufeinander. Fennas Vater aber ließ es keine Ruhe. Er hatte in einer der *Messaggero*-Ausgaben, die im Kaminzimmer ausgelegt waren, die Ankündigung des Festes in der *Rilke*-Villa in Riva gelesen. Er beschloss, spontan vorbeizuschauen und das Buch mitzunehmen.

»Mehr weiß ich nicht«, sagte Fenna Häbeler nun im Garten und starrte ins Leere, »Vater tauchte nicht mehr auf. In der Nacht kam er nicht zurück. Am nächsten Morgen auch nicht. Und als ich am Vormittag erneut durch die Gassen lief, war da wieder der Typ mit dem Pferdeschwanz. Er wurde auch mir unheimlich. Er verfolgte mich. Ich ging schneller, er auch. Ich lief hoch zur Gardesana, rief die Polizei an, sprang in ein Taxi, wusste nicht, wohin. Dann kam ich hierher. Erfuhr aus den Nachrichten vom Mord in Riva. Wusste sofort, dass es Vater war.«

Nun versteckte sie das Gesicht hinter den Händen. Schluchzte. Wimmerte.

Der junge Fischer war beim Greis geblieben. Fenna Häbeler ebenso. Maria hatte Gianna und den Marchese zurück in die Wohnung begleitet. Die Reporterin hatte die Betreuerin um ein Handykabel gebeten, es passte. Sie lud ihr Gerät auf, ein paar Minuten, zwei Balken. Das musste reichen. Dann verließen sie das Haus.

Gianna sah, dass ihr Onkel den Porsche im Parkverbot unter einer Trauerweide abgestellt hatte, an der sie vorhin vor lauter Aufregung vorbeigelaufen war, ohne den Wagen zu erkennen. Weiter vorne standen zahlreiche Straßenparkplätze leer.

Es war wohl so eine Art Obsession. Einmal hatte er ihr sogar erklärt, warum er nicht anders konnte. Er stelle den Porsche ungerne neben, vor oder hinter andere Autos. Da würde er zu wenig zur Geltung kommen. Außerdem sei das ein Dienst an der Allgemeinheit, was er da mache. So blieben die schnöden Parkplätze für schnöde Autos frei. Für weniger schöne Exemplare, die sich ruhig zwischen anderen verstecken durften.

Der Marchese hatte Gianna beim Verlassen der Wohnung erzählt, wie er auf den alten Fischer gekommen war. Sie erzählte ihm, während sie sich ob des erneut stechenden Schmerzes ächzend in den Porsche setzte, was sie in der Villa erlebt hatte – und dass sie angeschossen worden war.

Sein Blick war erst erstaunt, dann sorgenvoll.

»Gianna, *dio mio,* Kleines …«

Sie winkte ab.

»Halb so schlimm. Nur eine kleine Fleischwunde.«

Beinahe lag ein wenig Bewunderung in seinen Gesichtszügen. Oder war es Neid? Onkel Francesco mochte es nicht gerne, wenn andere mehr erlebten als er selbst. Ohne ihn.

Sie sah, dass *papà* und Sandro angerufen hatten. Sie rief zurück.

Zuerst Arnaldo. Er ging nicht ran.

Dann Sandro.

Es dauerte eine Weile, dann knackte es in der Leitung.

»Gianna, wie geht es dir?«

»Gut. Ich …«

Kurz überlegte sie, dann beschloss sie, dass jetzt keine Zeit dafür war, ihm alles zu erklären.

»Ich … du hast sicher gehört, was in der Redaktion passiert ist.«

»Ja, wo bist du?«

»Ich … äh, arbeite. Von …«

Sie war Polizeireporterin. Er Polizist. Sie hatten bereits darüber geredet, dass sie über gewisse Dinge nicht miteinander sprechen sollten.

»Ich muss ein bisschen recherchieren, es gibt viel zu tun. Wo bist du?«

»Im Einsatz.«

»Pass auf dich auf.«

Sie konnte ihm alles erzählen, wenn alles vorbei war. Sie wollte nicht, dass er sich Sorgen machte. Sie wollte ihm nicht sagen, dass sie sich nach ihm sehnte. Wie sehr sie ihn jetzt brauchte. Sie war stark. Wollte stark sein.

»Du auch. Ich liebe …«

Es war ihr rausgerutscht.

»Ich dich auch.«

Als sie auflegte, bemerkte sie, dass sie errötete. Hatten sie das tatsächlich eben gesagt?

Liebe?

Liebe!

Sie bemerkte auch Francescos Schmunzeln. Was ihre Wangen gleich noch wärmer anlaufen ließ.

Sie schüttelte sich.

»Und jetzt?«, fragte Gianna schließlich.

Francesco antwortete nicht, beugte sich vielmehr zu

ihr rüber, öffnete das Handschuhfach, holte den russischen *Doktor Schiwago* hervor, um den sich alles zu drehen schien. Er hielt das Buch in der offenen Hand, so als ob er das Gewicht schätzen würde. Dann streifte er mit den Fingern über das Papier des Buchrückens.

»Ich habe da …«, er stockte, »ich denke … ich muss … andauernd an Feltrinellis Trick denken. Wie er die Sowjets überlistete.«

Sie runzelte die Stirn.

»Wir bringen das Buch zu meinem Freund Boccanera.«

»Warum?«

»Weil er Russisch spricht.«

Arnaldo

Arnaldo sah erst die Fische, dann die drei Messer.

Die Fische lagen in den Regalen, manche hingen an Haken von der Decke.

Die drei Messer waren groß. Gewaschen und poliert. Wahrscheinlich auch geschliffen. Sie lagen auf der Holzablage eines Tisches, der mit Edelstahlschubladen ummantelt war. In einer davon spiegelten sich seine Hosenbeine. Verschwommen. Sie rührten sich nicht.

In den Schubladen weiter links? Bewegung. Was war das? Das musste …

Arnaldo drehte sich um, da sah er den Mann zwischen einem Kühlschrank und einer Kühltruhe stehen. Pferdeschwanz. Lederne Motorradkluft.

Das musste Marcello Rusco sein, von dem der Staatsanwalt gesprochen hatte. Eines der Mitglieder von *Gladio XXI Secolo*.

Der Mann hatte eine Pistole mit Schalldämpfer auf ihn gerichtet.

Arnaldo wich zur Seite. Rusco schoss.

Paff.

Die Kugel schellte gegen den Edelstahl.

Djäängg.

Arnaldo schrie auf, verstummte sogleich wieder. Bemerkte erst jetzt, dass er nach einem der Messer gefasst hatte, es hochhielt. Bemerkte ebenso, dass seine Beine losgingen, ohne dass sein Gehirn ihnen bewusst Befehle erteilt hätte.

Er schrie immer noch.

Die andere Hand fuhr hoch, zu einem der Fische am Haken, die über ihm hingen. Die Hand zog an dem Fisch, der unter dem Kopf riss. Arnaldo warf das glitschige Etwas in die Richtung des Gegenübers. Er stürmte auf den Mann zu.

Er war, während er stürmte, über sich selbst erschrocken. Über die Wut, die Angst, die Panik, das Messer zwischen den Fingern, die Entschlossenheit, die sich in ihm zu etwas vermengte, von dem er nicht wusste, dass es in ihm steckte.

Der Fisch hatte den Mann mit dem Pferdeschwanz mitten ins Gesicht getroffen.

Nun kniff Arnaldo die Augen zusammen, stach auf ihn ein. Mochte passieren, was passieren mochte.

Er spürte, dass die Klinge an etwas Hartem abrutschte, er hörte, wie die Pistole zu Boden krachte.

Er öffnete die Augen, sah die Waffe, stieß sie mit dem Fuß weg, sah, dass sie unter den Spalt einer der Edelstahlschubladen rutschte.

Der Killer wich zur Seite, drehte ihm den Rücken zu. Lief zum anderen Ende des Raums, zu einer offenen Tür. Stolperte hinaus, drehte sich noch einmal um, lief weiter.

Arnaldos Hirn raste. Sein Körper erstarrte. Er schaute auf das Messer in seiner Hand. Auf einmal schoss ihm eine lange zurückliegende Erinnerung ins Hirn.

Er dachte an ein Doppelporträt, das er als junger Reporter einmal über einen inhaftierten Bankräuber und eine Polizistin geschrieben hatte, die den Verbrecher in der Filiale der *Monte dei Paschi di Siena* drüben in Lazise zu stellen versucht hatte. Der Mann war mit dem Messer auf sie losgegangen, hatte sie am Bauch lebensgefährlich verletzt. Sie hatte auf ihn gezielt, dann aber in Panik die Pistole fallen lassen. Erst ein Sonderkommando konnte den Mann dingfest machen.

Die Frau war fertig, sah als einzigen Ausweg, ins halbwegs normale, albtraumlose Leben zurückzukehren, den Kontakt zu dem Mann zu suchen. Sie besuchte ihn im Gefängnis von Verona. Immer wieder. Es entstand so etwas wie eine Freundschaft. Arnaldo war dabei. Oft.

Er erinnerte sich nun, Jahre später, was die Frau ihm einmal gesagt hatte. Dass Polizistinnen und Polizisten vor nichts mehr Angst hätten als vor Tätern, die mit Messern hantierten.

Eine Pistole war berechenbar. Eine Pistole verursachte, wenn Glück und Unglück zusammenkamen, einen Durchschuss. Mit einer Pistole genau zu zielen, mit Adrenalin im Bauch, mit nervösen, zitternden Fingern, das musste einer erst einmal hinbekommen.

Ein Messer war unberechenbar. Ein Mensch, der mit einem Messer auf einen zustürmte, war unberechenbar. Die Klinge eines Messers schlitzte dich auf. Schlitzte alles an dir auf. Gedärme, Organe, Adern.

Arnaldo erwachte aus seiner Starre. Noch in der Sekunde, in der er überlegte, wohin der Mann durch die Hintertür laufen würde, fiel ihm das schwarze Motorrad ein, das draußen vor der Vordertür abgestellt war.

Natürlich!

Die Motorradkluft.

Die beiden verbliebenen Messer lagen nach wie vor auf dem Tisch, der Kopf des einen Fisches hing noch am Haken, der kopflose Teil lag auf dem Boden. Arnaldo lief in den Flur, hörte Elvira die Treppen herunterkommen.

»Arnaldo, was …«

Heftig, viel zu heftig stieß er sie zur Seite, doch es blieb keine Zeit für eine Entschuldigung. Er hastete weiter, stürzte zur Tür hinaus, schaute kurz zu Foscolos Lancia. Er konnte durch die getönten Scheiben nicht erkennen, ob die beiden, Foscolo und der Fahrer, noch im Wagen saßen.

Links, wo er vermutete, dass der Killer gleich auftauchen würde, um zu seinem Motorrad zu gelangen, tat sich nichts.

Noch nichts.

Zwei Schritte, dann stand er bei der Maschine – und sah ihn. Rusco kam um die Ecke, in seine Richtung, stoppte. Kurz standen sie sich unbeweglich gegenüber. Schauten sich an. Dann bückte Arnaldo sich und stach zu.

Die Klinge drang in das Gummi des Vorderreifens ein. Die Luft entwich zischend.

Er schaute wieder zum Mann mit dem Pferdeschwanz.

Erneut vergingen einige Sekunden.

Er spürte, dass Elvira bei ihm stand.

»Die Pistole?«, fragte sie.

»Er hat sie nicht mehr«, sagte Giannas Vater.

Rusco machte kehrt, lief los, von ihnen weg. An den Nachbarhäusern entlang. In Richtung der Pinien, in Richtung des Sees, der in der Ferne glitzerte.

»Ich muss ihm hinterher«, sprach Arnaldo weiter.

»Du bleibst hier«, hörte er die Stimme des Staatsanwalts hinter sich sagen, »das ist zu gefährlich. Vielleicht hat er noch eine Waffe.«

Befehlston.

»Die Kollegen sind bereits unterwegs. Sie müssen jeden Augenblick hier sein.«

»Er ist unbewaffnet, er hat die Pistole verloren. Ich muss – jetzt.«

Arnaldo ging los. Erst langsam, so als ob er innerlich noch mit sich rang. Dann schneller. Schließlich lief er. Der Mann mit dem Pferdeschwanz war bereits drei Häuser weiter. Arnaldo hörte Elviras Stimme. Sie schrie.

»Pass auf!«

Dann spürte er einen Regentropfen auf seinen Kopf platschen, sah die dunklen Flecken auf dem hellen, heißen Beton des Bürgersteigs. Die Blitze im dunklen Gewölk. Das Unwetter, es stand unmittelbar bevor.

Gianna

Es gab kaum etwas Schöneres und Gespenstischeres zugleich, so empfand Gianna es, als während eines Gewitters die Gardesana entlangzubrettern. Der See schon im Dunkeln liegend, auch wenn es erst später Nachmittag war. Ein Blitzereigen, wirrer als die Ästchen des Stammbaums der Pittis, erhellte alles für ein paar Sekunden.

Die nassen Felsen, das Gebüsch, das vom wirbelnden Südwind gen Boden gedrückt wurde. Am Kiesstrand ein Pärchen, das, ein Handtuch über den Köpfen, in Richtung des Parkplatzes rannte. Draußen auf dem Wasser das eine Boot, das es nicht an Land schaffte, das von den wogenden Wellen, so hoch, wie man es diesem See niemals zugetraut hätte, wie man es nur Ozeanen zutraute, hin- und hergeworfen wurde. Die Regentropfen, die wie Messer auf die Wellenberge und Wellentäler einstachen.

Doch wenn man bei so einem Unwetter irgendwann von der Küstenstraße abbog, bergan, die Felsen hoch, so hörte der Spaß auf. So war nichts mehr schön. Alles nur noch gespenstisch.

Purer Horror.

Üppige Regentropfen hatten die Frontscheibe des Porsches in ein durchsichtiges Aquarell verwandelt. Auch, weil nur einer der beiden Scheibenwischer funktionierte. Blöderweise der auf der Beifahrerseite.

Gianna kannte den seit ein paar Jahren anhaltenden Kampf ihres Onkels mit dem kaputten Wischer. Der Marchese, stur, wie er war, weigerte sich, ihn reparieren zu lassen. Weil ihm das Risiko, so hatte er ihr einmal gesagt, zu groß sei, dass so ein junger Plastikautomechaniker alles verpfuschen würde.

Ihn auszutauschen, gegen irgendeinen neuen Scheibenwischer, kam für ihn nicht infrage. Dann lieber das kaputte Teil behalten.

Er, der sonst so fuhr, als säße er auf einem Sofa, zurückgelehnt, einhändig, war nun nach vorne gebeugt, die Nase beinahe an der Windschutzscheibe. Immer, wenn Giannas Onkel Kurven zu erahnen schien, beugte er sich auf ihre Seite hinüber, wo der eine, funktionierende Wischer zumindest für Sekundenbruchteile Sicht ermöglichte.

Der Regen hatte die Erde des Waldes, der sich über den Felsen in den Boden krallte, aufgelockert, sich mit ihm vermischt.

Dieses Gemisch aus Wasser und Schlamm brachte den Porsche immer wieder ins Rutschen, immer wieder musste der Marchese stoppen, in den ersten Gang zurückschalten, von Neuem ansetzen. Der Regen prasselte, Luciano Pavarotti sang irgendetwas aus *Pagliacci*, wofür sich der Marchese beim Losfahren entschieden hatte.

Er sprach.

Erst verstand Gianna nicht, was er da murmelte. Erst dachte sie, er singe leise mit. Dann aber wurde ihr klar, dass er seinem Auto gut zuredete.

»Komm schon, Junge, *ragazzo mio, dai che ce la fai! Sei forte!* Das schaffst du schon, mein Großer!«

Die Reporterin schätzte die Chance, dass sie es tatsächlich bis oben zum Haus Martino Boccaneras im Wald schaffen würden, auf fünfzig zu fünfzig ein. Die Chance, dass das Wasser und der Schlamm sich nicht anhoben, den Porsche in ein Boot verwandelten, hin zu den Leitplanken schoben, die nun, im Sturm, so mickrig wirkten.

Dass, falls es passierte, die Leitplanken hielten, würden sie dagegen stoßen.

Siebzig zu dreißig.

Vielleicht.

Vielleicht waren diese panischen Ablenkungsversuche aber auch ihre letzten Gedanken in ihrem dann doch etwas, wie sie fand, zu kurzen Leben. Vielleicht würden sie gleich im freien Fall in diesem Porsche über die Felsen hinabstürzen, auf die Fahrbahn der Gardesana oder auf die Seeoberfläche knallen. Vielleicht würden sie aber auch wie ein Stein hinabrollen, mehrmals von der Felswand abgestoßen.

Tot. Am Ende. So oder so. Hoffentlich schnell. Schmerzlos. Gianna schaute zu ihrem Onkel. Der schmunzelte tatsächlich. Sie fragte sich, wie man in solch einer Lage nur schmunzeln konnte. Wie man nur so optimistisch durchs Leben gehen konnte. Schmunzelte er, weil Pavarotti gerade so schön sang?

Sie kannte diese Stelle aus *Pagliacci,* auch wenn sie nie hätte sagen können, wie das exakte Stück heißt. Sie hatte sie schon so oft gehört. Seinetwegen. Ihr ganzes, kurzes Leben lang schon.

Konnte sie nicht wenigstens mit Vascos Stimme im Ohr sterben?

Francesco lächelte. Beinahe erschien es Gianna, als kenne er ihre Gedanken. Ihm gefiel das alles bestimmt. Dieser Nervenkitzel. Ihm würde das gefallen, mit dem Porsche vom Sturm über die Leitplanken hinausgetragen zu werden, während Pavarotti von großem, allergrößtem Künstlerschmerz sang.

Erneut beugte sich der Marchese zu ihr hinüber, dann drehte er das Lenkrad mehrmals nach links, bog in den schmalen Steinweg ein, der sich da auftat. Der Weg zu Boccaneras Hütte hin. Gianna hatte ihn im Halbdunkeln und ob des heftigen Regens gar nicht gesehen. Sie war in ihrem Leben aber auch nicht so oft hier gewesen wie ihr Onkel, der mindestens einmal pro Woche zu seinem Freund hochkam, um gemeinsam dessen legendäres Hirschragout zu genießen, bei irgendeiner teuren Rotweinflasche.

Ein Krachen.

Der Wassermatsch und Schlamm war nun auch mit größeren Steinen untermischt. Der Porsche stoppte erneut. Der Marchese schaltete vom zweiten Gang in den ersten zurück. Er drückte aufs Gas, ließ die Kupplung kommen.

Ein Jaulen.

Nein, das war nicht Pavarotti, das war der Motor.

Nichts. Gianna schaute nach hinten. Der Schlamm spritzte auf. Sie sah den dunklen See, ein, zwei Lichter auf dem Wasser. Waren das Boote? Tatsächlich. Das mussten Segler sein. Fischer. Oder Motorboote. Die hatten es nicht ans Ufer geschafft. Das war gefährlich, dachte sie noch.

Noch gefährlicher, als mit so einem Porsche bei dem Wetter hier den Berg hochzukurven. Das Ostufer? Sah sie nicht. Zu tief, zu dick saßen die schwarzen Wolkenknäuel über dem See.

Sie sah die Lichter unten in Salò, eines, das sich langsam emporbewegte. Noch so ein Verrückter wie sie beide. Wohl ein Bewohner von weiter oben, den kleinen Steindörfern in den Bergen. Wenn so ein Getose tobte, wollte man nach Hause. Auch wenn es manchmal besser war, da zu bleiben, wo das Wetter einen überrascht hatte.

Sie drehte sich zurück nach vorne, sah das Licht zwischen den Bäumen, etwa zweihundert Meter vor ihnen. Boccaneras Waldhaus.

Der Marchese griff nach dem Rücksitz, hob zwei Bücher nach vorne. Große Bildbände. Eines zeigte ein Schwarz-Weiß-Bild auf dem Cover.

Fin de Siècle in Riva stand darüber.

Das andere zeigte die *Primavera* Sandro Botticellis. Es war ein Sammelband der schönsten Werke aus den *Uffizien* in Florenz.

»Mein Regenschirm ist blöderweise in der Reparatur«, sagte der Marchese und fuhr zart mit den Fingern über die beiden Bände, wie wohl Bauern über die Köpfe ihrer Zicklein fuhren, bevor sie ihnen die Kehle durchschnitten.

»Der Griff war gerissen. Du weißt nicht, wie schwierig es war, dass passende Teakholz zu besorgen, wenn man nicht möchte, dass dafür weiter Regenwald in Myanmar abgeholzt wird.«

Nun schmunzelte Gianna. So viel Regenwaldliebe hatte sie ihrem Onkel gar nicht zugetraut. So als ob er erneut ihre Gedanken erraten hätte, lieferte er sogleich die Erklärung hinterher.

»Als ich als Mittzwanziger mit Martino abenteuerlich durch Südostasien trampte, wäre ich beinahe dort geblieben. Ich hatte mich in eins der Mädchen verliebt, eine Dschungelschönheit, die in einem Dorfe in einer Biegung des Ayeyarwady lebte. Hätten nur nicht ihre Brüder mich für unwürdig erachtet, mich eines frohen Morgens beiseiteräumen wollen. Ich schaffte es abzuhauen, sie hetzten mit ihren Bambusrohren und Giftpfeilen hinterher. Ich entkam. Sammelte meinen Freund in Nay Pyi Taw ein, der sich dort in einem Puppentheater anschickte, Shakespeares *Der Sturm* aufzuführen. Was leider niemand sehen wollte.«

Des Marcheses Augen glitzerten, während er sprach. Er schien völlig anderswo zu sein, erzählte weiter.

»Wir reisten hinüber nach Laos.«

Gianna fragte sich, wie lange es noch dauern würde, wie weit er den Bogen bis zurück zum sich in Reparatur befindlichen Regenschirm noch spannen mochte.

»Ich habe meine Dschungelprinzessin aber bis heute nicht vergessen. Ich könnte niemals das Abholzen ihres Waldes mitverantworten. Nein, nein, ich habe nach langem Suchen die Innenverkleidung der alten Jacht eines befreundeten Kunsthändlers aus Monte Carlo erstehen können. Feinstes Vintage-Teak aus den frühen Sechzigern. Klasse.«

Gianna hüstelte.

»Ist auch egal, *zio*, ein Regenschirm bringt bei dem Wolkenbruch sowieso nichts. Wir werden nass, so oder so.«

Er schüttelte den Kopf, öffnete erneut das Handschuhfach, griff nach dem *Schiwago*, klemmte ihn sich unter die Jacke.

»Wer bei Regen seinen Kopf nicht bedeckt, der kann sich gleich eine Kugel durch denselben jagen.«

Er hob die beiden Bildbände hoch.

»Eigentlich wollte ich sie Martino schenken, sei's drum.«

Er reichte einen davon, den der *Uffizien*, Gianna, öffnete die Tür, stieg aus, hielt sich die *Primavera* über das Haupt, stapfte los.

Dem Licht im Wald entgegen.

Arnaldo

Arnaldo war gerannt, so schnell er nur konnte, und er war Marcello Rusco tatsächlich näher gekommen. Dann hatte er verlangsamt. Nicht, weil er das so geplant hatte. Mehr aus dem Unterbewusstsein heraus. Weil sich das Unterbewusstsein in ihm gegen die Panik in seinem Kopf wehrte.

Weil die Panik in ihm nicht fähig gewesen war, das, was er da machte, zu Ende zu denken.

Was sollte er tun, wenn er den Mann, dem er da hinterhereilte, erreichte? Noch mal auf ihn einstechen? Auf einen Unbewaffneten? Das war doch völliger Irrsinn. Nein, er musste ihm auf dem Fersen bleiben. Er durfte ihn nicht aus den Augen verlieren. Der Killer durfte nicht abtauchen.

Rusco war an der Promenade am See angelangt. Er stoppte, drehte sich um. Auch Arnaldo blieb stehen. Der Verfolgte sah ihn, musterte ihn, musste bemerkt haben, dass er ebenso gerade noch gelaufen war. Dass er ihm sonst nicht so nahe gekommen sein konnte.

Die Menschen gingen schnellen Schrittes an Arnaldo vorbei. Die einen nach links, die anderen nach rechts. Manche Frauen in leichten Sommerkleidern, manche Männer in Leinenhemden und Leinenhosen. Andere in Badekleidung, Kinder schrien. Ein bunter Plastikball schwebte auf den Wellen, die gegen die Steine am Ufer klatschten.

Die Bank, auf der vorhin Rentner gesessen hatten, war leer.

Immer dickere Tropfen platschten auf den Teer, den See. Ein Blitz zuckte über der Stadt, ein tiefes, böses Donnergrollen ertönte. Als wäre es ein Startzeichen gewesen, gingen die Urlauber vom Hasten in ein Laufen über, ein Familienvater stieß mit Rusco zusammen, weil der Vater zurück zu seiner Frau und seinen Kindern geschaut hatte, die nicht so schnell vorankamen, wie er es gerne gehabt hätte.

Rusco schaute den Typen grimmig an, schüttelte sich,

ging schnell weiter, betrat einen kleinen Parkplatz, drehte sich immer wieder um, musste zwischen all den Köpfen erkannt haben, dass auch Arnaldo mittlerweile die Promenade erreicht hatte.

Giannas Vater hielt die eine Hand mit dem Messer unter seinem dunklen Jackett versteckt, nicht mehr nur sein Unterbewusstsein, jede Windung seines Hirns fragte sich, wie das enden sollte.

Hatte Rusco einen Plan? Wusste er, wohin? Arnaldo schaute auf den See hinaus, der wild wogte. Wie von einem Magneten angezogen waren alle Schiffe, die er sehen konnte, kleine Ruderboote, Motorboote, Segeljachten, die Fähre, die die Uferseiten verband, in Richtung Ufer gedreht. Alle kamen näher, keines entfernte sich.

Alles musste weg vom Wasser. An Land. Bei so einem Sturm wurde der See zu einer tödlichen Falle.

Der Killer lief um die Autos herum, an einem Wagen vorbei, der den Parkplatz gerade zu verlassen suchte.

Hupen.

Er reagierte nicht darauf, er schien etwas im Auge zu haben, das er ansteuerte.

Aber was?

Hinter dem Parkplatz lag der Kanal, der in die Stadt hineinführte und die mittelalterlichen Altstadtmauern umrundete. An den Seiten des Kanals lagen Boote vor Anker. Über allem leuchtete das blau-gelbe Schild einer *IP*-Tankstelle. Für private Motorboote, für touristische Ausflugsschiffe.

Für solche wie jenes, vor dem der Killer hielt.

An dem ein weiterer Mann, der Schiffsbesitzer wohl, gerade dabei war, das Tau an einem schwarzen Poller festzumachen.

Rusco redete auf den Kapitän ein. Der Kahn war mittelgroß. Ein Doppeldecker. Vorne die Kapitänskabine, dahinter zehn, zwölf Sitzreihen, am Heck eine kleine Plattform. Über allem noch mal etwa fünfzehn, sechzehn Sitzreihen, auch die überdacht.

Arnaldo erreichte den Parkplatz ebenso, duckte sich hinter einen roten Ford Escort.

Nun sprach der Mann mit dem Tau in der Hand. Wild gestikulierend.

Arnaldo ahnte, was Rusco wollte: hinaus auf den See. So konnte er verschwinden. So würde er ihm nicht folgen können. Er musste es jetzt doch tun. Auf den Killer losstürmen, ihn überwältigen. Vielleicht würde der Kapitän ihm helfen.

Er schloss kurz die Augen, begann, in Gedanken zu zählen.

Eins, zwei, dr...

Irma Thomas. Sie sang.

»Ruler of my heart, robber of my soul ...«

Arnaldo hielt den Griff des Messers immer noch mit der einen Hand umklammert, kramte mit der anderen Hand in seiner Jacketttasche nach seinem Handy, das sich da meldete.

Gleichzeitig beobachtete er das Ausflugsschiff, die beiden Männer, die tatsächlich zu streiten schienen.

Er schaute wieder auf den Bildschirm.

Gianna.

Tatsächlich Gianna.

Seine Brust erwärmte sich, er spürte eine plötzliche Leichtigkeit. Er führte den Zeigefinger bereits zum grünen Telefonsymbol, kontrollierte noch einmal das Geschehen am Schiff.

Er sah das kleine Messer, das Rusco nun in der Hand hielt.

»*Maledizione*«, entfuhr es Arnaldo.

Woher hatte der Mann das? Hatte er es, noch bevor sie sich begegneten, vom Tisch in der Räucherküche genommen und in seine Jacke gesteckt? Hatten da vier gelegen?

Irma Thomas sang immer noch.

»*Where can you be? I wait patiently …*«

Er drückte hastig auf das rote Telefonsymbol.

Gianna. Sie lebte.

Das war das Wichtigste.

Dass dieses Schwein nicht abhaute, war das Zweitwichtigste.

Der Schiffsbesitzer ging an Bord, Rusco folgte ihm, erneut sah Arnaldo das Messer in dessen Hand aufblitzen. Die beiden gingen nach vorne, in die Kabine.

Giannas Vater schlich um das Auto herum, zu einem weiteren Wagen, zu einem dritten Wagen, näher an den See, näher ans Schiff. Ihm war, als höre er in der Ferne Sirenengeheul. Er drehte sich noch einmal in Richtung Stadt. Ja, da war irgendwo Blaulicht zu sehen. Drüben beim mittelalterlichen Gemäuer.

Nun hörte er, nahe bei sich, einen brummenden Motor.

Das Schiff. Die Polizei kam zu spät. Alles zu spät. Am Heck brodelte das Wasser, die Schiffsschraube hatte sich in Bewegung gesetzt. Der Regen prasselte immer fester auf das Schiffsdach, auf die Autos um Arnaldo herum. Die Polizeiwagen waren am Parkplatz vorbeigefahren, drei, vier, fünf Alfa Romeos. Ihre Blaulichter blinkten unter den Zypressen, im Wasser. Sie bogen ab. Zur Räucherei.

Spät, viel zu spät.

Arnaldo lief von einem Auto zum nächsten, hin zum schwarzen Tau, zum Ende des Parkplatzes, wo das Wasser gegen den Beton klatschte, wo die eine, letzte Ecke des Ausflugsschiffes sich vom Land löste. Er erreichte die Steinkante, sprang, fiel auf die kleine, hintere Aussichtsplattform, landete hart, sein Knie schmerzte. Er robbte sich hinter eine weiße Wand, neben einen Feuerlöscher; neben der Tür, die ins Innere, zu den Reihen mit den Plastiksitzen der Passagiere führte.

Hatten sie ihn springen sehen?

Giannas Vater drehte sich auf alle viere, unterdrückte den Schmerz im Knie, lugte durch die Tür ins Innere. Er blickte im Gang zwischen den Sitzen bis nach vorne, sah die beiden Männer von hinten. Sie schauten auf den See hinaus.

Nein, sie hatten ihn nicht gesehen.

Die Wellen wogten den Kahn heftig hin und her.

Und nun, was?

Der Marchese

Der Geruch von Knoblauch und Tomatensoße mischte sich in den Duft von nassem Waldboden und Tannenzapfen. Der Marchese klopfte gegen die dünne, verglaste Haustür der Hütte, die Scheibe zitterte. Dann öffnete er sie. Dicke, dampfige Luft schwall ihm und seiner Nichte entgegen. Der Kochdunst lag über allem wie der Nebel der Pianura Padana an einem feuchten Frühlingsmorgen.

Nur verschwommen war im hinteren Teil des großen Zimmers die Küchenzeile zu sehen. Ein Mann, ihnen den Rücken gekehrt. Hinter dem Esstisch und dem Computer, der auf einer kleinen Arbeitsplatte an einer Mauer stand: Berge von Büchern. Neben dem Sofa ein Plattenspieler, die Platte darauf drehte sich, aus der Box erklang Mirella Frenis Stimme.

Tosca.

Tosca war eines jener Wunderwerke, da waren sich der Marchese und sein guter Freund Boccanera einig, wie sie sich bei Musik und bei Wein nahezu immer einig waren, von denen man nie, niemals, genug bekommen konnte.

Jene Musikliebhaber, die sagten, sie könnten *Tosca* nicht ausstehen, *Tosca* sei lediglich etwas für Operneinsteiger, wer *Tosca* auf Dauer höre, der würde am Broadway in New York auch Musicals besuchen, der erntete die Ablehnung der beiden.

Ja, *Tosca* war leicht zugänglich. Aber nach wie vor ein Meisterwerk, vielleicht das größte sogar. Mit *Tosca,* hatte der Marchese einmal definiert, und Boccanera hatte ihm recht gegeben, sei es wie mit einem guten Chardonnay. Da konnten die vielen Weinsnobs, die damit prahlten, Chardonnay nicht mehr zu mögen, weil Chardonnay ja jeder mochte, sagen, was sie wollten. Klar, natürlich hatte man als Weinkenner, nachdem man die besten der besten Chardonnays aus Burgund und Napa Valley rauf- und runtergetrunken hatte, irgendwann Lust auf etwas anderes.

Natürlich liebten er und Boccanera auch so viele weitere Opernwerke, unzählige. Aber, ja, das hatte der Marchese seiner These zur Untermauerung hinzugefügt, würde einer von ihnen wissen, nur noch einen Tag zu leben zu haben, nur noch ein letztes Glas Weißwein und eine letzte Arie dazu genießen zu dürfen, es wäre verdammt noch mal ganz sicher ein *Leflaive Montrachet Grand Cru*, anno 1996, und dazu die Arie *Vissi d'arte* aus *Tosca*.

Danach konnte man getrost sterben. Schöner starb es sich nicht.

Der Freund des Marchese schien noch nicht einmal bemerkt zu haben, dass er Besuch bekommen hatte, er war aufs Kochen konzentriert – und in die Musik vertieft.

Gianna legte die beiden Kunstbände auf das Tischchen neben dem Sofa, der Regen hatte sich tief in die edlen Leinenumschläge gefressen, die Farben und Bilder aufgeweicht, der See und das Ufer hatten sich ineinandervermischt, die Augen und Wangen der *Primavera* Botticellis waren verronnen, so als weine ihr gesamtes Gesicht.

Vergänglichkeit. Beinahe gefielen dem Marchese die Umschläge so sogar noch besser. Er wartete bis *Ed io venivo a lui tutta dogliosa* aus dem ersten Akt zu Ende war, nahm dann vorsichtig die Nadel von der Platte.

»Guten Abend, mein Freund!«, sagte er schließlich.

Boccanera drehte sich herum, den Kochlöffel in der Hand.

»Ihr kommt gerade recht«, sagte er dann, schleckte den Löffel ab, schmatzte genüsslich, »ich habe einen Lavarello in der Pfanne, viel Knoblauch, etwas Rosmarin und Salbei, halbe Zitrone, schwarzer Pfeffer, ein Schuss Weißwein. Ich hoffe, ihr seid hungrig und durstig. Das da draußen ist doch das beste Wetter, um es sich gut gehen zu lassen, nicht?«

Der Marchese nickte.

Sein Freund hob die Flasche hoch, Giannas Onkel erkannte das Etikett sofort. Ein *Cervaro della Sala*, einer seiner italienischen Lieblings-Chardonnays. Aus Umbrien. Der Marchese und sein Freund gehörten nicht zu der Sorte Menschen, die stets einen billigen Fusel bereitstehen hatten, um damit den Fisch in der Pfanne abzulöschen.

Der arme Fisch!

Ein Schuss guter Tropfen für das tote Tier, der Rest davon in die Kehle – so hatte es zu sein.

Boccanera holte zwei weitere Gläser aus dem Schrank über ihm, schenkte ein.

»Wir sind eigentlich hier, weil ...«

Gianna war ein paar Schritte nach vorne getreten, an Boccanera und den Herd heran. Der Marchese brummte etwas verärgert. Das gehörte sich nicht, gleich mit der Tür ins Haus zu fallen. Das musste seine Nichte noch lernen.

»Zu einem guten Lavarello sagen wir natürlich nicht Nein«, unterbrach der Marchese sie, während er die russische Ausgabe des *Doktor Schiwago* hervorholte, »und für später habe ich da etwas, das du dir anschauen solltest, mein Freund. Wir sind einer spannenden Sache auf der Spur. Und da du etwas Russisch sprichst, habe ich mir gedacht, dass du uns vielleicht, also ich meine, wir genießen jetzt erst einmal den Fisch und …«

»Als Dessert habe ich noch einen Wackelpudding im Kühlschrank. Waldmeister oder Himbeere. Dazu ein Gläschen Rum vielleicht. Ich hätte da etwas ganz Feines aus Martinique. Ein fünfzehn Jahre im Bourbonfass gereifter *Clément*. Fruchtige Süße. Gut eingebundenes Holz, leicht nussig, eine Würze aus Zimt, Muskatnuss, auch leichte Pfeffernoten.«

»Wunderbar«, fügte der Marchese hinzu, »dann genießen wir jetzt den Lavarello, und vor dem Pudding und dem Rum schaust du dir …«

Er schaffte es nicht, den Satz zu beenden, Gianna quatschte ihm dazwischen.

»Oder wir trinken schnell einen Schluck Weißwein, als Aperitivo, und Sie, Boccanera, schauen sich vor dem Essen das Buch an, bei dem ich immer noch nicht weiß, welches Geheimnis du, lieber Onkel Francesco, drin verborgen glaubst.«

Schnell.

Dieses Wort hatte der Marchese eigentlich aus seinem Wortschatz gestrichen.

Schnell.

Das war meistens falsch. Das hatte er in seinem Leben gelernt. Hast war unästhetisch. Was unästhetisch war, war schlecht. Brachte nichts.

»Was genau wollt ihr von mir?«, fragte nun jedoch auch sein guter Freund und streifte sich die weiße Schürze ab, die mit so vielen Fettspritzern versehen war, dass sie einem Kunstwerk von Jackson Pollock ähnelte, bei dem sich der Marchese immer fragte, was daran die Kunst sein sollte.

Sie setzten sich alle drei an das Tischchen, der Marchese und Gianna auf das Sofa, Boccanera in den Sessel.

Er schob sein zugeklapptes Notebook beiseite, verteilte die Weingläser, nahm den *Schiwago* in die Hand. Drehte und wendete das Buch.

»Das ist alt«, sagte er.

»Vermutlich ein Exemplar einer kleinen russischen Erstausgabe«, sagte der Marchese, »zumindest größtenteils.«

»Größtenteils?!«, fragte Gianna überrascht.

Francesco bemerkte ihr verwundertes Gesicht. Darauf hatte er sich die ganze Zeit schon gefreut. Eigentlich seit dem späten Vormittag. Seitdem er das Buch bei einem Kaffee durchgeblättert hatte, er bei einigen, wenigen Seiten das Gefühl gehabt hatte, als wäre das Papier ein klein wenig dünner als die meisten anderen Seiten.

Er konnte das gut: mit den Fingern befühlen, ob sich eine Oberfläche von einer anderen unterschied. Er hatte damit als Student so manche WG-Party mit Kartentricks amüsiert.

Mit einem falschen, etwas dünneren Pik-Ass.

Ich sage dir, welche Karte das Pik-Ass ist. Mit verbundenen Augen.

Wie soll das gehen?

Zauberei!

Die Seiten, die im *Doktor Schiwago* beinahe unmerklich dünner waren, es waren vierundzwanzig. Er hatte sie am Vormittag aufgeschlagen, sie hatten sich von der Patina her nur kaum merklich von den anderen unterschieden. Auch die Seitenabfolge stimmte.

Sie waren nicht zusätzlich dazugegeben worden. Sie waren, wenn, dann ausgetauscht worden.

»Ich habe einen Verdacht«, sagte er nun, streckte den Rücken, erhob leicht das Kinn.

Entdeckerpose.

»Ich habe den Verdacht, dass Feltrinelli in dieser Ausgabe des *Doktor Schiwago* auf einigen Seiten geheime Botschaften untergebracht hat. Vielleicht eine Botschaft, die uns näher an die Wahrheit bringt, was rund um seinen Tod tatsächlich geschehen ist. In jenen umnebelten Stunden, vom 14. auf den 15. März 1972, auf einem Feld bei Segrate, an einem Hochspannungsmast. Oder …«

Gianna und Boccanera lehnten sich nach vorne.

»Oder anderswo.«

»Hm«, kommentierte Gianna trocken, »ein großer Aufwand, das in so einem Buch zu verschlüsseln.«

Der Marchese richtete sich auf.

»Für einen Verleger nicht unbedingt. Er hat die Druckerei, er hat das Papier, er hat alles. Und das Ganze hat schon einmal geklappt.«

Er schaute in die Runde, in zwei fragende Gesichter.

Er hatte das Buch am Vormittag in der Hand gehalten, er hatte sich daran erinnert, wie ihm Vater von Giangiacomo Feltrinelli erzählte. Was er ihm erzählt hatte. Vom großen Coup, von dem auch der alte Fischer, Orlando, vorhin in dessen Garten in Rocca di Manerba mit einem Schmunzeln um die Lippen berichtete. Worauf der Verleger so stolz gewesen war. Wie er sie alle damit ausgetrickst hatte.

Mit französischen Briefen.

Mit versteckten Mitteilungen auf dünnstem Zigarettenpapier.

Er rief den beiden den Trick ins Gedächtnis.

»Stimmt«, sagte Boccanera, »davon habe ich auch einmal gelesen.«

»Warum sollte ein ähnlicher Trick nicht noch einmal funktionieren?«, fuhr Giannas Onkel fort.

Boccanera blätterte durch das Buch, befühlte das Papier.

»Von der Seite sechshundertneunzehn an, fortfolgende, das sind die Blätter, die mir dünner erscheinen«, sagte Francesco schnell.

»Vierundzwanzig Blätter, also achtundvierzig Seiten«, wiederholte sein Freund und atmete tief aus, »puh, mein Russisch ist etwas eingestaubt, muss ich sagen ... ich ...«

»Aber das ist ja alles kein Problem«, ging Gianna dazwischen, »ich habe eine Übersetzungs-App auf dem Handy.«

Boccanera schlug das Buch recht weit hinten auf. Murmelte.

»Seite sechshundertsechzig. Seite ... hier ... sechshundert und ... ja, neunzehn.«

Sie tippte auf ihrem Handy, ein Balken, hielt es dann über die aufgeschlagene Seite. Las.

»Juri Schiwago ging an den Ort, wo er seinen Verstand verloren hatte, seine Schritte waren ganz eigenartig. Er führe sein Leben dahin, wo die seltsamen Häuser standen, die ganz verkümmert waren, ein Zauberer ohne Gefühl für die Armbanduhr verwechselte Tag und Nacht ...«

»Was?!«, entfuhr es dem Marchese.

»So einen Stumpfsinn hat der große Pasternak ganz sicher nie geschrieben, liebes Mädchen«, sagte Boccanera, »welche App benutzt du denn da?«

»*Translat*«, sagte sie.

»Die ist Quatsch, lösch die lieber. Ich benutze ausschließlich *Babel for Good*«, antwortete er.

Die kostet zwölf Euro neunundneunzig im Jahr«, erwiderte Gianna.

Boccanera zuckte mit den Achseln.

»Kann sein, aber wenn ich bei der Lektüre von Herodot im altgriechischen Original ein-, zweimal im Jahr ins Stolpern komme, lohnt sich das bereits.«

Boccanera nahm ihr das Buch aus den Händen.

»Mal schauen, ob ich sie auch gleich brauche«, fuhr Francescos Freund fort.

Er las stumm, sprach dann den Satz übersetzend.

»Mit Juri Schiwago ging etwas Sonderbares vor. Er verlor langsam den Verstand. Noch nie hatte er ein so seltsames Leben geführt. Er vernachlässigte das Haus, kümmerte sich nicht mehr um sich, verwandelte die Nächte in Tage und verlor das Gefühl für Zeit ...«

Er blätterte weiter, schien die Seiten zu überfliegen. Mal murmelnd, mal still.

»Die Geschichte wird von niemandem gemacht, sie ist ebenso wenig zu sehen wie das Wachsen des Grases. Kriege, Revolutionen, Zaren, Robespierre ...«

Donnergrollen.

Der Marchese schaute zum Fenster hinaus, auf den steinigen Weg, an dem sein Porsche stand. Der Wind zerrte an den Tannen und Fichten. Er hoffte, dass kein Ast auf das Auto knallen würde.

»Es war die Krankheit des Jahrhunderts, der revolutionäre Aberwitz.«

Boccaneras Augen fuhren weiter, seine Finger blätterten weiter. Dann schaute er auf, die Augen glänzten.

»Hier«, sagte er, diese Worte, diese Sätze, zumindest ein paar davon, die sind nicht aus dem *Doktor Schiwago*, das geht nicht. Francesco, du hast recht!«

Er zeigte mit dem Finger auf eine Zeile, las, während er ihn Wort für Wort fortbewegte.

»›Sie müssen hier so schnell wie möglich weg, wenn ihnen das Leben lieb ist ... Ich weiß, dass nicht jeder, der mich umgibt, mir gewogen ist. Ich fürchte, dass mindestens einer meiner vermeintlichen Genossen ein doppeltes Spiel spielt. Mit dem ... *спецслужба. Спецслужба*‹, das heißt doch: Geheimdienst. ›Mit dem Geheimdienst zusammenarbeitet. Ich habe Beweise gesammelt. Der Ring um mich zieht sich immer enger zusammen, und wie es auch enden mag, man … wird Sie in die Sache verwickeln, Sie sind allein schon dadurch schuldig, dass Sie mit mir sprechen.‹«

Er stand erneut auf, ging zum anderen Ende des Raums, wo der Marchese im Halbschatten ein Bücherregal entdeckte.

Boccanera schaute das Regal eine Weile an, zog dann ein Exemplar heraus. Ein türkisgrünfarbenes Taschenbuch. Ebenso ein *Schiwago*. Auf Italienisch. Das Konterfei des Autors auf dem Cover. Als Pop-Art-Druck. Wohl eine Ausgabe aus den späteren Siebzigern.

Francescos Freund blätterte bereits darin, während er zurück zum Tisch kam. Er setzte sich erneut, legte das abgewetzte Taschenbuch offen neben den russischen *Doktor Schiwago*.

Gleiche Seite.

Der Mann murmelte.

»Geheimdienst«, er schrie die beiden Worte nun beinahe, »nein, das steht so da nicht. ›Ich fürchte, dass mindestens einer meiner vermeintlichen Genossen ein doppeltes Spiel spielt und mit den Geheimdiensten zusammenarbeitet.‹ Nein, diese beiden Sätze sind nicht Teil des Romans«, sprach Boccanera weiter.

Der Marchese und Gianna sprangen gleichzeitig auf, Giannas Weinglas fiel um, zerbrach, der Chardonnay lief über die Tischkante, tropfte zu Boden, fraß sich in die Fasern eines dunklen Teppichs mit goldenen orientalischen Mustern.

Die beiden stellten sich hinter Francescos Freund. Der fuhr mit dem Finger weitere Zeilen entlang.

»›Außerdem sind hier viele Wölfe, ich habe vor ein paar Tagen auf sie geschossen.‹«

Er fuhr mit dem Finger wieder weiter, immer weiter. Schweigen. Er blätterte um.

Flüsterte.

Während er las.

»›… dieses ganze neunzehnte Jahrhundert mit seinen Revolutionen in Paris …‹«

Wieder stoppte er, schaute zu seiner italienischen Ausgabe, erneut zur russischen.

»Hier«, sagte er schließlich, »das muss auch von Feltrinelli sein: ›… die Beweise, unter anderem zwei Telegramme, sind sicher, in einem Schweizer Bankendepot gelagert.‹«

»›Ich fürchte, dass mindestens einer meiner vermeintlichen Genossen ein doppeltes Spiel spielt. Mit den Geheimdiensten zusammenarbeitet‹«, wiederholte der Marchese.

»… zwei Telegramme«, fügte Gianna hinzu, »in einem Schweizer Bankdepot.«

»Wie geht es weiter?«, fragte der Marchese drängend.

Boccanera blätterte um.

Ein neuer Blitz erhellte das Zimmer, ein sofortiges Donnergrollen ertönte so laut, als wolle es ihm recht geben. So schien ihm.

Francesco schaute zum Fenster. In die Dunkelheit.

Wieder ein Blitz.

Er erhellte den Raum erneut, er erhellte die Veranda, die steinige Lichtung draußen vor dem Haus.

Er erhellte den Porsche des Marchese.

Er erhellte das Auto, das daneben stand.

Ein zweiter Wagen?

Der Blitz erlosch. Der Donner war von weiter entfernt her erklungen. Jetzt erst bemerkte der Marchese, dass der Regen aufgehört hatte. Das Prasseln auf das Dach war erloschen.

Hatte er das wirklich gesehen? Ein zweites Auto neben dem Porsche?

Ein Geländewagen.

Er schaute erneut hinaus, sah wieder nur Dunkelheit.

Dann plötzlich Licht.

Nein, das war kein weiterer Blitz.

Das waren Scheinwerfer.

»Da ist jemand«, sagte er.

Giannas Onkel zeigte zu den Fenstern. Die zwei Vordertüren des Geländewagens öffneten sich beinahe gleichzeitig. Zwei dunkle Gestalten stiegen aus. Ein älterer Mann, aufgedunsenes Gesicht. Eine Frau um die vierzig. Blond.

Der Mann hob den Arm, hielt eine Pistole in der Hand.

Die Blitze zuckten mittlerweile weit weg. Hinter dem Gipfelkamm des Monte Baldo.

Nahe der Hand des Mannes zuckte Feuer auf.

Er hatte auf den Porsche geschossen.

Auf einen der Reifen.

Die linke Vorderseite des Wagens sank ab.

»Licht aus«, sagte Gianna.

»Dafür ist es viel zu spät«, antwortete der Marchese.

Boccanera schwieg. Aus seinem Gesicht war alle Farbe gewichen.

»Und jetzt?«, sagte Gianna wieder.

»Hinten raus«, stammelte der Hausbesitzer.

Francesco sah, wie die beiden Gestalten auf die Hütte zugingen, wie die blonde Frau kurz davor zur Seite wich, sie wollte wohl um das Haus herumgehen.

»Schnell«, sagte er und sprang auf.

»Da zum Flur«, sagte Boccanera, »hinten im Schlafzimmer ist ein weiteres Fenster.«

Der Marchese griff nach dem russischen *Schiwago*, dann hörte er das Klopfen an der Tür.

Dumpf. Mit einem harten Gegenstand wohl. Er vermutete, es war ein Pistolengriff.

Kurz überlegte er, ertastete mit den Fingern die dünnen Seiten, riss sie heraus. Warf das Buch zu Boden, schob es mit den Schuhen unters Sofa. Langsam verschwand die Kohlezeichnung auf dem Cover im Dunkeln.

Die Winterlandschaft. Der kahle Baum. Der krumme Lattenzaun. Der Schnee über den Wiesen. Der Wagen mit zwei Rössern und Reiter.

Er steckte die ausgerissenen Seiten in die Hosentasche.

Die Tür sprang auf.

Der Mann trat ins Licht. Nun sah der Marchese dessen dicke Schnapsnase. Nein, er hatte diese Gestalt noch nie gesehen.

Giannas Hand zerrte an seiner, sie zerrte ihn in den Flur hinein, der nach weiter hinten führte.

»Martino«, schrie Francesco noch, sah, dass sein Freund, sein guter alter Freund, sich erneut umgedreht hatte, zum Tischchen neben dem Sofa geeilt war, nach dem Notebook griff.

Der Eindringling stürzte auf Boccanera zu, packte ihn von hinten, riss ihn um. Die beiden rangen am Boden, immer wieder war die eine Hand zu sehen. Mit der Pistole darin.

Gianna zog an ihrem Onkel.

Das, was in den darauffolgenden Sekunden und Minuten geschah, kam ihm alles wie in einem Rausch, einem Traum, wie im Schwindel vor. Dumpf, wie unter einer dicken Decke.

Er konnte sich nur noch an den Schuss erinnern, an Martinos schmerzverzerrtes Gesicht, an seinen dumpfen Schrei. An seine Hand im Gesicht dieses widerlichen Widersachers.

Da war Giannas Ziehen gewesen. Da war ihre Hand, die das Fenster öffnete. Er hatte keine Ahnung, wie er es hinausgeschafft hatte. Er musste wirklich ganz und gar nicht bei Sinnen gewesen sein. Er war noch nie aus einem Fenster gestürzt.

Wer war er? Ein Prager Ratsherr?

Der Marchese landete kopfüber im Matsch, war sich ganz kurz ganz sicher, sich das Genick gebrochen zu haben. Was ihn ärgerte. Mit Genickbruch weiterleben, das war nichts für ihn.

Dann lieber tot.

Aber doch nicht Beim-aus-dem-Fenster-Purzeln umgekommen.

Wie hörte sich das an?

Santo cielo, er war der Marchese, Francesco Pitti-Sanbaldi.

Nicht irgendwer.

Nein, es war nichts gebrochen. Glück gehabt. Er stand auf, fragte sich, ob er den nassen Matsch, in dem er gelandet war, jemals wieder aus der hellen Anzughose bekommen würde, die er sich vor zwei Jahren von einem seiner Lieblingsschneider von der Piazza delle Erbe in Verona hatte fertigen lassen.

Gianna zog ihn weiter. Über eine kleine Wiese. In den Wald hinein. Sie versteckten sich im Gebüsch, lugten dahinter hervor. Sahen den Mann aus dem Fenster schauen, sahen die Pistole in seiner Hand.

Jetzt erst überkam den Marchese, was er in den zuletzt vergangenen Sekunden, ein, zwei Minuten erlebt hatte.

Martino!

War er tot?

Erschossen?

In dem Moment tauchte die blonde Frau an der linken Ecke der Hinterseite der Hütte auf. Ihre Stiefel versanken im Matsch. In ihrer Hand hielt sie ebenso eine Pistole. Sie ging ein paar Meter auf die Wiese vor den Bäumen hinaus.

Tatsächlich leuchteten schon wieder ein paar Sterne silbern vom Himmel. Der Halbmond erhellte die Wiese ein klein wenig. Die vorderste Baumreihe des Waldes warf Schatten. Gespenstern gleich.

»Kommt heraus!«, schrie die Frau.

Sie ging auf und ab. Nervös. Sie erinnerte den Marchese an Rainer Maria Rilkes *Panther*. Nur dass der keine Schusswaffe in der Pranke hielt.

»Gebt das Buch heraus!«

»Komm, *zio*«, flüsterte Gianna, »lass uns verschwinden, tiefer in den Wald hinein.«

Sie zog an ihm. Er suchte ihre Hand, drückte sie fest.

Die Blonde auf der Wiese stoppte, hob den Arm mit der Pistole, schoss wahllos um sich. Einmal, zweimal, dreimal.

In den Wald hinein.

Eine der Kugeln zischte dicht am Marchese und an Gianna vorbei, krachte in einen der Baumstämme hinter ihnen.

Nichts. Sie bewegten sich nicht.

»Gut« sagte die Frau schließlich, drehte sich um, ging zurück an die Hausecke, verschwand dahinter, ging wohl wieder nach vorne zum Eingang, zur Veranda, zu den Wagen.

»Was jetzt?«, fragte Gianna.

Der Marchese hob die Schultern. »Wir warten, was bleibt uns anderes übrig?«

Sie brummte. »Wir warten, bis sie weg sind, dann schauen wir nach Boccanera.«

Er schwieg. Er war ein sehr optimistischer Mensch, normalerweise. Optimismus war sein Lebenselixier. Der Kern seiner Lebensphilosophie. Nun suchte er vergeblich in sich danach.

Sie schwiegen. Beide.

Es mochte eine weitere Minute vergangen sein. Eine zweite.

Dann war etwas zu hören. Nein, nicht das Geräusch von Autoreifen auf Schotter, worauf Gianna vielleicht gehofft hatte. Worauf er nicht zu hoffen wagte.

Es war eine Klarinette.

Dann die Streicher.

Dann die Stimme Pavarottis.

Als Mario Caravadossi, der sich an seine Geliebte erinnert, seine Hinrichtung vor Augen.

Tosca.

Dritter Akt.

Der Marchese roch etwas.

Was war das?

Das war … es roch …

Elvira

Vorhin noch, vor einer halben Stunde etwa, hatten sie ganz vorne gestanden. Zwei Alfa Romeo der Carabinieri, ein Van der Einsatzkräfte. Ein Jeep mit einem Anhänger. Darauf: zwei schwarze Schlauchboote. Von der Spezialeinheit. Auch der Lancia des Staatsanwalts.

Elvira hatte sich in einen der beiden *Alfas* gesetzt. Sie hatte es im Fond des Lancia gemeinsam mit Foscolo nicht mehr ausgehalten. Sie hielt diesen Mann stets nur für kurze Zeit aus. Auf Dauer wurde er anstrengend. Wenn er redete, sowieso. Aber auch wenn er schwieg. Denn er schwieg nie so ganz. Er war so ein grunzender, schwer atmender Schweiger. Er war ein Schweiger, der sein Schweigen damit komplettierte, dass er sich durch den Bart fuhr, an einzelnen struppigen Barthaaren zupfte, sich mit den Fingern in die Ohren fuhr, die Fingerspitzen dann begutachtete, die Daumenkuppe über die Zeigefingerkuppe rieb, das aus Ohrenschmalz zusammengerubbelte Bällchen wegschnippte.

Wieder grunzte.

Sie war kommentarlos ausgestiegen, durch den heftigen Regen in den Polizeiwagen nebenan geflüchtet, hatte sich neben den etwas überrascht schauenden jungen Mann hinter dem Steuer gesetzt, nichts gesagt.

Schweigen. Richtiges. Mehr blieb ihnen jetzt nicht. Sie mussten warten. Was blieb ihnen anderes übrig?

Sie war Arnaldo hinunter zum See gefolgt. Natürlich war sie viel langsamer gewesen als er. Sie war eine schnelle High-Heels-Geherin. Sie konnte das natürlich nicht statistisch beweisen, aber sie war sich ziemlich sicher, sie war die schnellste High-Heel-Geherin von ganz Riva. Wobei es da noch zu definieren galt, was sie unter Gehen verstand. Was andere darunter verstehen mochten. Sie war fähig, schnell auf High Heels zu gehen, dabei aber stets so, dass es immer noch elegant aussah, dass man die Geschwindigkeit gar nicht bemerkte.

Ha!

Wer konnte das schon!?

Manchmal, wenn sie an der Piazza Cavour sonntags ihren *caffè* genoss, schaute sie auf die Paare, die zur *Santa Maria Assunta* hasteten, weil wieder einmal eine Hochzeit stattfand. Paare, die riskierten, zu spät zu kommen. Später als die Braut.

Welch blöde Figur. Welch Unglück. Zumindest für Leute, die abergläubisch waren.

Elvira war nicht abergläubisch. Aberglaube war rational nicht erklärbar. Also war es nichts für sie. Sie war nicht blöd.

Elvira glaubte an Stil. Sie glaubte daran, dass man schön gekleidet, in hohen Absätzen schnell und gleichzeitig elegant erscheinend, besser durchs Leben kam.

Sie konnte beinahe nicht hinschauen, wenn diese Frauen, die High Heels zum letzten Mal bei ihrer eigenen Trauung getragen hatten, breitbeinig zur Kirche rannten. Neben ihren Männern, die in viel zu weiten oder viel zu engen, aber niemals perfekt passenden Anzügen neben ihnen hereilten.

Warum gaben die sich keine Mühe? Warum übten die nicht? Stil war Übung. Zu einem großen Teil zumindest. Davon war sie überzeugt.

Ebenso überzeugt wie von der Tatsache, dass diese Gedanken, die sie nun wälzte, nur dazu da waren, sie abzulenken, von dem, was tatsächlich geschehen war. Vorhin. Mit Arnaldo. Dem sie hinterhergelaufen war. Der an der Promenade rechts abgebogen war.

Von der Promenade aus, hinter einer Zypresse hervor, hatte sie beobachtet, was weiter vorne geschehen war.

Dass er mit aufs Schiff gesprungen war. Er hatte ihr eine kurze *Whatsapp*-Nachricht geschrieben.

Arnaldo!

Nun warteten sie. Auf ein weiteres Lebenszeichen von ihm. Oder zumindest, dass das Signal, das sie vorhin noch hatten, sein Handystandort, wieder auftauchen mochte.

Jetzt rausfahren, einfach so, ohne zu wissen, wo sich das Schiff befand, nein, das käme nicht infrage, hatte der Einsatzleiter der Spezialeinheit gesagt.

Die Blitze wurden mehr, größer, beängstigender. Die schwarzen Wolken schienen tiefer und tiefer auf den See herabzudrücken, zwischen den steilen Felsen, die das Wasser nach Norden geleiteten, festzustecken. So also wollte das Gewitter für immer bleiben, den See und sein Ufer in ein Inferno verwandeln. Und all die Seelen vor Ort in Höllenmenschen.

Als der Regen noch stärker wurde, wurden gleichzeitig die Wellen höher. Der Wind blies die Wassermassen des Sees umher. Große, unerklärlich große Naturkräfte rangen miteinander. Die aufgepeitschten Wellen klatschten gegen die Parkplatzmauer, das Wasser und die Gischt spritzen gegen die Motorhauben der Polizeiwagen.

Der Mann hinterm Lenkrad drehte den Zündschlüssel um, legte den Rückwärtsgang ein, fuhr etwa fünf Meter, brachte das Auto wieder zum Stoppen.

Foscolos Fahrer und die anderen taten es ihm alsbald gleich.

Warten.

Auf den brodelnden See schauen. Aufs Dunkel. Auf die Blitze.

Aufs Handy. Die Ortungs-App.

Nichts.

Nein, Elvira glaubte nicht an Gott. Und den Himmel. Und die Hölle. Und doch ertappte sie sich nun dabei, wie sie halb in Gedanken, halb flüsternd, die paar Worte vor sich hinsprach, die sie damals, als Kind, in der Sonntagsmesse, mit ihren Eltern, mitgesprochen hatte.

Padre nostro, che sei nei cieli, sia santificato il tuo nome …

Sie betete. Für Arnaldo. Den sie liebte. Wieder ein Blick aufs Handy. Auf die Ortungs-App.

Da, tatsächlich, ein Blinken. Mitten im See.

Arnaldo

Entweder ließ der Sturm tatsächlich nach, dachte sich Arnaldo, oder er gewöhnte sich daran. An das Wippen und das Schaukeln.

Sie waren zuerst auf den offenen See hinausgefahren, gegen die Kraft der Wellen ankämpfend, die den Bug des Ausflugsschiffes anhoben, dann sich unter das Schiff hindurchbückten, es ins Leere fallen ließen, sodass es Arnaldo jedes Mal den Magen und die Gedärme hoch gegen die Lunge presste. Es war kaum auszuhalten. Er wusste, dass manche das liebten. Dass nur ein paar Kilometer von da, wo sie waren, drüben an der südlichen Ostküste des

Sees, Menschen freiwillig und dafür Geld bezahlend genau diesen Kick suchten.

Er war ein einziges Mal in *Gardaland* gewesen. Mit Carla. Und Gianna. Da war Gianna acht gewesen. Seine Frau und seine Tochter fuhren stundenlang mit der krassesten Achterbahn. Er traute sich nicht einmal in die Nähe dieses Monstrums, so als würde es ihn, würde er dahin kommen, magnetisch zu ihm hinziehen, ihn in einen der Sessel der Waggons drücken, ihn angurten, mit ihm losfahren. Er bekam Schweißausbrüche.

Irgendwann, gegen Ende des Nachmittags, als er es leid war, die ganze Zeit herumzulaufen, als ihm die Füße wehtaten, als er den schrecklichen Kaffee nicht mehr trinken konnte, den er in einem Westernsalon mit Plastikkakteen vor der Westerntür bestellt hatte, da ging er zu einer Attraktion vorne am Eingang des Parks, wo Mütter und Väter mit ihren Kleinsten sich in Kaffeetassen setzten, die sich im Kreis drehten und behutsam ein paar Meter in die Höhe anstiegen.

Das war auszuhalten.

Er mochte nichts an *Gardaland*. Doch *Gardaland* wäre ihm in der jetzigen Situation immer noch lieber gewesen. Lieber auf einer Achterbahn als mit einem Killer im Sturm. Bei den Wellen. Weil diese Wellen unerträglich waren. Weil er, der Panik nahe, sich gedanklich in dem Irrsinn verlief, dieser Sturm habe persönlich etwas gegen ihn, er habe seine Kraft alleine aus dem Grund entfacht, um ihn zu bestrafen. Weil er seine Frau verlassen hatte. Weil er nicht den Mumm hatte, mit seiner Tochter Achterbahn zu fahren.

Er lugte noch einmal nach vorne, registrierte, dass der Besitzer des Schiffes am Steuer stand, jedoch nicht lenkte, sich einfach nur daran festzuhalten schien, weil der Sturm stärker war. Rusco saß in der ersten Reihe der Plastikstühle, den einen Arm auf die weiteren Stuhllehnen gelegt, das Messer in der Hand.

Sie würden warten müssen, bis sich der Sturm beruhigte. Sonst würden sie nicht an Land gehen können. Wo immer der Typ auch an Land zu gehen gedachte.

Arnaldo hatte Elvira geschrieben.

Dass er auf dem Ausflugsschiff sei. Er hatte für sie die Liveortung aktiviert, doch sie schien nicht zu funktionieren. Das Unwetter schien stärker als die Satelliten oben im All.

Er würde ihr erneut schreiben, sobald der Sturm sich legte. Doch dieser verdammte Sturm legte sich nicht.

Das schwarze Wasser um ihn gurgelte, klatschte, rauschte. Ab und an funkelten Lichter vom Ostufer herüber. Das war doch das Ostufer, oder? Es konnte durchaus sein, dass er hier draußen die Orientierung verloren hatte. Wenn es oben schwarz war, unten schwarz war, in allen Himmelsrichtungen schwarz war, dann war egal, wo was war.

Plötzlich sah Arnaldo einen buttergelben Punkt. Der Punkt kam näher. Aber nein, das konnte nicht sein. Es musste andersherum sein, sie mussten sich dem Punkt nähern.

Näherten sie sich dem Ufer? Das ging nicht. Nein. Sie konnten unmöglich anlegen.

Da, noch ein Punkt. Ebenso buttergelb. Von der anderen Seite.

Da, ein dritter.

Nein, sie glitten auf keines der Lichter zu. Die Lichter kamen zu ihnen.

Waren das ... Boote?

Das waren Boote. Schlauchboote. Waren die verrückt? Nein, Verrückte fuhren nicht von allen Seiten gezielt auf ein Ausflugsschiff zu, das mitten im See in den Wellen wogte.

Das mussten Polizisten sein. Die Ortung musste funktionieren.

Adrenalin schoss in Arnaldos Blut, er spürte das Wanken und Wogen nicht mehr, drehte sich wieder nach vorne, lugte durch die Öffnung an der dünnen Wand.

Eben noch starrte Rusco vor sich hin, nun sprang er auf, suchte nach Gleichgewicht, fand es, schaute auf das Schwarz hinaus, auf das eine der Lichter, er drehte sich um sich selbst.

Arnaldo schob den Kopf sofort wieder zurück. Wartete einige Sekunden. Lugte erneut hervor.

Der Killer musste die näher kommenden Lichter ebenso wahrgenommen haben. Er lief nervös die Stuhlreihen auf und ab. Dann ging er von hinten auf den Schiffskapitän zu, packte ihn am Arm, hielt ihm das Messer an den Hals, zog ihn vom Steuerrad weg, schob ihn rechts zur Tür des Innenraums hinaus.

Die Lichter waren nun ganz nahe am Schiff. Sie vermischten sich. Neues Licht kam hinzu, weißeres, grelleres, es blendete. Es warf lange Neonstrahlen ins Innere. Lange Schatten.

Der Sturm schrie und rauschte und krachte immer noch. Dann war ein summendes Krächzen zu hören.

Schließlich eine Stimme.

Gianna

»Es brennt«, schrie der Marchese.

So als ob seine Stimme erst ihre Sinne darauf aufmerksam gemacht hätte, roch Gianna es auch. Es unterdrückte all die anderen Gerüche des Waldes im Regen. Die nasse Erde, das nasse Holz der Stämme und Äste, die dampfende Hitze, die von den Regentropfen zum Platzen gebracht worden war. Verpufft. Kalt und heiß.

Der beißende Geruch. Das Licht auf der Vorderseite der Hütte. Die zwei Lichtkegel, die zuerst vor ihnen in den Wald hineinschienen, zwischen die grauen Stämme und den grauen Boden. Das Licht, das dann kreiste, es war der Geländewagen, der wendete.

Jetzt waren zwei rote Punkte zu sehen, sie entfernten sich, die Rücklichter.

Gianna lief weiter an den Stämmen vorbei, sie hatte ihren Onkel hinter sich gelassen, hörte seinen schweren Atem. Kurz dachte sie noch, all der Rauch, vielleicht kam er aus dem Schornstein, vielleicht drückte ihn die Gewitterluft zu Boden.

Vielleicht.

Nun sah sie die Flammen, sie züngelten aus den Fenstern der Vorderseite des Hauses heraus, loderten zum Dachvorbau hinauf. Bald würden sie ihn erreichen, sich an ihm festhalten, an ihm fressen, ihn zerfressen.

Bald würde die gesamte Hütte lichterloh brennen.

Gianna trat auf die Schotterfläche hinaus, die roten Rücklichter des Geländewagens waren am anderen Ende des Weges in Richtung der Straße zum See hinab verschwunden.

Jetzt erst realisierte Gianna, dass das Orchester immer noch spielte, dass nun Mirella Freni sang. Tosca. Ein letztes Mal ihren Geliebten berührend, noch nicht ahnend, dass alles schiefgehen würde, was sie geplant hatte. Doch was sie sang, klang nicht schön, sondern schräg, so als würde die Platte gerade in sich zusammenschmelzen.

»Martino, mein Freund!«

Sie vernahm die halb schluchzende, halb schreiende Stimme ihres Onkels. Im Augenwinkel sah sie, wie er an sie herantrat; sie dachte, er würde stehen bleiben, doch er ging weiter.

Auf die brennende Hütte zu. Der Balken, der das Dach trug, krachte, die Flammen hatte ihn in der Mitte bereits stark verkohlt, sie versperrten den Blick ins Innere, die Tür, die offen stand, samt deren Rahmen war nur noch ein Lodern und Zucken aus Rot und Gelb.

»Zio, no!«

Sie packte ihn bei der Schulter, zog ihn zu sich heran.

»Martino«, flüsterte er, schaute ihr tief in die Augen.

Sie senkte den Blick, drückte seinen Kopf, sein Gesicht auf ihre Schulter.

Die heißen Luftschwaden raubten ihr beinahe den Atem, brannten ihr in den Augen, der stechende Geruch drang ihr in den Rachen.

Der Marchese weinte.

»O Martino, avanti a Dio!«

Gianna drückte ihn fest an sich, als sie plötzlich ein heftiges Krachen hörte. Sie blickte nach oben und sah, dass der Dachstuhl in sich zusammenfiel.

Die Freni verstummte. Der Regen prasselte weiter auf alles herab. Ein halbes Dutzend Dohlen stieg krächzend aus den Wipfeln der umliegenden Bäume auf, verschwand im Gemisch aus Regen, Dunkelheit und Rauch.

Elvira

Der Sturm hatte sich etwas beruhigt. Elvira drückte auf den Knopf an der Tür des Polizeiwagens, der die Fensterscheibe herabsenkte. Surrend. Ein Stück, dann stoppte sie.

Die Herausgeberin des *Nuovo Messaggero* sog die Luft, die von draußen hereindrang, gierig ein. Sie fand, es gab keine bessere Luft als die des Sees nach einem Gewitter.

Sie hatten geschwiegen, sie und der Kollege des Einsatzkommandos, der hinter dem Lenkrad saß. Das Schweigen war ihr nicht eigenartig erschienen, es war beinahe so, als ob es normal wäre, während eines Sturms zu schweigen. So als ob es sich nicht gehörte, sich während des Sturms zu unterhalten. Aus Ehrfurcht. Aus Furcht, er könne einen, unterhielte man sich lauthals, entdecken, als würde es ihn ärgern, wenn man ihm nicht genügend Beachtung schenkte, als würde er ein paar Wellen höher auftürmen lassen als die anderen, sie samt dem Wagen vom Ufer wegspülen, in den See hineinspülen, sie unter Wasser drücken.

Sie hatte diese Gedanken zu verdrängen versucht, ihr Notizblock und ihre Füllfeder hervorgeholt, weiter am Kreuzworträtsel herumgebastelt, das da halbfertig hingekritzelt war. Für die kommende Sonntagsausgabe. Seit dem Relaunch hatte sie diese Aufgabe an sich genommen. Weil alles andere nicht ihren Qualitätsvorstellungen entsprach. Weil es wie bislang nicht richtig funktionierte. Gab sie das Kreuzworträtsel immer jemand anderem, schwankten die Qualität und der Schwierigkeitsgrad der Fragen zu sehr.

Gianna mischte immer den blöden Vasco Rossi mit rein. Der Sportredakteur ständig schnöde Sportfragen.

Bei Francesco war es andersrum. Seine Fragen zu griechischen Göttern, Verdi und Puccini waren viel zu nerdig.

Arnaldo weigerte sich vehement, die Kreuzworträtselaufgabe ab und an zu übernehmen. Er fand das überholt. Er hatte keine Ahnung. Oder wollte einfach ignorieren, dass das Rätsel neben der Kinderseite nach wie vor einer der beliebtesten Inhalte der Zeitung war.

Sie hatte überlegt, alles wieder von einer Agentur zu bestellen. Wie es neunundneunzig Prozent aller Zeitungen machten. Aber die *New York Times* machte es nicht so.

Die *New York Times* hatte eine eigene Kreuzworträtselredaktion. Elvira wollte immer, dass ihr *Messaggero* so wie die *New York Times* war. Also hatte sie beschlossen, dass sie, die Herausgeberin, in Personalunion die Kreuzworträtselredaktion des *Messaggero* sein sollte. Sie schaute auf das halbfertige Durcheinander, überlegte, wie sie weitermachen konnte.

1. *Doktor Schiwagos große, tragische Liebe*
2. *Stadt am See, deren Namen auf einen Fischteich, einen Fischereiort zurückgeht*
3. *Dichter, der den Panther hinter tausend Stäben keine Welt erblicken lässt*
4. *Dresscode und Grunge-Hit*
5. *Synonym für »enthüllend«, im journalistischen Kontext*
6. *Leuchtender Himmelskörper, Druckerzeugnis aus Hamburg*

Drei fehlten noch. Sie dachte weiter nach. Kam überraschend schnell auf zwei weitere Ideen. Es machte ihr Spaß. Es lenkte sie ab. Sie schwor sich, wenn sie eines Tages in Rente gehen würde, würde sie sich von Martino Boccanera, eine Kreuzworträtsel-App bauen lassen, einen Business-Angel mit der App an Land ziehen, damit erfolgreich werden.

7. *Computerspiel, kultureller Entwicklungsstand, engl.*
8. *Insel im Mittelmeer, adliger Romancier aus Sizilien*

Eins fehlte noch. Sie schaute hinüber zum Polizisten, der auf den See hinausstarrte.

Nun, da der Regen nachgelassen hatte, nun, da an der Westseite des Sees Sterne im schwarzen Himmel funkelten, kam Elvira das Schweigen doch etwas eigenartig vor. Bedrückend. Sie hatte beinahe ein schlechtes Gewissen. Verdammt, sie war Journalistin.

Da saß ein Typ vom Sondereinsatzkommando mit ihr im Wagen. Wenn sie schon nicht mit Arnaldo da draußen auf dem See sein konnte, so musste sie zumindest hier drin ihre Pflicht erfüllen.

Informationen sammeln. O-Töne.

»Lieben Sie Ihren Job?«, fragte sie in die Stille hinein, und während ihre Lippen sich bewegten, entschied ihr Kopf, dass das eine ganz blöde Einstiegsfrage war.

Aber es half ja nichts. Irgendwie musste sie loslegen.

Der junge Mann schaute zu ihr. Erst mit versteinerter Miene. So als könne er nicht fassen, dass sie sich während der ganzen Zeit des Schweigens überlegt hatte, was sie fragen sollte – und ihr schließlich nichts Besseres eingefallen war.

Dann grinste er, sagte aber nichts.

»Wie heißen Sie denn?«, fragte sie weiter.

Das war das Einzige, was half. Immer weiterfragen.

»Ist das ein Interview?«, fragte der junge Polizist zurück.

Ernst. Sehr ernst. Zu ernst.

Sie runzelte enttäuscht die Stirn.

»Ich wollte mich nur ein bisschen unterhalten. Ich bin ein sehr neugieriger Mensch.«

»Sie sind die Chefredakteurin des *Messaggero*, richtig?«

Sie nickte, verbesserte ihn gleichzeitig.

»Die Herausgeberin des *Nuovo Messaggero*. Sind Sie Abonnent?«

Er schüttelte den Kopf.

»Aber ich kenne eine Ihrer Mitarbeiterinnen. Gianna. Gianna Pitti. Sie ist, äh ... meine Freundin.«

Elvira schaute überrascht. Sie hatte nichts davon gewusst, dass Gianna vergeben war. Sie hatte immer gedacht, Gianna sei eines jener Mädchen, die sich nicht für Männer interessierten. Die beschlossen hatten, keinen Mann zu brauchen. Wie sie selbst – früher. Als Studentin. Nachdem sie es mit ein paar Männern ausprobiert hatte. Alles Schlappschwänze. Im Bett. Und sowieso. Keiner so, dass sie gesagt hätte, dafür würde sie ihr Alleinsein aufgeben.

Bis sie Arnaldo traf. Der jetzt da draußen auf dem See war. Sie hoffte so sehr, alles würde gut gehen. Mit ihm hatte sie die Kraft der Liebe gespürt. Zum ersten und einzige Mal. Die gute Kraft, die böse Kraft. Die schönsten Gefühle, von denen sie gar nicht wusste, dass sie in ihr steckten. Die schrecklichsten. Das Gefühl, für diesen Mann alles aufzugeben. Sich selbst.

»Gianna? So, so.«

Nun lehnte sich der Mann zu ihr hinüber.

»Wo ist sie? In der Redaktion, oder?«

Elvira zuckte mit den Schultern. Sie wusste es ja tatsächlich nicht.

Dann nickte sie in Richtung des Sees hinaus.

»Der Mann, der da draußen ist, mit dem Killer und dem Schiffsbesitzer, das ist Giannas Vater.«

Der Polizist öffnete die Lippen, sagte jedoch nichts.

»Warum sind Sie nicht mit der Einheit raus?«, fragte sie weiter.

Er schaute zu Boden.

»Ich wurde abgemahnt, da ich vorgestern verpennt habe, zu spät und verkatert zum Einsatz kam.«

Sie schaute ihn an wie eine Mutter, deren Sohn sie anlog.

»Das ...«

»Nein, das ist nicht der einzige Grund.«

»Nicht der einzige?«

»Ich darf nicht ...«

»Off the record ...«

Er schaute ihr in die Augen, schien zu prüfen, ob er ihr trauen konnte.

Sie erwiderte seinen Blick. Versuchte, nicht zu blinzeln, spürte, dass da etwas war, was er loswerden wollte.

»Ich ermittle inkognito.«

»Zu *Gladio XXI Secolo?*«

Er nickte.

»Der zuständige Staatsanwalt aus Mailand hat mich abgeordert. Weil er vermutet, dass Mitglieder unserer Einheit ein doppeltes Spiel spielen. Ein oder zwei. Dass sie für die arbeiten.«

»Und?«

»Und – was?«

»Haben Sie herausgefunden, ob es Überläufer gibt?«

Er nickte.

»Ja, es gibt welche, aber ich weiß nicht, wer es ist.«

Sie schaute auf das Blatt, das sie auf ihre Oberschenkel gelegt hatte. Sie spürte, dass ihre Hände zitterten. Arnaldo! Sie musste sich ablenken. Weiter ablenken. Sie schrieb. Zeichnete. Vervollständigte das Rätsel.

9. Ein geheimer Agent arbeitet under …

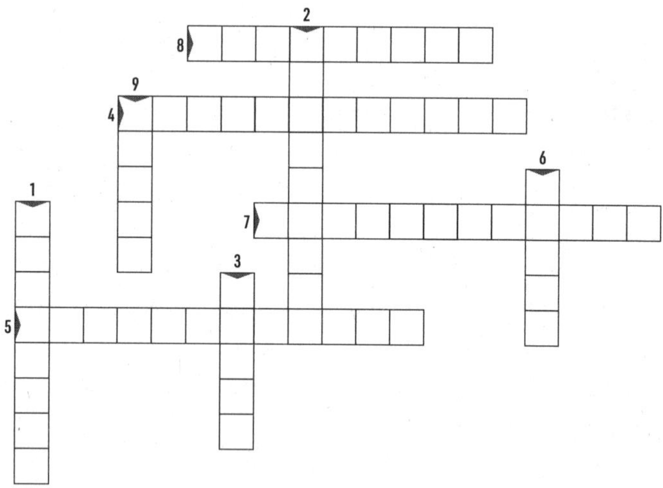

Arnaldo

Das Ausflugsschiff wogte auf den Wellen, die sich etwas beruhigt hatten. Arnaldo war im Innenraum des Schiffes nach vorne gekrochen, duckte sich hinter den Stühlen in der siebten oder achten Reihe auf allen vieren hinter die Lehnen. Er lugte dazwischen hervor.

Eines der kleineren Boote war ganz nah herangekommen. Der Bug stieß gegen die Seite. Drei Polizisten in Kampfmontur standen darin, zwei hielten ihre Pistolen im Anschlag, einer hielt ein dickes Scheinwerferlicht in der Hand, senkte den Lichtstrahl zu Boden, sodass es nicht mehr blendete, doch alles noch ausleuchtete. Draußen im Dunkeln waren die weiteren Lichter zu sehen.

Weitere Boote, weitere Polizisten, mutmaßte Arnaldo. Rusco hielt dem Schiffsbesitzer immer noch das Messer an die Kehle.

»Machen Sie keinen Fehler«, schrie einer der Polizisten mit der Waffe in der Hand, »Sie können nicht entkommen.«

Rusco rührte sich nicht. Der Kapitän wimmerte.

»Wir gehen an Bord«, schrie der zweite Polizist.

Sein Kollege fasste nach der Reling, kletterte darüber, schaute auf, erwiderte Ruscos Blick. Und dann kam es Arnaldo so vor, als habe er ein kurzes Lächeln im Gesicht des Polizisten gesehen. Er kniff die Augen zusammen. Konnte das sein, was konnte das zu bedeuten haben?

Er musste sich geirrt haben, dachte er noch, als er wieder zur Reling blickte, auf die der zweite der beiden Beamten nun geklettert war, kurz halb außerhalb des Schiffes, halb innerhalb baumelnd, wie ein betrunkenes Kletteräffchen, den Bauch und die Brust auf dem schmalen Stahlhandlauf gedrückt, die Pistole weit von sich gestreckt, ins Nirgendwo zielend, wehrlos.

Dann ging alles ganz schnell.

Der Polizist, der gelächelt hatte, drehte sich zu seinem Kollegen, hielt die Pistole an dessen Kopf.

Schoss.

Blut spritzte umher.

Jetzt zielte der Mann aufs Polizeiboot. Der Kollege mit dem Scheinwerfer in der Hand ließ diesen fallen, das Licht plumpste ins Wasser.

Das Licht erlosch.

Noch ein Schuss, noch einer.

Ein Platschen. Der Lampenmann musste ins Wasser gesprungen sein.

Oder tot, getroffen, hineingefallen.

»Los«, hörte Arnaldo eine Stimme sagen, während seine Augen sich langsam wieder an die verdunkelte Umgebung gewöhnten, langsam wieder Konturen erkannten, »wir müssen ins Schlauchboot. Ohne Licht können wir es schaffen, an den anderen vorbeizukommen, irgendwo ans Ufer zu kommen. Mit dem Boot können wir einen Strand anpeilen.«

Der Polizist, der keiner war, und Rusco drehten sich beide zur Reling.

»Wir springen rüber«, sagte der falsche Beamte.

»Und was machen wir mit ihm?«, fragte Rusco und zeigte auf den Kapitän, an dessen Hals er immer noch die Messerklinge hielt.

Arnaldos Gehirn schien überfordert, Entscheidungen zu treffen, es schien alles Weitere dem Instinkt zu überlassen. Oder der Instinkt hatte die Entscheidungskraft einfach ungefragt an sich gerissen. Jedenfalls schoss Giannas Vater plötzlich von hinter den Plastiksesseln hervor.

Während er die paar Schritte nach vorne hastete, konnte er nicht sagen, ob er schrie oder nicht, verschwommen sah er, wie sich beide Männer erschrocken zu ihm umdrehten, wie Rusco auch den Schiffskapitän herumzerrte.

Arnaldo konnte nicht genau sagen, was in ihm bestimmte, das Messer hochzuheben, das er aus der Räucherei mitgenommen hatte. Er konnte nicht genau sagen, warum er sich für den Mann mit der Pistole entschied. Sich auf ihn warf.

Vielleicht, weil er im Bruchteil einer Sekunde gesehen hatte, dass Rusco erschrockener geschaut hatte als der Uniformierte.

Vielleicht, weil er im Bruchteil jener Sekunde gesehen hatte, dass Rusco das eigene Messer etwas vom Hals des Kapitäns entfernt hatte, dass der Arm des Kapitäns nach oben ging.

Arnaldo sprang auf den falschen Polizisten, er stach an dessen Kopf vorbei, ins Leere, er wartete auf den Schuss.

Auf einen Knall, auf einen Schmerz.

Nichts.

Er spürte, wie der Widerstand des Mannes nachgab. Wie sie beide nach hinten fielen, über die Reling.

Er sah noch, dass der Kapitän seinem Widersacher ins Gesicht fasste, dass Rusco wild mit dem Messer herumfuchtelte.

Er hörte, wie er schrie.

Dann spürte er das Wasser, spürte, wie ihn etwas nach unten zog, spürte eine Hand am Hals.

Tiefer.

Tiefer.

Unten Schwarz. Oben dunkles Blau.

Luftblasen.

Er packte die Hand. Die Hand drückte ihm die Kehle zu. Er schaffte es, einen Finger zu lösen. Den Zeigefinger. Er bog ihn nach hinten, der Griff löste sich.

Arnaldo strampelte.

Mit aller Kraft.

Nach oben. Die Schuhe, die nasse Kleidung, sie wogen schwer.

Dann Luft. Einatmen, ausatmen, röcheln. Eine Welle platschte ihm gegen das Gesicht. Nach links schauen, nach rechts. Kein Boot. Kein Schiff. Nur schwarz, dunkelblau, Sterne.

Weiter drüben, doch, ein Licht, es schwenkte von links nach rechts.

Er schrie.

»Hallo, hallo, hier!«

TAG 3

Gianna

Gianna schaute zu ihrer Herausgeberin. Elvira nickte, drückte auf einen der Knöpfe am Telefon, ein Krächzen erklang, die Stimme des Staatsanwalts war zu hören.

»Du schreibst, du hast das aus Polizeikreisen, nichts Genaueres, ja!?«

Elvira nickte. Gianna rückte näher ans Telefon heran, sie rieb den Kugelschreiber zwischen Zeigefinger und Daumen, malte ein weiteres Blümchen in eine der Ecken des Notizblocks, den sie vor sich liegen hatte. Die im Krankenhaus frisch versorgte und verbundene Fleischwunde schmerzte kurz, ein Stechen, dann ging es wieder.

»Ja«, hauchte Elvira ins Telefon.

Gianna malte eins der Blätter der Blume aus.

»Ihr zitiert mich auf gar keinen Fall namentlich?!«

Gianna malte das zweite Blatt aus.

»Natürlich nicht, *procuratore*«, versicherte Elvira, »ich mache alles wie besprochen. Versprochen.«

Dann sprach Foscolo. Und Gianna schrieb mit. Kritzelte den Block voll. Noch mehr Seiten. Noch mehr Informationen. Für den Artikel der Sonderausgabe. Über die Aufklärung des Mordes an Andreas Häbeler. Über die

Ereignisse der vergangenen Nacht. Die weiteren Toten. Martino Boccanera, elendig verbrannt in seiner Hütte im Wald über Salò. Die beiden Mörder, vermutlich Giuseppe Dondola und seine Lebensgefährtin Stefania Dora, Mitglieder der faschistischen Vereinigung *Gladio XXI Secolo*, waren auf der Flucht. Polizei und Carabinieri von ganz Norditalien suchten nach ihnen – bislang erfolglos.

Ein Polizist der Sondereinheit: tot. Erschossen in der Nacht, draußen auf dem See, von einem vermeintlichen Kollegen. In Wahrheit einem weiteren Mitglied der Untergrundzelle. Der auf dem Ausflugsschiff gemeinsam mit Arnaldo ins Wasser gestürzt war.

Beide wurden von den Insassen der weiteren Boote aus dem See gefischt. Dann hatte das Sondereinsatzkommando das Ausflugsschiff geentert. Der Kapitän hatte Marcello Rusco tatsächlich überwältigen können, ihm in die Hand gebissen, sodass der das Messer fallen ließ. Dann streckte er das Schwein mit einem Ellenbogenkick nieder.

Rusco wachte erst in einem Veroneser Krankenhaus wieder auf, wurde daraufhin nach Trient gebracht, am späten Vormittag verhört. Nachdem bereits sein bei der Sondereinheit eingeschleuster Mitstreiter in die Mangel genommen worden war.

Der Staatsanwalt erzählte, Gianna notierte. Sie hatte überhaupt keine Ahnung, wie sie all das, alles, was in den vergangenen zweieinhalb Tagen passiert war, in eine einzige Sonderausgabe fassen sollten. Es sei denn, die Sonderausgabe hatte sechshundert Seiten.

In den Büros weiter hinten warteten die Onlinemitarbeiter auf erste Informationen. Das Team von *MessTV* war bereits rund um den See unterwegs, um Bilder einzufangen. Ein Podcast, fiel der Reporterin plötzlich ein, ja, sie würde einen Podcast starten, einen *Messaggero*-Podcast, vier Folgen, oder besser zwölf, in dem der Fall detailreich noch einmal ausgelegt würde. Immer mit Gast.

Einmal sie und Elvira. Einmal sie und ihr Vater. Vielleicht würde auch der Staatsanwalt für einmal zusagen. Vielleicht Fenna Häbeler.

Vielleicht auch Maria, die Haushaltshilfe des alten Fischers Orlando Velasco in Manerba del Garda, die am frühen Vormittag ebenso von Foscolo verhört worden war. Die ausgesagt hatte, von Rusco erpresst worden zu sein. Er hätte sie nach dem Besuch der Häbelers beim alten Fischer abgepasst, sie nach Feierabend, auf dem Nachhauseweg, in einen Geländewagen gezerrt, ihr gedroht, sie umzubringen, wenn sie nicht das mache, was er sagte. Wenn sie ihm nicht alles verraten würde, was sie höre, sehe, mitbekäme.

Rusco sang ebenso. Er berichtete davon, dass er und seine Gruppe Häbeler auf der Spur waren, seitdem sie von seinem Buchprojekt über Feltrinellis Tod erfahren hatten.

Sie hatten sich sogar mit ihm in Verbindung gesetzt. Sich via E-Mail als Student der Geschichte an der Universität von Mailand ausgegeben, der eine Doktorarbeit über die *Gruppi di Azione Partigiana* plane, in der E-Mail-Konversation immer wieder nach dem Wissenstand Häbelers zur Todesursache Feltrinellis gefragt. Welche Quellen er anzapfte. Ob er tatsächlich Neues herausfand.

Der Journalist hielt sich bedeckt. Und verriet sich doch. Er verriet, wann er nach Italien fliegen würde, dass er an den Gardasee kommen würde. In der *Villa Feltrinelli* nächtigen würde. Dass man sich, ja, wenn gewünscht, gerne in Gargnano auf einen Kaffee treffen könne. Dann brach der Kontakt ab.

Dondola und Dora passten Vater und Tochter am Flughafen ab. Rusco buchte sich in die Villa ein. Sie blieben den Häbelers auf den Fersen, folgten ihnen hinunter nach Manerba. Sie überwältigten Maria, drohten ihr, erfuhren, dass der greise Fischer mit dem Journalisten über Feltrinelli gesprochen, ihm auch ein Buch übergeben habe. Sie befahlen ihr, was weiter zu tun sei.

Beobachten. Berichten.

Rusco hatte eigentlich vorgehabt, das Zimmer der beiden zu durchwühlen, wenn sich die Gelegenheit ergab. Sie ergab sich nicht. Und als der Vater am ersten Abend überraschend noch einmal losfuhr, folgte er ihm. Nach Riva. Zum Fest des *Nuovo Messaggero*.

Der Autor musste auch vor Ort bemerkt haben, dass er verfolgt wurde, er versuchte, im Gemenge der Feiernden zu verschwinden. Rusco entdeckte Häbeler wieder, als er sich einer Gruppe anschloss, die die Redaktionsräume besichtigte. Er sah, dass Häbeler etwas in der Hand hielt, ein Buch. Verlor ihn im engen Flur aus den Augen.

»Da musste Häbeler das Buch in deine Schublade gesteckt haben«, sagte Gianna zu ihrer Chefin.

Die nickte.

Rusco entdeckte ihn wieder, drängte sich an ihn heran. Häbeler erschrak, als er ihn sah. Rusco flüsterte ihm ins Ohr, stehen zu bleiben. Zeigte seine mit einem Schalldämpfer versehene Pistole, die er unter der Jackentasche versteckt gehalten hatte.

Drängte ihn in eins der weiteren Büros. Der Pulk strömte längst wieder die Treppe hinab, zum Ausgang, raus in den Garten, zum Fest.

»Das Büro meines Vaters«, sagte Gianna wieder.

Elvira brummte zustimmend.

Rusco fragte Häbeler nach dem Buch. Der sagte nichts, wehrte sich, griff Häbeler an, versuchte, an die Pistole zu gelangen.

Rusco schoss. Der Journalist fiel zu Boden. War sofort tot. Der Mörder zog ihn hinter den Schreibtisch. Überlegte kurz, packte den Toten schließlich, hievte ihn auf den Schreibtischstuhl, beugte ihn nach vorne, auf die Schreibtischplatte. Das Portemonnaie des Toten fiel zu Boden. Der Mörder nahm es mit, warf es später in den See.

Er verließ das Zimmer, schaute geschwind in drei, vier der umliegenden Büros. Fand das Buch nicht. Flüchtete die Treppen hinab, aus der Villa hinaus. Verließ die Party. Haute ab.

Der Marchese

Die Vorderseite der Hütte war kaum wiederzuerkennen. Die Mauern verkohlt, die Veranda zu Asche zusammengefallen. Die Fenster ausgebrannt, ein Teil des Dachstuhles war eingestürzt, die verkohlten Balken ragten wie ein Skelett in die Höhe. Auch einige der Tannen links und rechts des Hauses hatte das Feuer angekohlt.

Der Marchese blieb im Porsche sitzen, dessen platten Reifen er am frühen Vormittag hatte wechseln lassen. Er hatte den Wagen ganz vorne am Beginn des Schotterweges gestoppt, schaute auf die Männer in weißen Überzügen, die hinter einem rot-weißen Sicherheitsband ihrer Arbeit nachgingen. Es war still, kein Vogel sang. Selbst der Wind, der die Wipfel zum Wippen brachte, tat dies schweigend.

Giannas Onkel war den Großteil der Gardesana occidentale ohne Musik herabgefahren. Anfangs dachte er noch, es ginge ihm den Umständen entsprechend gut. Er legte eine CD ein.

Don Carlo.

Boccaneras Lieblingsoper.

Doch als die Caballé zu *Tu che le vanità* ansetzte, packte es ihn. Das schaffte er nicht.

Er fuhr in eine der schmalen Parkbuchten zwischen den Tunnels, zwischen Pinien, über das Ufer des Sees ragend. Er weinte bitterlich. Er schaltete das Radio aus, fuhr weiter, langsam, schluchzend.

Er beobachtete nun weiter die Spurensicherer, erkannte, dass es fünf waren, drei Männer, zwei Frauen. Zwei davon machten sich vor dem Haus zu schaffen, sie untersuchten wohl die dortigen Reifenspuren. Die anderen drei waren im Haus beschäftigt. Nicht hinter dem Haus. Nicht im Wald.

Das hoffte er zumindest.

Er drehte sich erneut zum Beifahrersitz hin, wo ein paar der Seiten lagen, die er aus dem *Doktor Schiwago* gerissen hatte, in die Tasche gesteckt hatte.

Doch bei Weitem nicht alle. Wo war der Rest? Waren sie ihm aus der Tasche gerutscht? Im Haus?

Dann waren sie verloren, verbrannt.

Im Wald?

Wenn er Glück hatte, fand er sie da.

Der Marchese stieg aus, ging die paar Schritte vom Porsche zu den ersten der Bäume hinüber, hinter denen sich die Straße hinunter zum See schlängelte.

Er trat in den Schatten der Äste und Wipfel. Sogleich änderte sich die Luft. Der kalte Rauch war weg, das feuchte Nasse des Waldes und der zurückliegenden Regengüsse war stärker. Sie dufteten in Francescos Nase, klärten seine Gedanken. Sie ließen ihn beinahe über das Moos und die nasse Erde hüpfen.

Er entdeckte ein paar Pfifferlinge nahe einer Buche. Er schaute dem Staub zu, der in einem Sonnenstrahl tanzte, der durch die Äste einer großen Fichte gebrochen war.

»Trauern, weinen, wieder tanzen«, flüsterte der Marchese und amüsierte sich ob der Idee, dass diese Staubpartikel einer Melodie folgten, die lebende Menschen nicht hören konnten.

Die noch viel schöner war als Verdis und Puccinis Werke. Die nur die Toten hörten.

Die sein Freund Martino hörte.

Die sie gemeinsam hören würden, wenn es auch ihn, Francesco Marchese Pitti-Sanbaldi, eines Tages erwischte.

Er entdeckte ein Blatt, weiter vorne, im Gebüsch.

Er erreichte es, das Blatt war nass, er hob es hoch. Die Schrift war verschwommen.

Teilweise.

Arnaldo

Er hatte genügend Zeit. So viel Zeit. Er war krankgeschrieben, obwohl er sich überhaupt nicht krank fühlte. Eigentlich hatte er sich schon lange nicht mehr so lebendig gefühlt.

Im Krankenhaus hatten sie ihn nach ein paar Stunden und ein paar Untersuchungen gehen lassen. Elvira hatte ihn wieder nach Hause geschickt, als er in der Redaktion aufgetaucht war.

»Spinnst du?«, hatte sie nur gesagt und ihm befohlen, obwohl sie ihm eigentlich nichts zu befehlen hatte, sich an die Krankschreibung zu halten. Eine Woche nicht in die Redaktion zu kommen. Mindestens.

Ihr Blick und auch Giannas Blick hatten ihm gesagt,

dass er besser auf sie hörte. Also war er gegangen, ein Stück die Promenade in Richtung der Altstadt hinab, er war in den engen Gassen herumgeirrt, hatte irgendwann bemerkt, wie sehr ihm das gefiel, wie sehr es ihn beruhigte, wie sehr es ihm gefehlt hatte. Dass er das bestimmt schon Jahre nicht mehr gemacht hatte.

Nichts.

Irgendwann war er, auch dies, ohne es zuerst zu bemerken, aus der Altstadt hinausspaziert, hinein in ein Wohnviertel, rüber zu einem nächsten. Vorbei an Einfamilienhäuschen mit Einfamilienzäunchen drumherum, mit Einfamilientrampolins.

Irgendwann stand er am Anfang ihrer Straße, da glaubte er schon lange nicht mehr daran, dass das Zufall war. Da war er sich längst sicher, dass irgendwas in ihm ihn dahin gezogen hatte.

Wenig später stand er vor ihrer Tür, klingelte. Dachte noch einmal, wie eigentlich die ganze Zeit schon, seitdem er die *Whatsapp*-Nachricht von ihr erhalten hatte, während er im Krankenhaus von Verona in einem der Betten lag, auf einen der Ärzte wartete, was genau sie damit gemeint haben mochte.

Mit diesem Herz, das sie ihm geschickt hatte. Dieses schöne rote Herz.

Sonst nichts.

Sie machte schnell auf, so als ob sie schon seit Stunden dahinter gewartet hätte.

Das konnte doch nicht sein.

Vielleicht hatte sie das Herz auch nur aus Versehen an ihn geschickt. Vielleicht galt es eigentlich diesem ... diesem *Tinder*-Federico!

Konnte das sein? Alles konnte sein. Er hatte letzte Nacht im Gewitter, im Sturm, im Dunkeln mitten auf dem See mit zwei Faschistenarschlöchern um sein Leben gekämpft, das hätte er auch nie gedacht, dass das sein konnte.

Sie schaute ihm in die Augen.

Sie war so schön.

Sie trat an ihn heran, umarmte ihn. Drückte ihn, legte ihre Hände auf seine Wangen, küsste ihn.

»Carla«, sagte er.

Sie drückte ihm den Zeigefinger auf die Lippen.

»Äh, was ... war ... war das ein Ich-bin-froh-dass-du-noch-lebst-Kuss oder ...«

Sie lächelte.

»Das war ein Kuss-Kuss, du Idiot«, sagte sie, nahm seine Hand, führte ihn durch den Flur, an den Fotos von ihr und Gianna vorbei, an den Jacken.

Er musterte die Jacken, nein, da hing keine Männerjacke.

Keine Federico-Jacke.

»Ein Kuss-Kuss.«

Sie zog ihn nicht zum Garten hinaus, sie zog ihn nach links ins Schlafzimmer.

»Wer ist Federico?«

Sie stoppte. Drehte sich um.

»Federico?«

Er schaute zu Boden.

»Ich … äh, du weißt ja, ich … habe dein Handy.«

Sie schüttelte den Kopf.

»Ah, dieser Federico, das ist der Federico vom Gemüseladen an der Piazza delle Erbe, der mich immer anruft, wenn es Mirabellen gibt.«

»Mirabellen.«

»Mirabellen.«

»Du weißt ja, dass ich Mirabellen über alles liebe.«

Es wusste es nicht. Nickte.

»Der Mirabellen-Federico.«

»Ja, der.«

»Kein *Tinder*-Federico.«

Nun prustete sie laut los.

»Du hast also auch das *Tinder*-Profil gesehen.«

»Hm. Ja.«

»Das habe ich gemeinsam mit Gianna angelegt, wir prüfen, ob ihr neuer Freund sich da herumtreibt.«

Er nickte. Gianna hatte einen neuen Freund?

»Arnaldo, kommst du wieder nach Hause? Wenn du magst, dann …«

Gianna hatte doch noch nie einen Freund, dachte er und kontrollierte nur so halb, was sein Gehirn gleichzeitig noch so dachte und seine Lippen sagten.

»Oder du ziehst zu uns, zu Francesco, Gianna und mir in die Villa.«

Er spürte ihre Hand, die ihm nun in die Wangen kniff.

»Jetzt bist du wohl komplett durchgedreht«, sagte sie noch und schubste ihn aufs Bett.

Der Marchese

Es hatte tatsächlich geklappt, er hatte zum ersten Mal in seinem Leben auf seinem Handy eine App heruntergeladen. *Babel for Good*. Es war fast ein wenig enttäuschend einfach gewesen. Natürlich hätte er die Jahreskosten von zwölf Euro neunundneunzig lieber *in contanti* gezahlt, er hätte auch aufgerundet, auf zwanzig Euro, aber das schien bei so einem App-Kauf eigenartigerweise nicht möglich. Nur Kreditkarte oder *Paypal*-Überweisung via Gesichtserkennung, was immer das auch sein mochte. Kein Bargeld.

Er legte die Buchseite, die er nass im Wald gefunden hatte und die er gerade eben gebügelt hatte, auf das Tischchen des Salons in der Familienvilla, schob das Weinglas mit dem Pinot Noir von Gantenbein, der letzten Flasche aus dem Keller, Jahrgang 2022, der ruhig noch etwas atmen sollte, beiseite, hielt das Handy über das Blatt, drückte auf den roten Punkt.

Tatsächlich: Es funktionierte.

Er las.

Pasternak. *Doktor Schiwago*. 14. Teil. *Wieder in Warykino*. Kapitel 18.

»Beispielsweise geschah in seinem Traum, dass ein Aquarell seiner Mutter, das eine italienische Küstenlandschaft darstellte, plötzlich von der Wand fiel. Es handelte sich um ein Depot der *BSI*, der Filiale gleich neben der Kronenhalle. Laufend, wie immer, unter dem Namen des großen Gestrandeten, dessen Gefährte von ihm den Namen eines Wochentags verpasst bekam.«

Giannas Onkel stoppte erneut, runzelte die Stirn.

Das, dieser eine Satz, er musste eingefügt sein.

Es handelte sich um ein Depot der *BSI*, der Filiale gleich neben der Kronenhalle.

Die *BSI*, das war die *Banca Svizzera Italiana*, ein Depot, das auf den Namen Robinson Crusoe eingetragen war, das hatte er doch gemeinsam mit Arnaldo recherchiert.

Er las weiter: »Doch nein, so ein Quatsch. Natürlich war das Bild von der Wand gefallen. *Der Zahlencode lautet: siebzig, vier…, …, einundzwanzig, elf, dreiundfünfzig.*«

Giannas Onkel stoppte erneut. Verdammt, das konnte doch nicht wahr sein, ausgerechnet hier hatten der Regen und der schlammige Waldboden die Druckerschwärze aufgeweicht, das Geschriebene unleserlich gemacht.

»Siebzig, vier und etwas, keine Ahnung, einundzwanzig, elf, dreiundfünfzig.«

Er rief Johnny an, den Weinbarfreund aus Zürich.

Johnny sagte, er freue sich, von ihm zu hören. Ja, er könne ihm zwei Pinot Noirs von Gantenbein schicken. 2018er, exzellenter Jahrgang, vollmundig, gute Länge am Gaumen, und dass, nein, da bei der Kronenhalle schon lange keine *BSI*-Filiale mehr stünde. Dass die *BSI*, soweit er wisse, doch von der *Generali*-Gruppe aufgekauft worden sei. Er war auch so freundlich, die Kundenservice-

Nummer von *Generali* schnell zu googeln und sie ihm durchzugeben.

Es klingelte, einmal, zweimal, dann ein Knacksen. Eine Frauenstimme.

»*Generali*-Kundenservice, was kann ich für Sie tun?«

Der Marchese erklärte, wer er war und dass er nach einem Bankdepot suche, das auf den Namen Robinson Crusoe ausgestellt sei.

Er versuchte, die Frau, die sogleich etwas genervt antwortete, dass sie für solche Späße nicht zu haben sei, von der Ernsthaftigkeit seines Anrufes zu überzeugen; sie schien sich zu beruhigen. Sie sagte, ja, alte Depots der *BSI* würden nach wie vor vorhanden sein, auf welchen Namen laufe es bitte noch einmal?

»Robinson Crusoe«, sagte der Marchese erneut.

So ernsthaft wie möglich.

»Sicher?«

»Sicher.«

»Und der sechsstellige Doppelzahlcode.«

Giannas Onkel nahm einen Schluck vom Pinot Noir, Kirsche, Cassis, Tabak, Nelke, er schmeckte ganz vorzüglich.

»Tja, hm, da ... also siebzig, vier und irgendetwas, dann keinen blassen Schimmer, dann einundzwanzig, schließlich die Elf, abschließend die Dreiundfünfzig. Sagen Sie, Gnädigste, wie viele Versuche habe ich denn?«

Nichts.

Nur leises Rauschen.

Tuten.

Die Gnädigste hatte aufgelegt.

Der Marchese atmete tief aus, enttäuscht nahm er das Blatt mit der verschwommenen Druckerschwärze in die Hand, ging vom Salon hinüber zur Bibliothek, über den Perser, vorbei an der Bücherwand.

»Hallo, Petrarca, alles klar? Guter, alter Shakespeare, bei dir auch?«

Er überlegte, wie viele Zahlenvarianten den lückenhaften Code komplettieren konnten.

Tausend, errechnete er. Oder zehntausend? Mathematik war ihm immer schon die unliebste der Wissenschaften, weil sie so humorbefreit eindeutig war.

Giannas Onkel öffnete eine der Schubladen des Apothekerschranks aus Walnussholz, holte das Buch mit dem purpurroten Umschlag seines Vaters hervor, schlug es wahllos irgendwo in der Mitte auf, legte die Buchseite hinein, legte es wieder in die Schublade, schloss sie.

Er beschloss, niemandem von irgendetwas zu erzählen. Selbst zu vergessen, wohin er das Geheimnis hatte verschwinden lassen. Das würde ihm sicher nicht schwerfallen. Das würde bestimmt ganz von alleine gehen.

Gianna

Gianna hatte lange überlegt, ob sie ihn hierherbringen sollte. Aber wenn sie es ernst meinte, und, ja, sie meinte es ernst, dann war es richtig. Dann sollte und musste Sandro natürlich sehen, wo sie wohnte, wie sie wohnte. Mit wem sie wohnte.

Sie war schon ein paar Mal bei ihm gewesen, in seiner kleinen Wohnung unten in Bardolino. Zum *caffè*. Sie hatte nie dort übernachtet. Noch nicht.

Nun standen sie vor der Familienvilla der Pittis, schauten vor dem Eisentor empor, zum Familienwappen. Der Zitronenbaum vor gekreuzten Schwertern. Der Regen hatte den Möwendreck abgewaschen, das Wappen strahlte in der Sonne.

»Und du wohnst hier … äh, alleine?«, fragte Sandro.

Sie schüttelte den Kopf. Irgendwann musste er es erfahren.

»Äh, nein. Mit meinem Vater und meinem Onkel.«

Sie liebte ihn, das hatte sie sich eingestanden. Das hatte sie ihm gesagt. Er hatte ihr gesagt, dass auch er sie liebe. Sie wollte mit ihm zusammen sein. Richtig.

Jetzt würde es sich entscheiden. Ob er es tatsächlich mit so einem Freak, wie sie einer war, aushalten mochte.

»Willst du reinkommen?«

»Ich …«

Gitarrensound erklang. Vasco. Giannas Handy, es vibrierte in der Hosentasche. Sie zog es hervor, schaute auf den Bildschirm, eine Nummer, die sie nicht kannte. Sie nahm das Gespräch an.

»Ja, bitte.«

»Guten Tag, Frau Pitti, hier spricht Angelo Petrelli von der *Villa Feltrinelli*.«

Sie zuckte kurz zusammen. Der General Manager.

»Herr Petrelli, ich wollte mich sowieso noch bei Ihnen melden, mich dafür entschuldigen, dass mein Onkel und ich …«

»Schon gut«, unterbrach sie der Mann, »vergessen! Ich wollte Sie fragen, ob Sie Zeit hätten, noch einmal bei uns vorbeizukommen.«

Gianna runzelte die Stirn.

»Äh, ja, warum?«

»Ich habe mich über Sie schlaugemacht. Über Sie persönlich – und über Ihr Medienhaus. Den *Nuovo Messaggero*. Sie machen gute Arbeit. Ich möchte mich mit etwas an Sie wenden. Mit einer Entdeckung, die ich gemacht habe.«

»Geht es um Feltrinelli?«

Sie hatte erst einmal genug von Feltrinelli.

»Nein, es geht um den Schatz des Duce.«

Fine

ZITATNACHWEISE

S. 134: Giacomo Puccini, *Popolo di Pekino!*, in: *Turandot*, Libretto: Giuseppe Adami und Renato Simoni nach Carlo Gozzi, Decca Records, London 1973.

S. 229 ff.: Irma Thomas, *Ruler Of My Heart*, in: *The Irma Thomas Collection 1961–1966*, Text: Allen Toussaint, Capitol Records, 1996.

S. 31, 239 ff. und 280 f.: Boris Pasternak, *Doktor Shiwago*, Fischer Taschenbuch Verlag, 1997.

Dank an Nalân, Ilay, Yade, Aylin, Thomas, Paolo, Anne. An Ulrike – und insbesondere an Markus Odermatt und Sigrid Jehle vom Grand Hotel a Villa Feltrinelli, *die mich in den einzigartigen Zauber des Hauses einführten und mir ermöglichten, vor Ort Inspiration zu finden.*

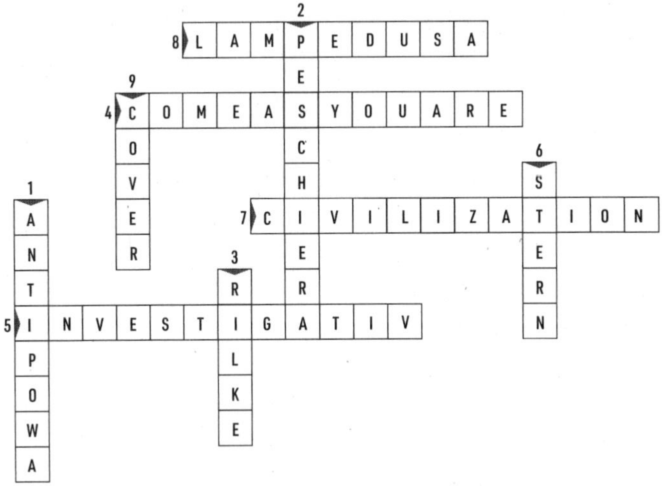

FSC www.fsc.org
MIX
Papier | Fördert gute Waldnutzung
FSC® C083411

1. Auflage 2026

Covergestaltung Barbara Thoben, Köln
Covermotiv © picture-alliance / DUMONT Bildarchiv | Axel M. Mosler
Karte auf der Umschlaginnenseite Oliver Wetterauer
Illustration als Abschnittstrenner im Text Oliver Wetterauer
Gesetzt aus der Zenon und der Good Pro
Satz Buch-Werkstatt GmbH, Bad Aibling
Druck und Bindung CPI books GmbH, Leck
ISBN 978-3-462-00885-2

Kontaktadresse nach EU-Produktsicherheitsverordnung:
produktsicherheit@kiwi-verlag.de